Bruno Varese

WENN ES NACHT WIRD AM LAGO MAGGIORE

Ein Fall
für
Matteo Basso

Kiepenheuer
& Witsch

Aus Verantwortung für die Umwelt
hat sich der *Verlag Kiepenheuer & Witsch* zu einer
nachhaltigen Buchproduktion verpflichtet.
Der bewusste Umgang mit unseren Ressourcen,
der Schutz unseres Klimas und der Natur gehören
zu unseren obersten Unternehmenszielen.

Gemeinsam mit unseren Partnern und Lieferanten
setzen wir uns für eine klimaneutrale Buchproduktion ein,
die den Erwerb von Klimazertifi katen
zur Kompensation des CO_2-Ausstoßes einschließt.

Weitere Informationen finden Sie unter:
www.klimaneutralerverlag.de

MIX
Papier aus verantwortungsvollen Quellen
FSC® C083411
FSC www.fsc.org

Verlag Kiepenheuer & Witsch, FSC® N001512

1. Auflage 2020

S. 215: Aus: Erich Mühsam: *Ascona. Eine Broschüre.*
Verlag Klaus Guhl, Berlin 1976.
S. 282: *Lago Maggiore,* aus: Rudolf Herzog:
Gedichte. Gesammelte Werke. Zweite Reihe in Sechs Bänden. Sechster Band;
Cotta'sche Buchhandlung, Stuttgart 1921
Covergestaltung: Barbara Thoben, Köln
Covermotiv: © Maurizio Cantarella / EyeEm
Karten: Oliver Wetterauer
Gesetzt aus der Dante und der Universe
Satz: Buch-Werkstatt GmbH, Bad Aibling
Druck und Bindung: CPI books GmbH, Leck
ISBN 978-3-462-05280-0

Prolog

Ein Schuss durchbrach die laue Sommernacht Locarnos und hallte von den Hausfassaden der Piazza Grande wider. Irritiert blickte Matteo Basso auf die überdimensionierte Leinwand, konnte aber keinen Zusammenhang zwischen dem Gehörten und der Szene herstellen, die sich vor seinen Augen in grellen Farben abspielte. Niemand war in Deckung gegangen. Niemand sank blutüberströmt zusammen. In Großaufnahme war stattdessen ein elegant gekleidetes Paar in einem Restaurant zu sehen.

Die beiden plauderten leise und vertraulich miteinander, im Hintergrund klimperte dezente Klaviermusik und die Glasfront, hinter der sich, wenn auch verschwommen, ein breiter, baumbestandener Boulevard erkennen ließ, war unversehrt. Lächelnd goss ein heraneilender Sommelier der Dame Wein nach, was sie zunächst halbherzig abwehrte, um gleich darauf das gefüllte Glas zum Mund zu führen. Matteo wurde mit einem Mal eiskalt.

Offenbar hatte der Großteil des Filmfestival-Publikums ebenfalls ein paar Sekunden gebraucht, um den eben vernommenen Knall als reale Bedrohung zu empfinden. Ängstlich sprangen die ersten Zuschauer auf, Stühle fielen um. Aufgeregte Rufe und Schreie vermischten sich mit der Tonspur des Films. Verwundert registrierte Matteo, dass diese alarmistische Stimmung nicht jeden der achttausend Besucher erfasst zu haben schien.

Einige der Zuschauer jedenfalls hatten sich kaum bewegt, als eine beruhigende und tiefe Männerstimme erst in italienischer und dann in deutscher Sprache über die Lautsprecher verkündete, dass kein Grund zur Panik bestehe.

Matteo versuchte einen Blick auf das Geschehen vor der Leinwand zu erhaschen, vermochte aber trotz seiner Körpergröße nichts zu erkennen. Flavio hatte sich in seinen Arm verkrallt und stieß entsetzt ein »Karla, Karla!« hervor.

1

»Tutto è fumo! Tutto è fuoco! L'orrida caligine si fa incendio, poi si spegne più funesta«, donnerte es. *»Alles Rauch! Alles Feuer! Die schreckliche Finsternis birst in Flammen und erlischt in noch tieferer Nacht!«* Matteo schob den Lautstärkeregler in die Höhe und gab Speck und Schweineschulter in den Fleischwolf, dazu eine großzügig bemessene Menge Knoblauch.

Ein bisschen viel Drama für einen so idyllischen Sonntagmorgen, dachte er und verdrehte die Augen, als er am Blinken auf dem Regal erkannte, dass das Display seines Handys erneut aufleuchtete. Bis zum Ausflug nach Locarno hatte er noch einiges vorzubereiten und er war nicht gewillt, sich von dem wild gewordenen Anrufer, der seit fast zwei Stunden alle paar Minuten bei ihm durchklingelte, aus der Ruhe bringen zu lassen.

Wieder flackerte das Display, während die Ouvertüre von Verdis *Otello* von dem Rumoren des Fleischwolfes übertönt zu werden drohte. Matteo runzelte aber nicht deshalb die Stirn, sondern aufgrund des blechernen Orchesterklangs, der aus den Lautsprechern kam.

Vielleicht sollte er diese scheppernde Aufnahme aus der Mailänder Scala, die so antiquiert klang, als säße der Komponist selbst noch im Publikum, endlich gegen eine eintauschen, die das großartige Zusammenspiel der Holz- und Blechbläser, der Streicher und Singstimmen adäquat zu transportieren vermochte. Ein bisschen an Tempo fehlte es ihr für seinen Geschmack ohnehin.

Immer noch blinkte das Handydisplay.

»Madonna mia«, brummte Matteo, »das kann ja heiter werden, der ist ja vollkommen von der Rolle.«

Er griff eines der Messer und hackte den frischen Koriander. Unmittelbar erfüllte der intensive Geruch des Krauts die kleine Küche der Macelleria, die Matteo einige Jahre, nachdem sein Vater gestorben war, neu eröffnet hatte, um das Handwerk fortzusetzen, das sein alter Herr so meisterlich beherrscht hatte.

Seufzend wischte er die Hände an seiner Schürze ab. Er weigerte sich, Kittel und ein Haarnetz zu tragen, wie es die Gesundheitsverordnung eigentlich vorschrieb. Schließlich war er ja auch kein richtiger Fleischer, sondern – ja, was eigentlich? Ein Zweidrittelfleischer, der sich von seiner Freundin, der Kommissarin Nina Zanetti, hatte überreden lassen, außerdem für die Polizia di Stato als psychologischer Berater zur Verfügung zu stehen.

Lange hatte er sich mit Händen und Füßen dagegen gewehrt, wieder in den Polizeidienst einzutreten. Denn es hatte damals mehr als gute Gründe für ihn gegeben, den Dienst zu quittieren, Mailand den Rücken zu kehren und in das kleine Städtchen Cannobio am Westufer des Lago Maggiore zurückzukehren, in dem er aufgewachsen war.

Und tatsächlich empfand er seine Entscheidung, die Großstadt hinter sich zu lassen, im Nachhinein als nicht nur richtig, sondern als geradezu glückliche Wendung. Er war zur Ruhe gekommen und wieder heimisch geworden, hatte die Hektik Mailands gegen die beschauliche Provinzialität dieser mit Schönheit überreich gesegneten Landschaft eingetauscht. Und dass er in den vergangenen Jahren in den ein oder anderen Kriminalfall hineingeraten war, war purer Zufall gewesen, wie er Nina ein ums andere Mal erklärt hatte, was sie ihm aber nicht geglaubt hatte. Was konnte er dafür, dass sich ausgerechnet hier, wo man sich dem Paradies so nahe fühlte, menschliche Abgründe aufgetan hatten, Morde unmittelbar vor seinen Augen verübt worden waren? Aus Bürgersinn hatte er geholfen, sie aufzuklären, nicht aus Leidenschaft. Sogar gestritten hatten sie sich deswegen.

Aber Nina war mindestens so hartnäckig, wie sie hinreißend war. Und so hatte er ihrem Drängen schließlich nachgegeben. Aus pragmatischen Gründen, um den häuslichen Frieden zu wahren, um sie nicht in die Bredouille zu bringen oder ihre Polizeikarriere zu gefährden, weil er sich in Fälle einmischte, in die sich einzumischen ihm als Zivilist nicht zustand, und auch, aber nur ein bisschen, weil er sich geschmeichelt gefühlt hatte, als Nina sich begeistert von seinem Talent und seinem Wissen gezeigt und auch ihre Vorgesetzten von seinen Qualitäten überzeugt hatte.

Außerdem war es lästig gewesen, so zu tun, als wäre man in offizieller Mission unterwegs, obwohl man in Wirklichkeit nur ein Metzger auf Abwegen war. Ein schrulliger Hobbyermittler, wenn auch einer mit ausgezeichneter Aufklärungsquote. Nein, es hatte durchaus Vorteile und man nahm seine Dienste ja nur im Bedarfsfall in Anspruch. Er war Teilzeitpolizeipsychologe ohne eigenes Büro, ohne direkte Vorgesetzte, er stand beratend zur Seite, wenn man ihn darum bat.

Noch beharrlicher als Nina schien sein alter Freund Flavio heute zu sein, den er zu Recht als den Daueranrufer verdächtigt hatte. Neun entgangene Anrufe zeigte das Display seines Handys an. Der anstehende Ausflug zum Filmfestival im nahe gelegenen Locarno regte den alten Herren merklich auf.

Im Vorbeigehen drehte Matteo die Verdi-Oper leiser, in der es der heimkehrende Otello mittlerweile trotz des Unwetters mit seinem Schiff an Land geschafft hatte und von den Zyprioten freudig begrüßt wurde.

Er trat auf die Terrasse, die sich direkt an die Küche anschloss und von der aus man einen herrlichen Blick auf den Lago Maggiore hatte. Matteo war jeden Morgen aufs Neue überwältigt von dessen satter blauer Oberfläche, die von grünen, dicht bewachsenen Bergketten gesäumt war. Und am fantastischsten war der Anblick in den Sommermonaten, wenn das Blau des Sees mit dem des Himmels konkurrierte und die Blütenpracht am Ufer regelrecht explodierte.

Konnte es ein größeres Geschenk geben, als hier zu leben? Auch wenn es ein bescheidenes Leben war? Sogar eine eigene kleine Bucht gehörte zu dem Laden, den seine Eltern ihm vererbt hatten und in dessen Hinterzimmer er es sich häuslich eingerichtet hatte. Seit der Anbau fertig war, konnte Matteo sich über mangelnden Platz wirklich nicht mehr beklagen.

Das Telefon klingelte erneut. Offenbar legte Flavio auf, sobald die Mailbox ansprang, und drückte dann die Wahlwiederholung. Wie aufregend die Liebe sein konnte, vor allem, wenn sie unerfüllt blieb!

»Pronto?! Was ist denn jetzt schon wieder, Flavio? Haben wir etwa *noch* etwas vergessen? Oder hast du es dir doch anders überlegt? Hast du keine Lust mehr, nach Locarno zu fahren?«

Matteo gab sich alle Mühe, seiner Stimme einen strengen Beiklang zu geben. In Wirklichkeit rührte es ihn, wie aufgewühlt sein Freund war. Flavio, ein Mann von Mitte siebzig, war seit Tagen aufgekratzter als jeder Teenager. Und der Grund dafür war ein unverhofftes Wiedersehen mit einer früheren Liebe.

Eine Liebe, die, so viel hatte Matteo aus den Andeutungen des Alten heraushören können, ein unglückliches Ende genommen oder erst gar nicht recht begonnen hatte. Jedenfalls schien diese Begegnung vor fünfzig Jahren so bedeutend gewesen zu sein, dass die Erinnerungen daran noch immer Gefühle in Flavio wachriefen, von denen Matteo nicht gedacht hätte, dass er zu ihnen fähig wäre. Die damalige Angebetete war heute eine sehr bekannte Schauspielerin, die an der Seite von Stars wie Claudia Cardinale, Isabella Rossellini, Franco Nero oder Roberto Benigni gestanden hatte. Selbst

Matteo, der selten ins Kino ging und sich Schauspielernamen grundsätzlich nicht merken konnte, erinnerte sich, schon mal einen Film mit ihr gesehen zu haben.

»Scusi, Matteo, scusi«, von Flavios gewöhnlich sonorer Stimme war nur ein heiseres Krächzen geblieben. »Meinst du, es wäre nicht doch vernünftiger, wenn wir ein wenig früher starten?! Es kann doch immer mal etwas passieren. Ein Stau. Ein Motorschaden. Ich will dich nicht nerven«, im Hintergrund vernahm Matteo kreischendes Gelächter, »wirklich nicht«, Flavio klang regelrecht erschöpft, »aber meinst du nicht, es wäre besser? Nur ein Stündchen.«

Matteo klemmte sich eine Futura zwischen die Lippen und ließ das Zippo aufschnappen.

»Nur damit wir sie nicht verpassen.«

Ein leichter Wind ging über den Lago, sodass sich feine Rillen auf der Wasseroberfläche bildeten. Matteo ließ den Rauch der Zigarette in die Lungen gleiten. Auf der anderen Seite des Telefons intonierte ein dissonanter, zweistimmiger Altherrenchor dermaßen schief *O sole mio,* dass es in den Ohren schmerzte. Vernünftig wäre es gewesen, Flavio zu erläutern, dass es vollkommen ausreichte, am späten Nachmittag in Richtung Locarno aufzubrechen, aber für rationale Erklärungen war er nicht mehr empfänglich.

»Flavio, bis Locarno sind es weniger als zwanzig Kilometer«, versuchte es Matteo dennoch. »Selbst wenn wir zu Fuß gehen würden, hätten wir noch reichlich Zeit, bis die Vorführung beginnt. Aber sei's drum. Wir werden die Stunden bis zum Eröffnungsfilm des Festivals schon rumkriegen. Also, du Nervensäge, du hast gewonnen. Ich komme um zwölf Uhr. Und um ehrlich zu sein, ich kann es kaum erwarten, in die alte Diva zu steigen und dich damit abzuholen. Ich kann mich nicht erinnern, dass das Auto je besser am Gas hing. Wie habt ihr das nur angestellt?«

Matteo fuhr ein Lancia Gamma Coupé mit einem 2,5-Liter-Boxermotor. Einen elegant gezeichneten Gran Turismo aus dem Jahr 1982 von *geradezu magischer Zeitlosigkeit,* wie es der Redakteur einer Oldtimerzeitschrift, die Matteo sich am Kiosk gekauft hatte, nachdem er das Auto auf dem Cover entdeckt hatte, in seinem Artikel ausgedrückt hatte. Aber die Technik war durchaus anfällig, und so hatte Flavio, der mit Luigi und Beppo eine auf die Restauration und Reparatur von Oldtimern spezialisierte Werkstatt in Cannobio unterhielt, in den zurückliegenden Tagen viel Zeit in die Inspektion des Fahrzeugs investiert. Nur damit auch ja nichts schiefging auf den wenigen Kilometern in die benachbarte Schweiz.

Er hatte zudem darauf bestanden, für sich und Matteo Zimmer in einem Hotel in Locarno zu reservieren. Es lag unweit der Piazza Grande, auf der die Freiluftpremiere von *Morto non vi serve a niente* stattfinden sollte. Die Karten dafür hatte Matteo Wochen zuvor besorgt und seitdem im Handschuhfach des Wagens deponiert, damit er sie ja nicht vergaß. Ob sie Karlotta Tramboni bereits vor Filmbeginn zu Gesicht bekommen würden, war ungewiss. Der Film war für 21:30 Uhr angesetzt und bis dahin galt es, Flavio bei Laune zu halten.

»*Ma un altro sole più bello non c'è. Il sole mio, sta in fronte a te! – Es gibt keine Sonne, die schöner ist als du. Oh, meine Sonne!*«, schmetterten Flavios gnadenlose Werkstatt-Gefährten, und Matteo vermutete, dass dem Alten nicht nur die Aufregung vor dem möglichen Wiedersehen mit Karlotta zu schaffen machte, sondern dass ihn auch die Foppereien seiner beiden Kumpanen Luigi und Beppo heute tatsächlich quälten. Auch wenn diese liebevoll-bösartigen Sticheleien die gängige Form ihrer gegenseitigen Liebesbekundungen war.

Warum Flavio sich ihnen heute aussetzte und nicht in seiner Wohnung in der Via Roma darauf wartete, dass Matteo ihn abholte, war vermutlich damit zu erklären, dass die ironischen Zuwendungen seiner Freunde immer noch besser auszuhalten waren als das alleinige Warten. Der Lebensmittelpunkt der drei Alten war nun einmal ihre Werkstatt, deren Tor stets geöffnet war, was den Vorteil hatte, dass immer genügend Bekannte vorbeikamen, die sie in ein Gespräch verwickeln konnten, wenn sie der gegenseitigen Beschimpfungen müde waren.

Matteo warf einen sehnsüchtigen Blick auf den Lago, in dem er sich noch hatte erfrischen wollen. »Ich muss noch rasch die Salsiccia fertig machen, nicht dass deine beiden hochgedrehten Kesselflicker mir morgen die Kunden verprellen.«

»Das haben wir gehört, du vertrocknete Mohrrübe«, krähte Beppo empört.

Matteo fragte sich, ob die drei Alten immer nur mit aktiviertem Lautsprecher telefonierten.

»Und wir verwehren uns dagegen, du sechsfach gehörntes Flusspferd, dass wir als hochspezialisierte Spezialisten von dir zu Handlangern degradiert werden, während sich der Kollege Flavio in erotischen Abenteuern verlustiert«, ereiferte sich nun Luigi.

Matteo sog vernehmlich an der Futura und entließ den Rauch in kleinen Wölkchen durch die Lippen.

»Männer, ihr wisst, dass ihr von mir aufs Allerhöchste geschätzt werdet. Ich bin euch – der See und der Himmel sind meine Zeugen – irrsinnig dankbar, dass ihr mich morgen Vormittag in der Macelleria vertreten werdet. Ihr wisst, wie sehr mir der Laden am Herzen liegt und dass ich ihn keinem Menschen auf der Welt anvertrauen würde, abgesehen von euch. Und natürlich weiß ich, dass ihr selbst auch ganz köstliche Würste zu produzieren versteht.«

Das alles war noch nicht einmal gelogen, vor allem die Qualität der Fenchelwürste, die die Alten fabrizierten, konnte Matteo nur neidlos anerkennen. Und weil er aus dem zufriedenen Gemurmel, das von der anderen Seite des Telefons zu ihm herüberdrang, schließen konnte, dass er das Ziel seiner Rede erreicht hatte, fügte er hinzu:

»Und tut mir bitte den Gefallen, behandelt den guten Flavio ein wenig nachsichtiger. Ihr wisst doch, dass das heute ein ganz besonderer Tag für ihn ist.«

Und bevor aus dem Gemurmel wieder ein hysterisches, von hanebüchenen Verwünschungen durchzogenes Gezeter werden konnte, versetzte Matteo rasch: »Ich bin um Punkt zwölf da. Ciao«, und legte auf.

Die Temperaturen ließen bereits jetzt, obgleich es erst halb zehn Uhr war, erahnen, was für ein heißer Tag es werden würde. Kurz entschlossen hangelte Matteo sich die Uferböschung hinab und entledigte sich seiner Kleidung. Die fünf Minuten sind jetzt auch egal, dachte er, während er ins Wasser watete, das angenehm kühl seine Beine umspielte. Als er die Stelle erreichte, wo der Lago abrupt tiefer wurde, tauchte er unter, schwamm einige Züge und genoss die klare Kälte, die ihn einhüllte. Das Wasser war gleichzeitig frisch und sanft, geradezu samtig. Eine Kombination, die nur hier und bei wenigen anderen großen Bergseen zu finden war. Der Lago Maggiore war fast siebzig Kilometer lang und an der tiefsten Stelle dreihundertsiebzig Meter tief.

Prustend tauchte er wieder auf, ließ sich eine Weile auf dem Rücken treiben, kraulte aber schließlich mit leichtem Bedauern wieder an Land. Zu lange wollte er Flavios Geduld nicht strapazieren, denn dessen Nerven lagen offenkundig blank.

Rasch schlüpfte er in seine Sachen. Trocknen würde er bei den Temperaturen von selbst. Er kletterte das Ufer hinauf, um sich wieder der Salsiccia-Masse zuzuwenden, die in der Küche darauf wartete, gründlich durchgeknetet zu werden. Es fehlte nur noch die Mischung aus Pfeffer, Salz, Nelken, Paprika und Chili, die er bereits gemörsert hatte und die er ihr nun beigeben würde.

Er hatte die Klinke der Küchentür schon in der Hand, als er sich noch einmal umdrehte und die paar Schritte zu der mächtigen Platane zurückging, in deren Schatten es sich selbst bei größter Hitze gut aushalten ließ.

»Gustavo, mein Bester, willst du heute gar nicht aufwachen?« Matteo kniete sich zu dem riesigen schwarzen Hund, der am Fuße des Baumes döste, und kraulte ihn sanft hinter den Ohren. Als Antwort erhielt er ein verschlafenes Grunzen. Matteos Herz zog sich zusammen, das Tier hatte abgebaut über den Winter. Der vorherige Besitzer Gustavos hatte sich geweigert, Auskunft darüber zu geben, aber Matteo war überzeugt, dass es sich bei dem Hund um das Ergebnis eines nicht ganz legalen Experiments aus einem Labor handelte. Die skurrilen Proportionen des Tieres, der riesige Kopf, die winzigen Ohren und die Tatzen, die aussahen, als hätte es sich überdimensionierte Hausschuhe übergestülpt, ließen kaum Zweifel daran.

Noch im vergangenen Sommer war Gustavo, der vor ein paar Jahren auf kuriosen Wegen zu ihm gekommen war, voller Energie gewesen. Aber nun machte es den Anschein, als wäre aller Lebenswille aus ihm entwichen.

»Großer, ich fahre gleich los. Willst du zu Beppo und Luigi, hm?«, lockte Matteo. Nur eines der winzigen Ohren zuckte. Matteo tätschelte seinen Gefährten und holte erneut das Handy hervor, während er sich erhob.

Nina war sofort am Apparat.

»Ich habe mich gar nicht getraut, dich anzurufen, weil ich davon ausgegangen bin, dass du den ganzen Morgen von Flavio auf Trab gehalten wirst.«

»Bist du Hellseherin?«

»Nö, Realistin.« Nina lachte ihr glockenhelles Lachen,

das Matteo so sehr liebte. »Und, hat er dich dazu überredet, noch drei Stunden eher aufzubrechen?«

»So ungefähr. Sag mal, kannst du mir bitte einen Gefallen tun? Ich wollte Gustavo eigentlich in der Werkstatt abgeben. Aber ich glaube, er ist nicht dazu zu bewegen.«

»Vielleicht solltest du doch mal mit ihm zum Tierarzt gehen«, sagte Nina zaghaft.

Matteo murrte unwillig.

»Jaja, ich weiß schon, Matteo. Du meinst, an dem armen Gustavo ist schon genug herumgedoktert und -gepfuscht worden. Du hast ja recht. Ich komme nachher vorbei und stelle ihm etwas zum Fressen hin. Und vielleicht schaffe ich es sogar, ihn dazu zu überreden, ein paar Schritte mit mir zu gehen. Darum wolltest du mich doch bitten, oder?«

»Du bist ein Schatz, ich danke dir.«

»Di niente. Kümmere du dich um unseren liebeskranken Vogel. Ich halte den alten Gustavo bei Laune.«

Matteo grinste.

»Ich hoffe, es wird für Flavio keine allzu heftige Enttäuschung. Wer weiß, ob wir überhaupt an die Dame herankommen. Und wie sie dann reagiert. Solche Menschen werden ja ständig von Fans belagert.«

»Aber wenn ich das richtig verstanden habe«, entgegnete Nina, »kennen Flavio und sie sich doch sehr gut von früher. Ich glaube, zwischen den beiden ist mehr gewesen, als Flavio bisher preisgegeben hat. Du wirst dich vermutlich noch wundern. Und ich gäbe wirklich einiges dafür, bei eurem Ausflug Mäuschen spielen zu dürfen.«

»Kann schon sein«, stimmte Matteo zu. »Aber es ist auch möglich, dass ihre Erinnerungen ein wenig löchriger und weniger leidenschaftlich sind als Flavios.«

»So oder so, Matteo, ich wünsche euch eine schöne Zeit. Und ich warne dich. Verlieb dich nicht in eine von diesen Roter-Teppich-Schönheiten«, lachte Nina.

»Ich habe keine Ahnung, wovon du sprichst.«

»Ciao, Matteo. Fahr vorsichtig.«

Keine drei Stunden später hatten Matteo und Flavio den Wagen geparkt, die Zimmerschlüssel in Empfang genommen und saßen nun in einem kleinen, unverschämt überteuerten Ristorante auf der Piazza Grande in Locarno. Am Kopfende des Platzes war eine riesige Leinwand aufgebaut, davor war ein Meer aus gelbschwarzen Stühlen zu erkennen, die sich farblich an dem Wappentier des Festivals, einem Leoparden, orientierten.

Dass bis zu achttausend Personen in dieser Freiluftarena Platz fanden, verblüffte Matteo und er spürte tatsächlich so etwas wie Vorfreude auf den abendlichen Film, der vor so schöner Kulisse und, das hatte er mehrfach nachgeschaut, bei besten Wetterbedingungen gezeigt werden würde. Heute würde, das versprachen die Vorhersagen, keines der im Sommer so häufigen und mit Sturzregen einhergehenden Gewitter über den See hereinbrechen.

Flavio hatte während der kurzen Fahrt, die vollends stau- und störungsfrei abgelaufen war, wie gebannt aus dem Fenster gestarrt und kein Wort gesagt. Auch das

Essen war weitgehend schweigend verlaufen, der alte Mann hatte mit weit aufgerissenen Augen in einer Mischung aus Angst und Ehrfurcht die Fassaden der umliegenden Häuser betrachtet, scheinbar ohne irgendetwas wahrzunehmen. Im Gegensatz zu Matteo, der sehr entspannt auf seinem Stuhl saß und den Blick schweifen ließ.

Der Platz war das Herzstück der Altstadt, die ihn flankierenden gelb, blau, rot und orange getünchten und mit Laubengängen im lombardischen Stil versehenen Häuser beherbergten zahlreiche Restaurants und Geschäfte und waren fast zu schön, um wahr zu sein.

Die Seepromenade lag nur wenige Schritte entfernt. Von dort stammten die Abertausend Flusskiesel, mit denen die Piazza Grande seit dem frühen 19. Jahrhundert gepflastert war. Was für hochhackige Festivalpremieren-Schuhe beziehungsweise deren Trägerinnen eine nicht zu unterschätzende Herausforderung darstellte, wie Matteo angesichts einiger an ihm vorbeidefilierender Damen amüsiert feststellte. Das Schweigen des alten Mannes neben ihm war keineswegs unangenehm. Es gab Matteo die Möglichkeit, die Atmosphäre des Platzes in sich aufzunehmen.

Alles wirkte festlich, wenngleich Matteo die Eleganz ein wenig bieder anmutete. Die Menschen waren gut, aber keineswegs glamourös gekleidet. Es gab einige unter ihnen, die wichtiger als andere zu sein schienen und dies auch zeigten, aber auch diese zur Schau gestellte Eitelkeit war nicht wirklich störend. Matteo empfand sie sogar als angemessen, schließlich war das der Schauplatz eines internationalen und sehr traditionsreichen Filmfestivals und nicht das Jahrestreffen irgendwelcher reicher, aber unkultivierter Unternehmer oder Lobbyisten.

Und über die gecken Selbstdarsteller, die sich hier ebenfalls tummelten, konnte er schmunzeln, er musste ja nicht mit ihnen in Kontakt treten. Er wollte Flavio gerade auf einen dürren hochgewachsenen Mann im Nadelstreifenanzug hinweisen, der einen Salvador-Dalí-Schnurrbart trug und einen Windhund an der Leine führte, als er feststellte, dass der Alte am ganzen Körper zitterte.

Derart aufgelöst hatte er Flavio noch nie erlebt. Und auch nicht annähernd so schweigsam. Üblicherweise war der Alte alles andere als gebrechlich. Auch wenn er sich seine zwei, manchmal drei Gläser Wein am Abend nicht nehmen ließ und ein gutes Essen niemals verschmähen würde: Flavio hielt seinen Körper mit eiserner Disziplin in Schuss, indem er allmorgendlich ein Gymnastikprogramm absolvierte. Das wusste Matteo, weil Beppo und Luigi es sich nicht verkneifen konnten, regelmäßig über die Leibesertüchtigungen ihres Kompagnons zu spotten, die, so wurde vor allem Luigi nicht müde zu behaupten, der konservativen Gesinnung Flavios geschuldet waren.

»Soldatisch«, krähte Luigi, der während der Studentenrevolten in Paris gelebt hatte und beim Reparieren der Oldtimer mit Hingabe linke Arbeiterlieder summte, dann stets. Dabei hatte Flavio in politischer Hinsicht in den zurückliegenden Monaten eine Läuterung erfahren. Er, der unter Berlusconi zum Anhänger der Lega Nord geworden war, verabscheute den plumpen, populistischen Nationalismus, dem Matteo Salvini seinen Erfolg verdankte. Auch die Fünf-Sterne-Bewegung von Beppo Grillo hatte unter Luigi Di Maio nach Flavios Dafürhalten allen Glanz verloren. Im Grunde fehlte ihm derzeit eine politische Heimat und er beneidete heimlich Beppo, den Dritten im Bunde, der von jeher wenig von Politik hielt. Er fand sein seelisches und moralisches Gleichgewicht im katholischen Glauben.

»Willst du mir nicht erzählen, wie du Karlotta kennengelernt hast?«, fragte Matteo den Alten, in der Hoffnung, dass dieser sich ein wenig entspannte.

Ein versonnenes Lächeln glitt über Flavios Gesicht.

»Bei der Aufnahmeprüfung. Bei Strehler. Sie war so, so, so …«, seine Augen, auch wenn das kaum möglich schien, leuchteten noch ein wenig heller, »engelsgleich. Ich war dagegen ein grobschlächtiger Knochen.«

»Was war das für eine Aufnahmeprüfung?«

»Strehler«, wiederholte Flavio selig.

Matteo verstand rein gar nichts.

»Könntest du das etwas genauer erklären?«

Flavio strich sich über das mit Pomade akkurat nach hinten gekämmte Haar.

»Giorgio Strehler, das wird dir vielleicht nichts sagen, das waren andere Zeiten, das war eine Ära, in der die Kultur noch etwas bedeutete, das war …«

»Moment, Moment«, unterbrach Matteo ihn. »Natürlich weiß ich, wer Giorgio Strehler gewesen ist. Einer der wichtigsten Theatermacher Italiens. Wie du weißt, habe ich lange in Mailand gelebt, dort gibt es noch heute das Piccolo Teatro, und das hat Strehler gegründet. Aber was ich nicht verstehe: Was hast du mit Theater am Hut? Das ist mir vollkommen neu.«

Flavio grinste verschmitzt und sah glücklicherweise nicht mehr ganz so angeschlagen aus.

»Jeder war mal jung.«

»Geht es etwas genauer?« Matteo legte die Futura zur Seite, die seit geraumer Zeit in seinem Mundwinkel klemmte und die er vergessen hatte anzuzünden. Nina würde sich freuen, sie ermahnte ihn in letzter Zeit regelmäßig, seinen Zigarettenkonsum einzuschränken.

Der alte Mann schlug kokett die Augen nieder.

»Nun, damals, ungefähr zu der Zeit, als Luigi sich mit dem französischen Lumpenproletariat verlustiert hat, habe ich mich der schönen Kunst verschreiben wollen. Und als ich eines Tages davon las, dass Giorgio Strehler Darsteller für eine seiner Inszenierungen suchte, bin ich sofort hingefahren, um mich zu bewerben.«

»Du bist extra nach Mailand gefahren?«

»Dio mio«, theatralisch schüttelte Flavio den Kopf und hob die Hände gen Himmel. Für einige Augenblicke schien er wieder ganz der Alte zu sein. »Du pochiertes Erbsenhirn, meinst du, ich habe die vergangenen fünfundsiebzig Jahre in Cannobio gesessen, an Autos geschraubt und abends RAI 1 eingeschaltet?«

Ertappt. Wenn Matteo ehrlich war, dann hatte er genau das tatsächlich geglaubt. Eigentlich hatte er sich nie Gedanken über Flavios Vergangenheit gemacht. Luigi schwelgte oft in Erinnerungen, während Flavio und

Beppo beharrlich schwiegen. Vielleicht hatte Matteo daraus geschlossen, dass sich in dem Leben der beiden wenig Spektakuläres zugetragen hatte und dass sie stets in dem gemütlichen Örtchen am Westufer des Lago Maggiore gewohnt hatten. Nachgefragt hatte er nicht, schließlich sprach er selbst auch nicht so gern über seine Vergangenheit.

»Nun erzähl schon«, knurrte Matteo, in der leisen Hoffnung, durch eine gewisse Bärbeißigkeit die Peinlichkeit überspielen zu können, von Flavio durchschaut worden zu sein. »Du hast sicherlich noch«, er schirmte seine Courage mit einer Hand ab, damit die Zeiger im spiegelnden Sonnenlicht zu erkennen waren, »fünf Stunden Zeit, bis der ganze Trubel hier losgeht.«

»Höchsten vier«, erwiderte Flavio, ohne auf Matteos Spitze einzugehen. Und dann begann er zu erzählen, wie er als junger Mann davon geträumt hatte, Schauspieler zu werden. »Bei dem Filmfestival hier habe ich mir als Jugendlicher und junger Mann jedes Jahr im August ein paar Franken dazuverdient. Das ist aufregend gewesen und hat meine Fantasie angeregt, aber meine eigentliche Liebe hat dem Theater gegolten. Ich verdanke sie einem Jungen aus gutem Hause, wie man damals sagte, dessen Familie in Mailand lebte und in Cannobio ein stattliches Sommerhaus besaß. Er nahm mich eines Tages mit zu einer Mailänder Aufführung von Dario Fo. Und du weißt ja hoffentlich, Matteo«, Flavio warf ihm einen skeptischen Blick zu, »dass Dario Fo ein großartiger Dramatiker und Theaterregisseur gewesen ist. Und dass der letzte italienische Literaturnobelpreisträger aus unserer Gegend stammte, aus Porta Valtravaglia, auf der anderen Seite des Sees.«

Matteo nickte vielsagend. »Und weiter, Flavio?«

»Meine Eltern waren einfache Leute. Ihnen war meine plötzliche Liebe zum Theater suspekt und mein Vater bestand darauf, dass ich einen *anständigen* Beruf ergreife. Also habe ich tagsüber bei einem Automechaniker gelernt und abends bis spät in die Nacht gelesen. Romane, vor allem aber Theaterstücke. Von Pirandello bis Shakespeare und die damals berühmten absurden Autoren wie Beckett und Ionesco, die heute kein Mensch mehr spielt. Ich fand das alles inspirierend. Nur bei Alfred Jarry und seinem verrückten Stück *König Ubu,* das von den Dadaisten und Surrealisten gefeiert wurde, bin ich ausgestiegen. Kennst du das?«

Matteo verneinte und blickte seinen Freund aufmerksam an. Im ersten Moment hatte er gezögert, als Flavio ihn um diesen Ausflug gebeten hatte. Vor allem deswegen, weil ihm auf einem Filmfestival entschieden zu viel Trubel herrschte. Allein die Aussicht auf aufgeregte, bis in die Haarspitzen parfümierte Frauen, die sich bei Typen eingehängt hatten, die sich vor lauter Testosteron kaum noch bewegen konnten, verursachte ihm Übelkeit. Aber er musste zugeben, dass er sich getäuscht hatte. Er genoss es sogar, unter Menschen zu sein. Und vor allem dieses Gespräch mit Flavio gab ihm das sichere Gefühl, dass er die Entscheidung herzukommen kaum bereuen würde. Im Gegenteil, es war ganz herrlich, hier mit dem Alten zu sitzen, sich von ihm Teile seines Lebens erzählen zu lassen und mit ihm über Kultur zu diskutieren. Das war noch nie vorgekommen. Wie schön, ihn mal unabhängig von diesem sich ständig kabbelnden Dreiergespann zu erleben. Flavio offenbarte Seiten an sich, die Matteo gänzlich neu waren. Das lag wohl an der außergewöhnlichen Begegnung, die ihm bevorstand.

Und außerdem – jetzt steckte Matteo sich doch eine Zigarette an – wehte über die pittoreske Piazza von Locarno ein so laues sommerlich duftendes Lüftchen, dass man sich nur zufrieden in seinem Stuhl zurücklehnen konnte. Er bedeutete Flavio fortzufahren.

Eine Rolle hatte Flavio bei dem Vorsprechen bei Giorgio Strehler nicht ergattern können, aber dafür eine Verabredung mit der bildhübschen Karlotta, die er während des Wartens auf den Auftritt vor den strengen Augen des Theaterleiters kennengelernt hatte. Und in diesem Moment sei es ihm erschienen, beteuerte Flavio sehr glaubwürdig, als hätte er mit dem weitaus größeren Zukunftsversprechen den Nachhauseweg angetreten. Was war schon ein Job am Theater gegen die Frau des Lebens? Wenn Matteo das Glühen der Wangen des alten Mannes richtig interpretierte, dann war er noch immer davon überzeugt.

»Und ihr seid dann ein Paar geworden?« Matteo nahm einen Schluck von dem Weißwein, dessen Preis in keinem Verhältnis zum Geschmack stand, aber davon ließ er sich die Stimmung nicht trüben. Dass die Schweiz, und dazu zählte das Tessin nun einmal, für alle, die nicht in diesem Land ihr Geld verdienten, sündhaft teuer war, war ein alter Hut.

Flavio griff ebenfalls nach seinem Glas und trank zwei hastige Schlucke. Dabei blickte er Matteo verzweifelt an.

»Beinahe«, hauchte er. »Beinahe.«

»Woran ist es gescheitert?«

Mit einem Zug leerte Flavio das Glas und stellte es heftig ab, sodass der Kellner sich aufgefordert fühlte, an ihren Tisch zu kommen.

»Noch einen Wein?«, fragte er.

»Unbedingt.« Flavio nickte eifrig und streckte dem Kellner das leere Glas entgegen, was dieser dezent ignorierte, schließlich widersprach es allen Regeln der gehobenen Gastronomie, sich das Geschirr von den Gästen in die Hände drücken zu lassen. Und Gläser wurden selbstverständlich erst dann abgeräumt, wenn neue gebracht wurden oder der Gast das Lokal verlassen hatte. Alles andere, wusste Matteo, war ein besserer Rausschmiss.

Angesichts der Hitze orderte Matteo noch eine zweite Literflasche Wasser. Es war doch zu wünschen, dass Flavio den Abend noch einigermaßen klar bei Sinnen erlebte.

»Und?« Auffordernd nickte Matteo zu Flavio hinüber.

Der schien nicht zu verstehen.

»Warum ist es damals nichts geworden mit dir und Karlotta?«

Als Flavio nachdenklich den Kopf schüttelte, hätte man glauben können, dass er immer noch fassungslos war über das, was sich vor gut fünf Jahrzehnten zugetragen hatte.

»Diese verdammte Eifersucht«, presste er schließlich hervor. »Diese verdammte Eifersucht. Ich sage dir, Matteo, lass dir von dieser Natter nie den Verstand abschnüren.«

Der Kellner stellte die neuen Gläser auf den Tisch und schenkte Wasser nach. Flavio machte Anstalten zu trinken, entschied sich dann aber zunächst weiterzuerzählen.

»Karlotta war nicht nur wunderschön, sie war auch eine glänzende Schauspielerin. Im Gegensatz zu mir. Ich habe mir eingeredet, dass es mir nichts ausmacht, aber natürlich war ich gekränkt, dass sie eine Rolle bekam, nicht nur bei dieser Produktion, sondern auch bei einer zweiten, während meine Hoffnungen schwanden, dass ich jemals auf einer Bühne stehen würde. Meine Bühne blieb die Hebebühne.«

Flavio zog eine schiefe Grimasse. Matteo war nicht ganz sicher, ob ihm die Erinnerung oder sein mittelmäßiger Witz Schmerzen bereitete.

»Was hast du getan?«, hakte er nach, als er bemerkte, dass Flavio wieder zu verstummen drohte.

Der Alte seufzte schwer.

»Ich weiß nicht, Matteo, ob ich das erzählen will. Es fühlt sich an, als würde ich eine Beichte ablegen.«

Matteo nickte. »Ja, entschuldige. Ich möchte dich nicht drängen. Es ist nur so …«

»Du hast recht, Matteo, wer einem alten Mann so lange zuhört wie du, hat auch ein Anrecht darauf, die ganze Geschichte zu hören.«

Flavio holte tief Luft und setzte seine Erzählung

fort: »Ich habe sie schlecht behandelt. Ich habe sie nicht beachtet, habe Verabredungen abgesagt, habe mich mit anderen Frauen getroffen. Natürlich wollte ich nur sie, nur Karlotta, aber ich fühlte mich so klein und unbedeutend und hässlich, dass ich dachte, ich kann nur ein bisschen Stärke demonstrieren, wenn ich nicht zeige, wie viel sie mir bedeutet. Wie sehr ich sie verehre.«

Abrupt ergriff er Matteos Hand.

»Behandle ja nie die zauberhafte Nina so, hörst du?«

»Aye, aye, Commandante«, versetzte Matteo, merkte aber sofort, dass Flavio für solcherart Humor heute keinen Sinn hatte.

»Was ist dann passiert? Hat sie dich verlassen?«

Flavio senkte den Kopf.

»Zu ihrer zweiten Premiere bin ich mit einer anderen Frau gekommen. Vollkommen idiotisch. Die war mir egal, eine kapriziöse, oberflächliche Person.«

Matteo wusste bislang nur von einer Ehefrau, die aber bereits vor Jahren verstorben war. Ein wenig beschämt musste er sich zudem eingestehen, dass es ihn überraschte, dass Flavio sich nicht nur für Kunst begeistern konnte, sondern auch für tiefsinnige Frauen. Eigentlich sollte er als Psychologe – auch wenn er sich seit einigen Jahren vorwiegend als Fleischer betätigte – wenigstens die Menschen in seiner unmittelbaren Umgebung besser einschätzen können.

Flavio schien seine Gedanken zu erraten.

»Ich weiß schon, ich habe mich ein bisschen verändert.«

Matteo nahm einen Schluck Wein, der immerhin besser gekühlt war als das erste Glas.

»Und dann?«

»Nichts dann.« Flavio zuckte hilflos die Schultern. »Sie hat mich nach diesem unsäglichen Abend noch einmal getroffen und mir gesagt, dass es aus ist. Ich habe gedacht, in ein paar Tagen überlegt sie es sich anders. Oder in ein paar Wochen. Wir haben noch ein paarmal telefoniert, sie war höflich, aber vollkommen distanziert. Ich muss sie sehr gekränkt haben. Theater hat sie nie wieder gespielt, soweit ich weiß. Sie hat ein paar Filme in Cinecittà gedreht und ist relativ bald nach Amerika gegangen.«

»Cinecittà?«, fragte Matteo.

»Matteo, du wirst ja wohl die Filmstudios vor den Toren Roms, wo Federico Fellini *La Dolce Vita* gedreht hat, kennen. In Cinecittà standen Peter Ustinov, Audrey Hepburn und Liz Taylor vor der Kamera. Dreihundert Filme sind da gedreht worden und siebenundvierzig davon haben Oscars gewonnen.«

»Was du alles weißt!«

Flavio deutete auf die Futura-Schachtel.

»Kann ich eine?«

Matteo wunderte sich, klopfte aber eine Zigarette aus der Packung, reichte sie ihm und ließ das Zippo aufschnappen. Flavio nahm einen erstaunlich tiefen Zug, ohne zu husten, dann nickte er entschlossen.

»Ich danke dir, du gegrillte Peperoni, dass du mit mir hier bist. Du denkst vielleicht, der Alte spinnt. Aber ich spinne nicht. Ich will sie noch einmal sehen, jetzt, wo sie nach Jahren wieder in dieser Gegend ist. Ich weiß natürlich, dass sie sich vermutlich nicht mehr an mich erinnert.«

Er schaute konzentriert auf die Fassaden der Häuser, die die Piazza Grande säumten, betrachtete eingehend die Leinwand, auf der bald Karlotta Tramboni aufscheinen würde. Mit ein bisschen Glück würden sie auch schon auf dem roten Teppich einen Blick auf sie werfen können.

»Aber ich will ihr sagen, dass es mir leidtut. Dass ich nichts so sehr bereue wie meine Dummheit von damals. Und dass ich sie nie vergessen habe. Das will ich noch loswerden, bevor ich ins Jenseits entschwinde.«

Unvermittelt schlug er mit der Faust auf den Tisch, dass die Gläser klirrten.

»Und jetzt ist mal Schluss, das klingt ja wie das Finale einer amerikanischen Seifenoper.«

Matteo grinste, von Flavios Geschichte berührt und zugleich erleichtert, endlich wieder die gewohnte Ruppigkeit zu vernehmen.

»Haben Seifenopern ein Ende? Ich dachte, die gehen ewig weiter?«

»Mach du mal deine Salsicce, Fleischermeisterchen, mach du mal deine Salsicce und spuck keine großen Töne.«

Da war er wieder, der gute alte Flavio.

Matteo gab dem Kellner ein Zeichen, dass er bezahlen wollte. Dann zwinkerte er Flavio zu.

»Komm, den Caffè nehmen wir woanders.«

»Wo denn?«

»Ich habe gehört, das Belvedere soll eine Terrasse mit wunderbarer Aussicht haben, außerdem werde dort eine ganz hervorragende Crema zubereitet.«

Matteo grinste, als er Flavios verdutztes Gesicht sah.

»Nun komm schon, alter Sturkopf. Genau deswegen sind wir doch hier. Vielleicht kannst du schon einen Blick auf Karlotta erhaschen. Sie wird wie die meisten Schauspieler dort wohnen. Das weiß ich aus verlässlicher Quelle, beziehungsweise: Nina weiß es von irgendwem. Ein Mittagessen im Belvedere hätte uns allerdings in den Ruin getrieben. Um den Caffè auf der Terrasse bezahlen zu können, müssen wir nur einen mittelgroßen Kredit aufnehmen. Aber das soll heute keine Rolle spielen.«

Flavio hatte derweil in seiner Jacketttasche gewühlt und schwenkte jetzt eifrig ein Bündel Geldscheine durch die Luft.

»Du bist zu allem eingeladen«, verkündete er.

Matteo winkte ab. »Du hast mir mit Luigi und Beppo schon so viele Stunden in der Macelleria geholfen, und nicht nur dort, da werde ich wohl heute mal das Essen spendieren dürfen.«

Flavio zog eine grimmige Miene und murmelte ein paar Flüche. Keine andere Reaktion hatte Matteo erwartet. Dankbarkeit war etwas, mit dem Flavio sich genau wie seine beiden Kompagnons schwertat. Eigentlich war Matteo das ganz recht. Zu viel Sentimentalität lag ihm auch nicht.

»Komm«, stupste er den Alten an, prüfte mit einem schnellen Blick die Rechnung, die der Kellner ihnen in einem ledernen Etui zum Tisch gebracht hatte, und legte den unverschämt hohen Betrag hinein. »Kämm dir noch mal die Haare und dann auf zu einem Caffè in der Welt der Stars und Sternchen.«

Erschrocken griff Flavio sich an seinen wie stets perfekt pomadisierten Schopf. Matteo verkniff sich ein Lachen.

Das Hotel Belvedere war ein solides Viersternehotel, das in erhöhter Lage einen schönen Blick über die Stadt und den See bot. Aber es war in keiner Weise mit dem alten Grand Hotel zu vergleichen, das seit einigen Jahren leer stand und früher einmal die eigentliche Herzkammer des Festivals gewesen war. In dem parkähnlichen Garten hatten bis 1971 die Filmvorführungen stattgefunden. Dort hatten die Prominenten gewohnt, dort hatten die rauschenden Partys stattgefunden, dort hatte Flavio in der Bar ausgeholfen, Gläser gespült, Tische und Stühle gerückt und der ein oder anderen Filmvorführung beigewohnt.

»Weißt du«, schwelgte der Alte in Erinnerungen, »das erste Mal habe ich 1960 auf dem Filmfestival gearbeitet. Ich kann dir sagen, ich war von dem Glanz und der Schönheit des Hotels völlig überwältigt. Allein der riesige Murano-Leuchter, der größte und schwerste der Welt. Die Decken und Wände waren mit Fresken bemalt, riesige Sofas und Sessel aus Leder und rotem Samt standen im Foyer und an der Bar tummelten sich die Reichen und Schönen. Den Goldenen Leoparden hat damals Mauro Bolognini mit *Bel Antonio* gewonnen.

Mit Marcello Mastroianni und Claudia Cardinale in den Hauptrollen. Das Drehbuch stammte, zumindest teilweise, wenn ich mich recht erinnere, von Pier Paolo Pasolini. Es ist wirklich traurig, dass ein so traditionsreiches Hotel einfach die Pforten schließt. Aber klar, ich verstehe das. Das ist die neue Zeit. Wenn man aus einem Hotel wie diesem ein Appartement-Haus macht und die Wohnungen verkauft, dann verdient man in kürzester Zeit ein Vermögen. Das ist auf unserer Seite des Sees ja nicht anders.«

Matteo grummelte unwillig eine Zustimmung.

»Die Grand Hotels waren damals zwar auch nur den Wohlhabenden vorbehalten. Über das Grand Hotel in Stresa habe ich irgendwann einmal gelesen, dass König Umberto I. dort ebenso übernachtet hat wie Mussolini, Toscanini, Clark Gable, John D. Rockefeller, Ernest Hemingway oder Charlie Chaplin«, erinnerte sich Matteo und gab sein erfolgloses Spähen nach einem Aschenbecher auf. »Das ist schon absurd: In den Bergen mussten die armen Leute aus purer Not ihre Kinder als Kaminkinder an Schornsteinfeger nach Mailand oder Turin verkaufen und massenhaft auswandern, während am See die englischen, amerikanischen und deutschen Millionäre Tennis spielten.«

Endlich näherte sich der junge Kellner, den Matteo mehrfach auf sich aufmerksam zu machen versucht hatte, ihrem Tisch. Er nahm umständlich die doch sehr einfache Bestellung auf und ging, ohne die leeren Tassen abzuräumen, die noch von den letzten Gästen stehen geblieben waren.

»Den reichen Touristen«, erklärte Flavio, »verdanke ich eigentlich meinen Beruf. Im Sommer konnte ich mich als Jugendlicher nicht sattsehen an den schönen Autos, die sie spazieren fuhren. Die Engländer kamen mit einem Jaguar E-Type oder Austin-Healey, die Schweizer und Deutschen im Mercedes Roadster oder Porsche, die Mailänder in einem Ferrari 250 GT Berlinetta oder einem Alfa Romeo oder Lancia. Heute fahren alle Luxus-SUVs und verstopfen die Uferstraße.«

Matteo nickte und trank seinen Caffè, der mittlerweile eingetroffen war. Gar nicht so übel, wenngleich die Unsumme nicht wert, die er kosten würde. Wohlweislich hatte Matteo vorab lieber nicht in die Karte geschaut.

»Flavio, wie wollen wir die Stunden bis zum Filmbeginn eigentlich noch verbringen? Willst du noch einmal ins Hotel, dich ein bisschen hinlegen?«

Empört schüttelte Flavio den Kopf.

»Wie kommst du denn darauf? Willst du mir unterstellen, dass ich zu klapprig bin, um ein bisschen Trubel auszuhalten?«

Matteo hob beschwichtigend die Hände.

»Außerdem«, fuhr der Alte fort, »habe ich Beppo versprochen, in der Wallfahrtskirche Madonna del Sasso eine Kerze anzuzünden. Und zwar nicht irgendwo, sondern in der *Kapelle der Beweinung des toten Christus*. Keine Ahnung, warum genau dort, aber den Gefallen konnte ich ihm nicht abschlagen. Bist du schon einmal dort gewesen?«

Matteo verneinte.

»Von hier aus sind es vielleicht zwanzig Minuten zu Fuß, zurück in die Stadt können wir mit der Seilbahn fahren. Das wird uns guttun. Mir jedenfalls. Und du, Fleischermeisterchen, kannst im Angesicht der wundertätigen Statue der Madonna del Sasso beten, dass Luigi und Beppo deine Kunden nicht vergraulen. Und ich, schaden wird es jedenfalls nicht, bete, dass die Begegnung mit Karlotta nur ansatzweise so verläuft, wie ich mir das in meinen altersschwachen Tagträumen ausgemalt habe. Glaube bloß nicht, ich wüsste nicht, was für eine lächerliche Figur ich abgebe.«

»Ich finde dich gar nicht lächerlich«, beeilte sich Matteo zu antworten und das entsprach absolut der Wahrheit.

Als es ihnen am frühen Abend gelungen war, einen Platz unmittelbar am roten Teppich zu ergattern, war Flavios Aufregung zurückgekehrt. Matteo spürte, wie der alte Mann neben ihm zitterte. Zahllose Leute waren schon im Blitzlichtgewitter der Fotografen vorbeiflaniert. Doch es hatte sich nur um Mitglieder der Filmcrew oder um Ehrengäste gehandelt, für die sich niemand der Wartenden wirklich interessierte.

Matteo war nun selbst aufgeregt. Er kannte ein oder zwei Filme, in denen Karlotta Tramboni mitgespielt hatte, und durch Flavios Erzählung war aus dem Filmstar ein Mensch geworden, der mit Flavio in Verbindung stand oder gestanden hatte.

»Da«, war das Einzige, was Flavio schließlich hervorstieß. Zeitgleich ging ein Raunen durch die Menge und das hektische Knipsen der Fotoapparate begann erneut. Da war sie also. Karlotta Tramboni hatte sich bei einem Mann im schwarzen Smoking untergehakt, es war der Regisseur, den Matteo an dem auffälligen Schnurrbart erkannte. Er hatte ein Bild von ihm im Programmheft gesehen.

Karlotta Tramboni war eine zarte, kleine Frau, die aber kein bisschen fragil wirkte. Ihr rotes Haar war zu einer aufwendigen Frisur hochgesteckt, der Stoff des cremefarbenen Kleides floss bis auf den roten Teppich. Ihr Gesicht war trotz ihres Alters von einer nahezu makellosen Schönheit, obgleich man unter dem üppigen Make-up ihre Falten erkennen konnte. Am auffälligsten aber war der Ausdruck ihrer Augen, warmherzig und verschmitzt zugleich, der nicht recht zu der Eleganz ihrer Erscheinung passte. Matteo konnte sich sofort vorstellen, dass man an diese Frau sein Herz verlieren konnte.

Einem Impuls folgend, wollte Matteo den alten Mann stützen, falls dieser ins Schwanken geriet, außerdem drängten die hinter ihnen stehenden Schaulustigen nach vorn, um einen Blick auf die Schauspieler zu erhaschen. Aber Flavio stand zäh und aufrecht, das Kinn stolz und entschlossen nach oben gereckt. »Soldatisch«, hätte Luigi an dieser Stelle trompetet.

Die Schauspieler und Schauspielerinnen von *Morto non vi serve a niente* kamen nur langsam voran. Immer wieder posierten sie für einzelne Fotografen, winkten ins Publikum oder gaben ein Autogramm. Als die Gruppe beinahe auf ihrer Höhe war, holte Flavio tief

Luft, blieb aber stumm. Matteo schaute ihn fragend von der Seite an. Wollte er den Moment verstreichen lassen? Sollte er Karlotta Tramboni einfach vorübergehen lassen?

Sicher einen halben Meter war die Schauspielerin schon an ihnen vorbeigelaufen und machte Anstalten, sich einem überschwänglich winkenden Fan auf der gegenüberliegenden Seite zuzuwenden.

»Karla!«, rief Flavio in diesem Moment.

Karlotta Tramboni verharrte, schaute sich verwundert um, dann entdeckte sie Flavio. Kein Zweifel, sie wusste sofort, wen sie vor sich hatte. Ohne zu zögern, aber gemessenen Schrittes kam sie zu ihnen hinüber und streckte Flavio beide Hände entgegen.

»Karla«, stammelte er noch einmal, während sie seine Hand umschloss.

Matteo konnte sich nicht erinnern, je eine derart anrührende, aber auch reichlich theatralische Szene miterlebt zu haben. Wahnsinnig gern hätte er sich eine Futura angesteckt, um die Sentimentalität, die sich mit reichlicher Vehemenz in ihm breitmachte, zu verscheuchen.

»Ich habe geahnt, dass du kommst, lieber Flavio.« Voller Wärme musterte sie sein Gesicht. »Und ein wenig habe ich es auch gehofft«, fügte sie lächelnd an.

»Karla, ich …«, stammelte Flavio.

»Lass uns nachher in Ruhe sprechen.« Sie deutete hinter sich. »Ich habe hier noch ein paar Verpflichtungen. Komm doch später zur Premierenfeier. Ich lasse dich auf die Gästeliste setzen.«

Sie nickte Matteo zu.

»Plus eins.«

Matteo versuchte sich an einem höflichen Lächeln. Flavio nickte stumm.

Dann beugte sie sich vor und flüsterte ihm etwas ins Ohr, das Matteo nicht verstehen konnte.

»Bene«, presste Flavio hervor. »Karla, ich …«

Sie winkte lächelnd ab.

»Viel Spaß beim Film. Er ist ganz anständig geworden, würde ich sagen, auch wenn der Titel *Tot wird er euch nicht nützen* ein wenig reißerisch ist.«

Und nun, als Karlotta Tramboni mit federnden Schritten wieder zu ihren Kollegen aufschloss und dabei einem Fotografengrüppchen eine Kusshand zuwarf, griff Matteo doch lieber nach Flavios Arm. Er spürte, wie der alte Mann bebte, als er ihn zu ihren Plätzen führte. Sie hatten Karten für die sechzehnte Reihe bekommen. Weiter vorne, dort, wo die Mitwirkenden und allerhand andere Prominente sitzen würden, war nichts zu ergattern gewesen. Die Kulisse war eindrucksvoll. Achttausend Menschen saßen auf den Stühlen, plauderten, blickten sich um, lasen in Prospekten oder starrten erwartungsvoll auf die größte Leinwand der Welt.

Als eine halbe Stunde darauf der Film begann, lag die Piazza Grande in vollkommenes Dunkel gehüllt, nur in den umliegenden Bars schimmerten ein paar Lichter. Eine gespannte Erwartung lag in der Luft. Flavio, der neben Matteo saß, war schweigsam, schien sich aber beruhigt zu haben. Ein versonnenes Lächeln lag auf seinem Gesicht.

2

Matteo drückte Flavio zurück auf den Stuhl.

»Warte du hier. Ich versuche herauszufinden, was passiert ist, was es mit diesem Schuss auf sich hat. Mit Karlotta wird alles in Ordnung sein. Sei unbesorgt.«

Der Film wurde angehalten, die hell angestrahlte Leinwand erleuchtete nun den Platz. Die beruhigende Stimme aus dem Lautsprecher vermochte es wundersamerweise, die Massen zu lenken und über die schmalen Gänge zu den Ausgängen zu lotsen, wo derweil Polizisten und einige Sanitäter Aufstellung genommen hatten. Matteo versuchte, sich den Weg durch die eng gestellten Stuhlreihen zu bahnen, um zum Ort des Geschehens und zu Karlotta Tramboni vorzudringen. Aber nach ein paar Metern erkannte er, dass es zu riskant war, sich bis dorthin durchdrängeln zu wollen. Noch bevölkerten zahllose Menschen den Platz und noch konnte die Panik um sich greifen. Er lief zu Flavio zurück, um ihn aus dem Gefahrenbereich herauszuführen.

»Lassen Sie uns durch, bitte.« Ungeduldig schob er Flavio an den anderen Zuschauern vorbei, der Alte konnte sich kaum auf den Beinen halten. Im Laufen nestelte Matteo seinen Dienstausweis aus der Tasche. Mit den Worten »Polizei, lassen Sie mich bitte durch« bahnte er sich den Weg zu dem Restaurant, wo sie vor Stunden gesessen hatten, und drückte Flavio auf einen der Stühle.

»Bitte, Matteo, mir geht es schon wieder besser. Du musst rausfinden, was passiert ist. Ich warte hier auf dich. Mach schon.«

»Signore e Signori, Ladies and Gentlemen, Mesdames et Monsieurs, meine Damen und Herren. Begeben Sie sich weiterhin langsam zu den Ausgängen. Es hat einen Zwischenfall gegeben, aber Sie sind nicht in Gefahr. Bitte bewahren Sie Ruhe.«

Mittlerweile war der Platz so leer, dass es Matteo mühelos gelang, sich bis zur ersten Reihe vorzuarbeiten, wo die Mitarbeiter des privaten Sicherheitsdienstes einen Kreis um das Geschehen gebildet hatten und nun auf die Polizei und auf irgendwelche Instruktionen zu warten schienen. Matteo hatte leichtes Spiel, als er einem der Sicherheitsmänner seinen Ausweis der italienischen Polizei hinhielt.

»Basso, Matteo Basso, bitte lassen Sie mich durch.«

Der Sicherheitsmann zögerte einen Moment, dann gab er den Weg frei. Zwei Sanitäter breiteten in diesem Moment ein Tuch über die am Boden in einer Blutlache liegende Frau.

Es handelte sich nicht um Karlotta Tramboni, wie Matteo mit einer gewissen Erleichterung, die ihm sogleich ungehörig vorkam, registrierte. Die Tote war wesentlich jünger. Sie trug ein leuchtend blaues Kleid. Wenn Matteo nicht alles täuschte, dann hatte er auch ihr Gesicht im Programmheft des Filmfestivals gesehen. Vermutlich war sie ebenfalls Schauspielerin.

Der Ring der Sicherheitsleute öffnete sich ein weiteres Mal, und ein bulliger Typ, dessen Haar genauso speckig glänzte wie sein Trenchcoat, schob sich hindurch, begleitet von einem halben Dutzend Uniformierter. Er kniete sich zu der Toten, hob das Tuch noch einmal an und wechselte ein paar Sätze, die Matteo nicht verstehen konnte, mit den Sanitätern. Dann stand er fluchend auf, klopfte sich mit einer Hand die ausgebeulten Hosen ab, während er mit der anderen sein Telefon ans Ohr hielt und zwei, drei kurze Anweisungen hineinblaffte.

Als er fertig war und sein Handy in der Brusttasche verstaut hatte, kam er auf Matteo zu. Zweifelsohne handelte es sich um den zuständigen Ermittler.

Da er in den vergangenen Jahren verschiedene Male in die Aufklärung von Mordfällen verwickelt gewesen war, hatte Matteo so seine Erfahrungen mit den offiziellen Beamten gemacht, die in der Regel nicht sonderlich begeistert gewesen waren, dass er ihnen ins Handwerk gepfuscht hatte. Aber jetzt war er ja nur hier, um nach Karlotta Tramboni zu sehen und um Flavio zu beruhigen.

»Basso.« Er nestelte, ohne recht zu wissen, warum, erneut seinen Ausweis hervor. »Ich saß im Publikum. Deshalb bin ich hier.«

»Orler, Alberto. Ich habe gerade nebenan meinen Feierabendwein getrunken. Nur falls Sie sich fragen, warum ich hier bin. Beziehungsweise«, er nickte zu der Toten hinüber, »warum ich so schnell hier bin. Ich hätte ohnehin kommen müssen. Was soll man machen?« Er zog eine Miene, als hätte er auf ein faules Stück Obst gebissen.

»Und gilt das auch für Sie, Basso? Auch Commissario und immer im Dienst?«

»Nein, nicht direkt. Ich bin Polizeipsychologe. Und, wie gesagt, dass ich hier bin, ist reiner Zufall. Ich wollte nur … Ich dachte, ich könnte irgendwie helfen. Wer ist die Tote?«, erkundigte sich Matteo

»Sie wissen nicht, wer das ist? Ich kenne mich mit Filmen auch nicht gut aus. Aber das ist Simona Morelli. Ganz Locarno freut sich seit Wochen, dass sie zum Festival kommt.« Er schnaubte wütend. »So eine Scheiße. Sie stammt gewissermaßen aus der Gegend. Vom Comer See, um genau zu sein, und ist sehr beliebt. Vor allen Dingen bei den jungen Leuten. Das weiß ich, weil wir seit ihrer Ankunft vor ihrem Hotel eine Heerschar Teenager in Schach halten müssen. Eine dieser neuen Fernsehserien hat sie berühmt gemacht. Nicht auszudenken, was die jungen Leute machen, wenn sie von ihrem Tod erfahren.«

Ein kurzer Hustenanfall des Ermittlers beendete dessen Erläuterungen.

Matteo war der bullige unkonventionelle Typ mit der rauen Stimme unmittelbar sympathisch. Er hielt dem Ermittler die Futura-Packung hin und ihm entging nicht das flüchtige Aufscheinen von Gier in dessen Augen.

»Grazie, aber ich darf nicht. Meine Frau hat es mir verboten. Und dieses Mal macht sie ernst. Wenn ich mich nicht daran halte, geht sie, befürchte ich.«

Erneut wurde Orler von einem gewaltigen Hustenanfall geschüttelt. Offenbar hatte die Gattin triftige Gründe für ihre Anordnung.

»Lassen Sie den Platz evakuieren? Es ist unfassbar, wie geordnet das alles abläuft.«

Alberto Orler zuckte die Schultern.

»Das haben wir der Geistesgegenwart des Veranstalters und der Gleichmut der Schweizer zu verdanken. Manchmal hat so ein einschläferndes Temperament auch sein Gutes.« Er grinste und zeigte über den jetzt fast leeren Platz.

»Nein, im Ernst. Da muss der Allmächtige seine Hände im Spiel gehabt haben, dass hier keine Massenpanik ausgebrochen ist. Achttausend Menschen und sie gehen einfach so. Eigentlich unfassbar.«

Dann wandte er sich an die Beamten, die mittlerweile am Tatort eingetroffen waren.

»Stefano, Giuseppe, Franco, ihr sprecht mit den Leuten von der Filmcrew und den Ehrengästen. Die müssen ja irgendwo sein. Marco, du bleibst hier, bis die Spurensicherung eingetroffen ist. Und fordere Verstärkung an, damit die Geier von der Presse dich nicht überrennen. Wahrscheinlich wimmelt es hier vor akkreditierten Fotografen und Journalisten. Diego und ich nehmen uns das Haus vor, aus der der Schuss kam. Fausto und seine Jungs sind schon vor Ort. Wir haben eben telefoniert. Wir müssen schnell sein, bevor uns die Bundeskriminalpolizei und die Herren aus Bern den Fall streitig machen.«

Er nickte Matteo zu.

»Basso, kommen Sie mit? Die Tote stammt ja vom Comer See. Da ist der grenzüberschreitende kleine Dienstweg nicht die dümmste Idee. Aber nur, wenn Sie die verdammte Zigarette ausmachen. Ist ja nicht auszuhalten der Geruch, herrlich.«

Sie schritten über den Platz. Als sie etwa die Hälfte des Weges hinter sich hatten, öffnete sich ein Fenster in einem der oberen Stockwerke eines Hauses. Polizisten in Kampfmontur waren zu sehen.

»Offenbar wurde nur ein gezielter Schuss abgegeben. Das war ein absoluter Profi. Oder was meinen Sie?«

Matteo überlegte, ob Orler ihn tatsächlich nach seiner Meinung fragte oder ob die Frage des Commissarios ironisch gemeint war. Das wäre das Gebaren, das Matteo von seinen bisherigen Begegnungen mit der Polizei kannte: Wo ihm nicht ruppig mitgeteilt worden war, dass er sich aus der Polizeiarbeit heraushalten solle, war man ihm mit allenfalls notdürftig kaschierter Süffisanz begegnet. Überrascht hatte ihn das nie. Schließlich hatte er lange genug als Psychologe bei der Mailänder Polizei gearbeitet. Bevor er seinen Dienst in Mailand quittiert hatte, hatte er vor allem traumatisierten Polizisten geholfen. Er war nie das gewesen, was man neumodisch *Profiler* nannte, also ein Fallanalytiker, der sich in die Psyche der Täter hineinzudenken versuchte.

Im Hintergrund waren Sirenen zu hören und Matteo registrierte aus dem Augenwinkel, dass immer mehr

Polizisten das Haus umstellten. Von der Via Torretta bahnte sich ein Ü-Wagen von RSI LA1, dem öffentlich-rechtlichen Fernsehsender der italienischen Schweiz, den Weg auf den Platz.

Kommissar Orler deutete Matteos Zögern richtig.

»Das war eine ernst gemeinte Frage!«

»Ihr Schluss klingt logisch«, versetzte Matteo. »Vermutlich wollte der Schütze gezielt diese Frau treffen. Und wer aus fast siebenhundert Meter so präzise trifft, hat irgendwo eine verdammt gute Ausbildung erhalten.«

»Kommen Sie, Basso. Wir wollen mal schauen, ob der Täter seine Präzisionswaffe vielleicht da oben zurückgelassen hat. Dann wären wir schon ein bisschen schlauer. Ich tippe darauf, dass er sie nicht mitgenommen hat. Viel Zeit blieb ihm schließlich nicht, um sich aus dem Staub zu machen.«

Ganz verstand Matteo noch nicht, warum ihm Orler zu vertrauen schien. Flavio wartete, aber Matteos Instinkte waren längst geweckt. Seine Neugierde war groß und dieser Kommissar war ihm außerordentlich sympathisch. Wenn er sprach, klang es, als würde er sich mit seinen Kommentaren aufmuntern und sich zugleich über sich selbst ein wenig lustig machen wollen. Matteo vermutete in dem Schweizer Ermittler einen Melancholiker, wie er selbst einer war – nur schien er noch eine Portion mehr Galgenhumor zu besitzen.

Orlers Mobiltelefon läutete, er wandte sich ein wenig ab und lauschte in sein altertümliches Handy, das in seiner riesigen Hand verschwand. Ab und zu brummte er etwas Unverständliches.

Noch im Auflegen deutete er auf Matteos Brusttasche, in der die Futura-Packung steckte.

»Kann ich doch eine haben?«

»Und Ihre Frau?«

Orler hustete.

»Ich stecke sie nicht an, dann merkt sie nichts. Aber ich kann mich verdammt noch mal nicht konzentrieren, wenn ich keine Fluppe zwischen den Lippen habe.«

Matteo streckte dem Kommissar die Schachtel entgegen, nachdem er eine der Futuras herausgeklopft hatte. Als würde die Gefahr bestehen, dass Matteo es sich anders überlegte, grapschte Orler nach der Packung und nestelte gleich noch eine zweite Zigarette heraus.

»Guter Stoff, sind hier schwer zu kriegen.« Mit verlegenem Grinsen reichte der Kommissar das Päckchen zurück und steckte sich die eine Zigarette zwischen die Lippen, die andere ließ er in seiner Jackentasche verschwinden. »Ich revanchiere mich bei Gelegenheit.«

Beinahe schmerzlich wohlig stöhnte er auf.

»Ah, tut das gut«.

Das Zippo, das Matteo ihm entgegenhielt, wedelte er hektisch zur Seite.

»Sind Sie irre?!«

Matteo schob die Zigarettenpackung zurück in die Brusttasche und ertastete dabei ein reichlich ramponiertes Exemplar seiner Visitenkarten.

Er zog sie hervor und reichte sie Orler. »Ich sollte jetzt los.«

Orler runzelte die hohe Stirn, von der ungekämmte Haare abstanden, deren ursprüngliche Farbe derzeit nur zu erahnen war. Eine Haarwäsche stand dringend an und war vermutlich, neben dem Rauchverbot, ein weiteres Anliegen von Orlers Gattin.

»Hat dieser verdammte Rauchentzug mein Hirn jetzt schon komplett vernebelt?«, polterte er. »Macelleria?! Ich dachte, Sie sind von der italienischen Polizei. Habe ich geschielt, als Sie mir Ihren Ausweis unter die Nase gehalten haben? Oder wollen Sie mich für blöd verkaufen?«

Matteo hob beschwichtigend die Hände.

»Nichts von beiden. Das ist tatsächlich so. Eine Art Doppelfunktion. Würde jetzt gerade zu lang dauern, das zu erklären.« Er nickte den Beamten, die vor dem Hauseingang Wache hielten, zu, sie schienen ungeduldig auf Orler zu warten.

»Erkläre ich Ihnen bei Gelegenheit.«

Der Kommissar schnaubte.

»Sie werden erwartet«, fuhr Matteo unbeirrt fort. »Ich komme wohl besser nicht mit hoch, aber wenn Sie mich brauchen, melden Sie sich einfach. Ich bin mit einem Freund hier, wir sitzen noch eine Weile auf der Terrasse des Ristorante dell'Angelo.

Orlers unbewegtes Mienenspiel ließ keine Einschätzung darüber zu, was er von Matteos Angebot hielt.

»Oder Sie rufen mich einfach an, meine Nummer steht auf der Karte«, schloss Matteo.

Orler riss die blauen Augen, an deren Wässrigkeit die eine oder andere Flasche Wein ihren Anteil gehabt haben dürfte, übertrieben weit auf, als mimte ein Stummfilmstar Entsetzen, dann brach er in lautstarkes Lachen aus, das sich unmittelbar in einen Hustenanfall verwandelte.

»Bene, bene«, keuchte er schließlich. »Sie werden es nicht glauben, das mache ich vielleicht sogar. Auf diese ganzen Tintenpisser aus dem Präsidium hier kann ich gut und gern verzichten.«

Unerwartet kräftig boxte er Matteo vor die Brust.

»Da wende ich mich doch lieber an einen Kollegen, der was Anständiges zu paffen dabeihat.« Mürrisch schüttelte er den Kopf. »Auch wenn ich das mit der Macelleria nicht verstanden habe. Aber ich muss ja auch nicht alles verstehen. Gehen Sie mal ins Ristorante dell'Angelo, falls ich da oben was Interessantes finde, komme ich zu Ihnen rüber oder wähle die Nummer hier. Lande ich da immer beim Metzger oder ist das die direkte Durchwahl zum Polizeikollegen aus Verbania?«

Mit einem Ruck wandte er sich den Beamten zu und brüllte:

»Ich muss ja auch nicht alles verstehen, richtig? Ich bin ja schließlich nicht der liebe Gott höchstpersönlich, oder etwa doch?«

Man merkte den Beamten an, dass ihnen vollkommen klar war, dass man auf diese Frage nur die falsche Antwort geben konnte. Also zogen sie es vor zu schweigen.

»In diesem Sinne, a dopo«, brummte Orler nun und schlurfte davon.

Matteo beeilte sich zu Flavio zurückzukommen, aber als er auf die Terrasse trat, erkannte er an dessen grimmiger, aber gefasster Miene unmittelbar, dass die Nachricht über die Identität des Mordopfers schon bis zu ihm vorgedrungen war. Oder zumindest die Kunde, dass Karlotta Tramboni noch am Leben und in Sicherheit war. Hoffentlich war sie wirklich in Sicherheit, dachte Matteo plötzlich mit einem leisen Unbehagen.

»Der Schuss hat Simona Morelli getroffen. Sie ist tot.« Matteo ließ sich auf den Stuhl neben dem Alten fallen und steckte sich eine Futura an.

»Ich glaube, ich könnte auch eine vertragen«, presste Flavio hervor.

»Wollt ihr mich heute alle arm machen, oder was?« Er hielt ihm die Packung hin und ließ das Zippo aufschnappen.

Eine Weile saßen sie schweigend nebeneinander und rauchten. Erst allmählich wurde ihnen bewusst, dass sie soeben Zeugen eines brutalen Mordes geworden waren. Eines spektakulären Mordes, der sich nur wenige Meter von Karlotta Tramboni entfernt ereignet hatte und vor achttausend Zeugen. Stumm betrachteten sie die Geschehnisse auf der Piazza. Der Ü-Wagen hatte Stellung bezogen, ein Reporter sprach in sein Mikrofon, der Kameramann hatte ihn so positioniert, dass die Leinwand und die Stuhlreihen zu sehen waren, aber auch die Absperrung, hinter der die Spurensicherung ihrer Arbeit nachging.

Matteo dachte über das nach, was Orler über seine Schweizer Landsleute gesagt hatte. Es war ein Klischee, aber Orlers Beobachtung deckte sich mit der von Matteo. Der Mentalitätsunterschied zwischen Italienern und Schweizern war geradezu frappant. Auch wenn nur wenige Kilometer zwischen Cannobio und Locarno lagen und auf den ersten Blick vieles ähnlich zu sein schien. Auch hier wuchsen Palmen. Das Klima war ebenso mild wie bei ihnen und auf den Tischen stand Pasta oder Risotto und Wein. Auch hier wurde Italienisch gesprochen, aber irgendwie leiser, fand Matteo, die Autos fuhren durch die Stadt, ohne zu hupen, und sogar die Züge kamen pünktlich. Das Tessin, so scherzten sie gerne in Cannobio, war fast wie Italien, nur funktionierte dort alles besser. Alles war ordentlich, man pflegte ein Dolce Vita mit angezogener Handbremse – und das war nur der halbe Spaß. Auch darin war man sich jenseits der Grenze einig.

Dass es bei ihnen drüben jemals so leise zugehen würde, egal, was sich gerade ereignet hatte, konnte Matteo sich beim besten Willen nicht vorstellen. Aber Orler hatte schon recht. Heute hatte dieser Mentalitätsunterschied dazu geführt, eine mögliche Katastrophe, eine Massenpanik, zu verhindern.

Flavios Räuspern unterbrach seine Gedanken.

»Wollen wir?«

»Was meinst du, Flavio? Was wollen wir? Schlafen gehen? Eine Flasche Wein trinken? Doch nach Hause fahren? Ich glaube nicht, dass hier noch etwas passiert. Die werden das Festival abbrechen.«

»Zur Premierenfeier?«, murmelte der Alte fragend und Matteo erkannte an dessen verschämten Augenaufschlag, dass ihm durchaus klar war, dass sein Wunsch angesichts der Umstände ziemlich pietätlos wirken musste.

»Ich bin nicht sicher –«, setzte Matteo an.

»Lass uns nachsehen, bitte. Ich kann jetzt unmöglich schlafen gehen. Und wenn nur die geringste Möglichkeit besteht, Karlotta zu sprechen, würde ich sie gerne wahrnehmen«, unterbrach Flavio ihn. »Ich weiß mittlerweile auch, wo sie stattfindet. Im PalaCinema an der Piazza Castello. Wir sind heute Nachmittag daran vorbeigekommen. Es ist dieses alte Schulhaus mit dem modernen Dachaufbau, wo seitlich das riesige Festivalplakat angebracht ist.«

Ergeben erhob Matteo sich und blickte kurz auf seine Armbanduhr. Es war kurz nach 23 Uhr. Er erwischte sich bei dem Gedanken, dass sich, falls die Premierenfeier trotz des Zwischenfalls und der fortgeschrittenen Stunde tatsächlich stattfinden sollte, vielleicht die Gelegenheit ergeben würde, mit ein paar Menschen zu sprechen, die ihm etwas mehr über das Mordopfer erzählen konnten. Und damit auch über mögliche Tatmotive. Er hörte förmlich schon, wie Nina halb empört, halb belustigt nach Luft schnappte, bevor sie ihm – halb empört, halb belustigt – vorhielt, dass man ihn nicht eine Sekunde aus den Augen lassen könne, ohne dass ihm das nächste Verbrechen in die Quere komme. Oder umgekehrt: er dem Verbrechen?

Seis drum. Eigentlich gefiel es der jungen Kommissarin doch ganz gut, dass ihr Lebensgefährte nicht nur einfacher Fleischer war, auch wenn sie seine kulinarischen Spezialitäten absolut zu schätzen wusste. Und schließlich war sie es gewesen, die ihn überredet hatte, wieder in den Polizeidienst zurückzukehren. Es war schon verständlich, dass Orler sich über diese ungewöhnliche Kombination gewundert hatte.

Während sie die Piazza überquerten, blickte Matteo sich noch einmal um. Immer noch standen Polizisten in einem der Fenster, aus dem der Schuss allem Anschein nach abgegeben worden war, aber der Kommissar war nicht zu entdecken. Irgendetwas sagte Matteo, dass er dem hünenhaften Mann nicht zum letzten Mal begegnet war.

Das Foyer des PalaCinema war hell erleuchtet, am Eingang hatten sich zwei Türsteher postiert, aber man konnte durch die Fenster sehen, dass sich im Inneren nur wenige Leute aufhielten. Matteo konnte spüren, wie Flavio vor Enttäuschung in sich zusammensank, und beeilte sich, einen der Securitymänner nach der Premierenfeier zu fragen. Der verwies ihn an eine Frau, die hinter der Eingangstür auf einem Barhocker saß.

Auf dem Tisch vor ihr lag die Gästeliste. Matteo winkte Flavio, ihm zu folgen. Die Frau lächelte sie bedauernd an: »Ja, Sie stehen auf der Liste, aber hier ist niemandem festlich zumute. Die Feier wurde nicht abgesagt, aber sie findet auch nicht statt, wenn Sie wissen, was ich meine. Sie können gerne hinein, aber es ist alles sehr trostlos. Die Polizei ist auch da und befragt in einem Nebenraum die Leute. Aber es hat ja niemand etwas gesehen.«

Ihr schossen die Tränen in die Augen. Auch Matteo war mit seinen Gedanken bei Simona Morelli. Warum wurde eine junge Schauspielerin, die am Anfang einer vielversprechenden Karriere gestanden hatte, auf offener Straße ermordet? Welchen Grund konnte es geben, sie so filmreif ins Jenseits zu befördern? Sie befanden sich in Locarno und nicht in der Eingangssequenz des neuesten James-Bond-Blockbusters. Dass eine so junge Person in Skandale, gar politische, verstrickt gewesen oder dem organisierten Verbrechen in die Quere gekommen war, war möglich, erschien Matteo jedoch unwahrscheinlich.

Als sie den Raum betraten, in dem die Feier stattfinden sollte, bot sich den beiden tatsächlich ein deprimierendes Bild. In drei, vier Grüppchen standen Schauspieler und Filmcrew beisammen. Eben noch souverän strahlend auf dem roten Teppich, machten sie nun einen hilflosen Eindruck. Keiner schien zu wissen, was sie tun sollten: gemeinsam trauern? Oder sich schlafen legen und versuchen, die Nacht ohne Albträume zu überstehen? Als er die roten Flecken am Hals einer in einem knappen goldenen Kleid mehr aufreizend als elegant gekleideten Mittzwanzigerin – warum dachte er automatisch: Nebendarstellerin? – sah, wurde ihm klar: Neben dem Schock war es vor allem die Angst, die sie in diesem Augenblick verband.

Auf einen Blick hatte Matteo erfasst, dass Karlotta Tramboni nicht unter den Anwesenden war.

Flavio atmete tief durch. Auch er hatte die Frau, wegen der er hier war, vergebens gesucht. Nun schien er die vage Hoffnung zu verspüren, dass sie gleich zurückkehren würde, vielleicht sprach sie gerade nebenan mit einem der Kommissare.

Matteos Handy vermeldete surrend den Eingang einer SMS.

Kann man dich nicht eine Sekunde allein lassen?

Die Nachricht war von Nina.

Woher weißt du …?, tippte Matteo zurück.

Internet, Eilmeldung. Schon mal davon gehört? Nicht jeder wartet auf die Repubblica vom nächsten Morgen.

Was denkst du?

Prompt kam ein Tränen lachender Smiley zurück. Auch wenn er, nachdem er sich lange dagegen gesträubt hatte, mittlerweile die Nützlichkeit von Mobiltelefonen eingesehen hatte – mit diesen albernen Bildchen konnte und wollte er sich einfach nicht anfreunden. Mal ganz abgesehen davon, dass er sie regelmäßig missverstand, musste doch wohl Zeit genug für ein paar knappe Worte sein. Als hätte Nina sein innerliches Grollen gehört, folgte eine Nachricht.

Du hast doch ohnehin deinen eigenen Kopf. Also tu, was du nicht lassen kannst. Und sag mir, wenn du Hilfe brauchst.

Noch bevor Matteo eine Antwort schreiben konnte, wurde seine Aufmerksamkeit auf einen der Gäste gelenkt, der sich sichtlich schwerfällig durch den Raum bewegte. Offensichtlich hatte er den Schreck der vergangenen Stunden mit Alkohol zu betäuben versucht. Seine grauen leicht gewellten Haare waren sicher zu Beginn des Abends adrett frisiert gewesen, jetzt standen sie müde und wirr vom Kopf ab.

»Was für eine Katastrophe, was für eine Katastrophe«, murmelte der Mann, als er in Höhe von Matteo ins Straucheln geriet und an dessen Schulter Halt suchte.

»Entschuldigen Sie vielmals. Ich, ich …«

»Wollen Sie sich setzen?«

Matteo war die ungebetene Nähe nicht allzu angenehm, also führte er den Mann, der sich seinen Schätzungen zufolge in seinen Sechzigern befand, zum Kopf der gedeckten, aber unberührten Tafel.

»Warum tötet jemand einen so wunderbaren, einen so jungen Menschen? Was hat eine so außergewöhnlich begabte Schauspielerin der Welt getan? Sie hat sie doch nur bereichert. Wenn ich bedenke, dass ich eben noch direkt neben ihr gesessen habe. Sie ist unmittelbar neben mir zu Boden gestürzt.«

Ratlos schüttelte der Mann den Kopf und Matteo schloss aus den sehr deutlich artikulierten Worten, dass es wohl doch nicht der Alkohol war, der den Mann ins Schwanken versetzt hatte, sondern die Erschütterung über das Geschehene.

»Kannten Sie die Tote?« Matteo zog sich einen Stuhl heran.

Ungläubig guckte der Mann ihn an.

»Wer bitte kannte Simona Morelli nicht?«

Matteo verkniff sich die Bemerkung, dass er sich nicht unmittelbar einen Reim auf ihren Namen hatte machen können. Aber sicher würde Nina wissen, welche Fernsehserie sie so berühmt gemacht hatte. Sie schaute gerne Netflix-Serien, zog es aber vor, sie alleine anzusehen oder auch mal am Wochenende einen Serienmarathon mit einer ihrer Freundinnen einzulegen.

Mit einer schwungvollen Bewegung strich Matteos

Gegenüber sich die Haare aus der Stirn und deutete, obgleich er saß, eine knappe Verbeugung an.

»Verzeihen Sie, ich habe mich noch gar nicht vorgestellt. Ich bin Gianluca Totti, mein neuer Film *La tragedia della sua vita* hätte morgen Abend laufen sollen. In einer neu geschaffenen Filmreihe.«

Wieder schüttelte er ratlos und traurig den Kopf.

»Aber dazu wird es nun nicht mehr kommen. Man wird das Festival abbrechen. Und das ist ja auch nur allzu verständlich. Aber zumindest habe ich der Toten mit *La tragedia della sua vita* ein kleines Denkmal setzen können.«

Matteo blickte ihn verwundert an. »Wie meinen Sie das?«

»Simona Morelli hat in meinem Film die Hauptrolle gespielt, neben Karlotta Tramboni.«

Der Regisseur zögerte. »Sind Sie eigentlich wirklich von der Polizei?«, fragte er daraufhin unvermittelt.

»Wie kommen Sie darauf?«

»Ich habe Sie vorhin mit dem Kommissar sprechen sehen, deshalb bin ich davon ausgegangen.«

Matteo beschloss, Tottis falsche Annahme nicht aufzuklären.

»Wenn Sie in *La tragedia della sua vita* mit Simona Morelli zusammengearbeitet haben, können Sie mir sicherlich etwas über sie erzählen? Ist Ihnen irgendetwas aufgefallen, was zur Aufklärung beitragen könnte?«

Totti zuckte hilflos die Schultern.

»Darüber zerbreche ich mir«, er blickte auf die Uhr, »seit mehr als einer Stunde den Kopf. Wir alle tun das.

Aber niemandem will etwas einfallen. Sie war eine wunderbare junge Frau, eine hochbegabte Schauspielerin, extrem erfolgreich für ihr Alter. Dabei hat sie sich die Filme, bei denen sie mitgewirkt hat, sehr genau ausgesucht. Sie war wählerisch. Ihr ging es wirklich um die Kunst. Nicht um den Kommerz. Deshalb habe ich sie auch für meinen kleinen Film gewinnen können.«

»Worum geht es denn in Ihrem Film?«, fragte Matteo.

»Darüber darf ich leider nicht reden.«

»Und warum nicht, wenn ich fragen darf?«

»Die neue Filmreihe«, setzte Gianluca Totti an, »heißt *Sorpresa*. Gezeigt werden, wie es der Name sagt, überraschende Filme, Filme, über die bis zur Premiere nichts nach außen dringen soll und die brisante Themen aufgreifen, die unsere Gesellschaft in besonderer Weise beschäftigen. Und weil *La tragedia della sua vita* ein solcher Film ist, wurde ich von der Festivalleitung eingeladen und vertraglich zum Stillschweigen verpflichtet.«

»Und daran wollen Sie sich noch immer halten?«, fragte Matteo irritiert.

»Man wird sehen, wie die Festivalleitung entscheidet. Geht das Festival weiter, wird auch mein Film gezeigt werden. Es sei denn, die Familie von Simona Morelli spricht sich dagegen aus. Aber der Film steht so oder so im Schatten der schrecklichen Ereignisse. Sie werden mich für überaus eitel halten, aber ich denke dabei nicht an mich, wenn ich sage, dass dies ein ebenso großes Drama ist wie der Tod von Simona Morelli.«

»Meine Güte, was herrscht denn hier für eine trübe Stimmung. Jetzt kriegt euch doch mal wieder ein, ich habe langsam echt genug von dieser Trauerveranstaltung.«

Die junge Frau in dem knappen goldenen Kleid, die Matteo beim Hereinkommen etwas abschätzig für eine Nebendarstellerin gehalten hatte, ließ sich ihm gegenüber auf einen Stuhl fallen und grinste ihn herausfordernd an. Sie schien sich vollkommen im Klaren zu sein über die Unangemessenheit ihres Auftritts. Offenkundig empfand sie Vergnügen an der Provokation.

»Sie kannten die Tote?«, fragte Matteo.

Die junge Frau warf den Kopf zurück und imitierte ein Lachen.

»Die himmlische Simona, wer kannte sie nicht? Wer lag ihr nicht zu Füßen?«

»Sagen Sie es mir«, entgegnete Matteo. »Oh, verzeihen Sie«, fügte er hinzu, bevor sie antworten konnte, »ich habe mich noch gar nicht vorgestellt. Basso, Matteo Basso.«

Dabei zückte er ansatzweise seinen Dienstausweis, was genügte, um ihren herausfordernden Blick für einen Moment zum Flackern zu bringen. Im nächsten Moment allerdings schien sie ihre Souveränität zurückgewonnen zu haben und ließ einen heiseren Lacher vernehmen.

»Da habe ich mich jetzt wohl gleich zur Hauptverdächtigen gemacht. Ich sehe schon die Schlagzeile: *Von Neid zerfressene Konkurrentin killt die Himmlische.*«

Ihre Stimme klang schrill.

Aus dem Augenwinkel nahm Matteo wahr, wie ein schwarz livrierter Kellner, der sich mit einem Tablett voller langstieliger Gläser ihrem Tisch näherte, stockte und abdrehte.

Totti seufzte vernehmlich auf.

»Maria, hör doch auf, was soll denn das Theater? Kannst du nicht wenigstens jetzt von ihr ablassen?«

Die junge Frau warf die Haare zurück und starrte auf einen der Deckenleuchter, die den Saal in warmes Licht tauchten. Wie ein trotziges Kind, ging es Matteo durch den Kopf.

»Wenn ich Sie richtig verstehe, waren Sie und Simona Morelli nicht die engsten Freundinnen?«

»Sie haben offenbar keinen blassen Schimmer von der Filmbranche, Signor Basso. Freundschaften gibt es hier keine.« Sie maß ihn mit einem langen Blick, der darauf angelegt war, ihn verlegen zu machen. »Man ist besser beraten, sich seine Bekanntschaften und Liebschaften außerhalb dieses Löwenkäfigs zu suchen. Man sieht ja, wozu alles andere führt.«

»Helfen Sie mir auf die Sprünge, was wollen Sie damit sagen?«

Aufgebracht schob die junge Frau ihren Stuhl nach hinten und erhob sich.

»Ich? Was soll ich schon sagen wollen? Ich habe doch nichts zu sagen, das ist doch klar. Ich habe nichts zu sagen, oder?!«

Ohne sich noch einmal umzusehen, stakste sie auf den viel zu hohen Schuhen davon, schnappte sich ein Glas vom Tablett eines Kellners und verließ den Raum.

Der Regisseur schaute betreten auf seine Hände, die gefaltet auf der gestärkten blütenweißen Tischdecke lagen.

»Geben Sie nichts auf ihre Worte«, murmelte er. »Sie ist betrunken. Und sie ist eine von denen, die nicht so gut mit den unentwegten Kränkungen, denen man in dieser Branche ausgesetzt ist, umgehen kann.«

»Wer war die Dame?«

»Maria de Nicolò, eigentlich eine talentierte Schauspielerin. Ihr Temperament steht ihr mitunter im Weg.«

»Das kann ich mir lebhaft vorstellen«, bemerkte Matteo.

»Sie ist im Grunde ein guter Mensch«, versetzte Totti. »Zumindest glaube ich das.«

Matteo erhob sich und blickte sich nach Flavio um. Überrascht registrierte er, dass dieser mit einem sehr gut gekleideten jungen Mann im Gespräch war, der durch seine Kopfbedeckung als Chauffeur eines noblen Hotels zu erkennen war. Flavio bekam von ihm einen Umschlag überreicht und öffnete ihn, noch während der junge Mann sich mit einer Verbeugung von ihm verabschiedete.

Matteo hatte zwar nicht den Eindruck, hier noch etwas ausrichten zu können, aber er war neugierig, was Flavio ihm zu erzählen hatte. Wie würde es hier weitergehen? Vermutlich würde Orler später noch herkommen und die Anwesenden befragen. Auch wenn die hier versammelten Mitglieder der Filmcrew oder die wenigen geladenen Gäste nicht als Täter infrage kamen. Es sei denn, einer oder eine von ihnen hatte sich während des Screenings entfernt oder war gar nicht erst zur Filmpremiere aufgetaucht. Möglich war natürlich auch, dass einer der Anwesenden den Mord in Auftrag gegeben hat. Wie hieß noch der Kinofilm des finnischen Regisseurs Aki Kaurismäki, den er so gemocht hatte? Richtig: *I Hired a Contract Killer*. Aber in diesem Film aus den frühen Neunzigerjahren hatte die Hauptfigur seinen Mörder selbst engagiert, weil er es nicht hinbekam, sich das Leben zu nehmen. Eine derart schräge Tragikomödie steckte sicher nicht hinter dem Tod der jungen Schauspielerin.

Matteo warf einen Blick auf Gianluca Totti. War es ausgeschlossen, dass der Schuss ihm, Totti, gegolten hatte? Oder doch Karlotta Tramboni, die auch in unmittelbarer Nähe zu Simona Morelli gesessen hatte? Matteo nickte einen Abschiedsgruß in Richtung des Regisseurs und wandte sich seinem liebeskranken Patienten zu.

»Sie ist abgereist«, erklärte er und strahlte Matteo an.

»Was?«, fragte dieser verständnislos.

»Wie, was?! Hast du das letzte Milligramm deines ohnehin nicht vorhandenen Gehirns beim Gespräch mit diesem goldenen Knallbonbon verloren, du vertrockneter Radicchio?!«

Ein schimpfender Flavio war Matteo allemal lieber als der aufgelöste Flavio der letzten Stunden. Dass der Alte verzückt strahlte, obwohl seine Herzensdame abgereist war, erschien ihm dann aber doch einigermaßen besorgniserregend.

Umständlich nestelte Flavio das Kuvert mit dem Signet des Hotel Belvedere aus der Innentasche seines Jacketts und wedelte ihm damit vor dem Gesicht herum.

»Sie ist abgereist, aber nicht ohne mir, Flavio Ferroni,

eine Einladung zukommen zu lassen. Für ein Treffen morgen Vormittag bei ihr zu Hause!«

»Donnerwetter.« Grinsend klopfte Matteo dem Alten auf die Schulter und schob ihn mit sanftem Druck nach draußen. »Dann scheint sich unser kleiner Ausflug ja doch noch gelohnt zu haben. Wo wohnt deine Karlotta denn? In Hollywood?«

»Ach was, aber schräg gegenüber von George Clooney«, quiekte Flavio.

Matteo registrierte das pikierte Kopfschütteln der jungen Frau, die mit ihrer Gästeliste noch immer am Eingang saß. Offenbar empfand sie Flavios Aufgekratztheit angesichts der nur wenige Stunden zurückliegenden Ermordung einer Frau, die sie vermutlich vergöttert hatte, als unschicklich. Matteo manövrierte den alten Mann möglichst rasch an ihr vorbei.

Die Nacht war noch immer mild. Matteo zündete sich eine Futura an.

»Was soll das bedeuten? Schräg gegenüber von George Clooney? Soll das ein Witz sein? «

Theatralisch schlug Flavio sich mit der flachen Hand an die Stirn und verharrte in dieser Position.

»Oh, nicht übel«, brummte Matteo. »Für eine Komparsenrolle genügt das ganz sicher.«

Flavio ließ sich in seiner Darbietung nicht beirren und schüttelte in gespielter Verzweiflung die Fäuste in Richtung des sternenklaren Nachthimmels.

»Dio mio, schütte Erleuchtung über diesem bemitleidenswerten Minderbemittelten aus!«

Matteo blickte zu den Sternen empor.

»Ich befürchte, du musst an dieser Stelle einspringen.«

»Laglio«, trällerte Flavio. »Laglio am schönen Comer See.«

»Laglio?«, fragte Matteo unnötigerweise nach. Irgendwo in den Tiefen seines Gehirns machte sich die zaghafte Erinnerung daran bemerkbar, einmal in einer abgegriffenen Illustrierten das Foto einer Villa gesehen zu haben, natürlich mit eigenem Wasserzugang, die der kernige Hollywoodstar angeblich erworben habe. Matteo hatte das damals für eines der üblichen Boulevardgerüchte gehalten und sich nicht weiter darum gekümmert.

Flavio deutete ein paar Tanzschritte an. Matteo schüttelte den Kopf. Liebe musste echt etwas Schönes sein. Wenn er ganz ehrlich zu sich war, musste er zugeben, dass er diesen Satz nicht ironisch zu denken imstande war. Und auch der Schmerz blieb aus, den er in den Jahren nach der Trennung von Teresa immer wieder gespürt hatte. Noch einmal schüttelte er den Kopf, dieses Mal über sich selbst. Seit Nina in sein Leben getreten war, war er auf gutem Wege, seine melancholische Ader zu verlieren.

»Also gut, fahren wir an den Comer See«, versetzte er. »Aber dann ist Schluss mit Dolcefarniente. Spätestens übermorgen muss ich wieder in der Macelleria sein.«

»Wer hat was von Nichtstun gesagt?« Der Alte lächelte ihn spitzbübisch an.

»Wie würdest du unseren Ausflug denn nennen?«

Erneut schlug sich Flavio an die Stirn.

»Ich Trottel, verzeih, liebes Fleischermeisterchen, die Hitze macht einen aber auch ganz zerstreut. Ich habe dir ja noch gar nicht verraten, wer außer diesem überschätzten amerikanischen Schönling noch in der Nachbarschaft von Karlotta lebt.«

Matteo machte eine ungeduldige Handbewegung, die Flavio bedeuten sollte, zum Punkt zu kommen.

»Die Eltern von Simona Morelli.«

»Die Eltern der Toten?!«

»Messerscharf kombiniert, messerscharf kombiniert.«

Anerkennend pufft Matteo den Alten in die Schulter.

»Manchmal bist du ja tatsächlich zu was zu gebrauchen. Aber woher in aller Welt weißt du das?«

»Karlotta hat es mir geschrieben. In ihrer Nachricht steht, dass sie plant, am frühen Morgen den Eltern von Simona einen Kondolenzbesuch abzustatten. Ab elf Uhr erwartet sie uns dann. Oder was heißt, uns. Mich natürlich …«

Flavio stemmte die Hände in die Hüften und betrachtete übertrieben interessiert den Nachthimmel über Locarno.

Matteo ließ das Zippo aufschnappen, um sich eine weitere Futura zu genehmigen. Er kannte diese theatralischen Einlagen der Alten zur Genüge – Luigi und Beppo standen ihrem Kompagnon da in nichts nach. Ein wenig Geduld musste man mitbringen: Zu Ende gespielt wurde immer, erst dann ging das Gespräch weiter.

Matteo hatte die Zigarette noch nicht halb aufgeraucht, als Flavio die eigene Darbietung zu langweilen begann.

»Ich schlage vor, wir gehen jetzt ins Hotel und brechen morgen um halb zehn Uhr auf. Vorher können wir dann ja noch kurz bei dem Haus vorbeischauen, von dem aus auf Simona Morelli geschossen worden ist.« Der Alte schien extra unschuldig dreinzublicken.

»Wie bitte?!« Matteo war tatsächlich überrascht. »Woher weißt du, um welches Haus es sich handelt?«

»Meinst du, ich bin blind? Ich habe doch gesehen, welches Haus die Polizei gestürmt hat. Im Erdgeschoss befindet sich die Panetteria von Agata Facelli und ihrem Mann. Sie machen die besten Panettone und Amaretti weit und breit. Und sie verkaufen ihre Waren seit fast vierzig Jahren auch auf dem Sonntagsmarkt von Cannobio. Denn von dort stammt sie ursprünglich. Sie hat sich nur nach Locarno verheiratet. Wir kennen uns seit Jahrzehnten. Eigentlich wollte ich dich morgen früh dort lediglich zum Frühstück einladen, aber nun könnte es ja sein, dass wir außer einem köstlichen Cornetto Crema auch noch ein paar interessante Details serviert bekommen.« Flavio zwinkerte und imitierte übertrieben Matteos Hochziehen der Augenbrauen.

»Wen du so alles kennst und was du so alles beobachtest, während man dich für liebeskrank hält.«

»Meinst du, ich hätte untätig herumgesessen, während du nach der Leiche gesehen hast?«, kicherte Flavio.

Matteo blickte den alten Mann nachdenklich und voller Respekt an.

»Untätig, das habe ich nicht gedacht. Aber ich habe gedacht, dass du so viel Angst davor hattest, dass es sich bei dem Opfer um Karlotta handeln könnte, dass du dich kaum vom Fleck rühren konntest.«

Flavio funkelte Matteo kampfeslustig an.

»Natürlich hatte ich Angst! Aber gerade weil ich gefürchtet habe, dass dieser Dreckstyp Karlotta etwas angetan hat, bin ich nicht untätig sitzen geblieben, was denkst du von mir?«

»Wie kommst du darauf, dass es ein Mann war?«

»Wie?«

»Du hast Dreckstyp gesagt. Ein Typ ist ein Mann, wenn mich nicht alles täuscht. Aber es könnte genauso gut eine Frau gewesen sein. Oder nicht?«

Flavio schnaubte genervt und setzte sich gemächlich in Gang. Bis jetzt hatten sie vor dem PalaCinema gestanden, nun schlug er die Richtung zu ihrem Hotel ein, das unauffällig in einer kleinen Gasse lag. Matteo beobachtete den Alten von der Seite und bemerkte, wie entsetzlich müde dieser plötzlich aussah. Wie konnte es auch anders sein. Der Tag wäre schon ohne den Mord nervenaufreibend und kräftezehrend gewesen. Für einen Moment verspürte Matteo den Reflex, Flavio seinen Arm als Stütze anzubieten, aber er konnte sich die Entrüstung, die er ernten würde, nur allzu lebhaft vorstellen. Immerhin hatten sie es nicht weit.

Als sie die Piazza Grande überquerten, war es still. Auch vor dem Haus, aus dem der tödliche Schuss abgegeben worden war, standen keine Beamten mehr. Es war ein schmaler Bau, in einem hellen Grünton gestrichen, der ein Stockwerk über die anliegenden hinausragte und vor dessen bodentiefen Fenstern sich schmale schmiedeeiserne Austritte befanden. Im Erdgeschoss lag die Backstube, Matteo hatte sie vorhin nicht wahrgenommen. Vier Tische und einige Stühle standen davor. Man sah aus der Ferne die Eisenkette, mit der sie angeschlossen waren.

Mit einem Ruck wandte sich Flavio ihm zu.

»Wenn du mich mit diesem hirnrissigen Gendergeschwafel nicht verschonst, hetze ich dir die militanten Veganer auf den Hals, du klugscheißender Stangensellerie.«

Matteo wurde schon zum zweiten Mal an diesem Tag von Flavio überrascht. Dass er die allmählich auch in Italien – wenn auch im vatikanischen Schneckentempo – öffentlich geführten Diskussionen über den Frauen diskriminierenden Sprachgebrauch mitbekommen hatte, wunderte ihn. Selbst die moderatesten Anpassungsvorschläge der renommierten Sprachgesellschaft *Accademia della Crusca* wurden ignoriert oder als unangemessener Eingriff in die Sprachtradition begriffen. Dabei führte beispielsweise das Fehlen weiblicher Berufsbezeichnungen, wie ihm Nina einmal lachend am Frühstückstisch vorgelesen hatte, zu absurden Sprachblüten: *Der Minister ist schwanger,* hatte in einem Artikel gestanden.

»Alter weißer Mann«, sagte Matteo scherzend, »trotzdem könnte der Mord genauso gut von einer Frau begangen worden sein.«

»Wer von uns beiden ist bei der Polizei? Neun von zehn Morden werden von Männern begangen. Die Statistik spricht eine eindeutigere Sprache als jede Diskussion über alte oder neue Geschlechterrollen. Kannst du dich an Donato Bilancia, das Monster von Ligurien, erinnern? Siebzehn Menschen hat der umgebracht. Weißt du noch, was er als Motiv angab? *Ich verließ das Haus und entschied zu töten, so wie ich hätte entscheiden können, in ein Restaurant zu gehen.* Hat man etwas Vergleichbares je von einer Frau gehört oder gelesen?«, brummte Flavio.

Matteo legte ihm freundschaftlich den Arm um die Schulter, was er ohne Protest geschehen ließ.

»Lass uns jetzt schlafen gehen, bene?«, fragte Matteo. »Morgen sehen wir weiter.« Er machte eine Pause. »Und weil du mir so freundlich die Kriminalstatistik erklärt hast, erläutere ich dir das morgen gerne noch mal mit der gendergerechten Sprache.«

3

»Porca miseria«, murmelte Matteo, als die Fehlermeldung auf seinem Display erschien, und ließ das Handy, an das er sich mittlerweile beinahe gewöhnt hatte, in die Innentasche seiner Jacke gleiten.

Ärgerlich trommelte er auf das Steuer des Lancias, während das unverwechselbare Stakkato des 140-PS-Boxermotors ins Wageninnere drang. Das Räuspern, das vom velourbezogenen Beifahrersitz an sein Ohr drang, erinnerte Matteo daran, den Gang einzulegen. Flavio drängte es, an den Comer See zu kommen.

»Ich gehe nicht davon aus, dass du eine Antwort auf deine Nachricht bekommen hast?«, fragte der Alte, während Matteo sich in den Verkehr fädelte und sich darauf konzentrierte, die Abzweigung auf die A13 nicht zu verpassen.

»Die Adresse existiert nicht. Oder nicht mehr.«

Flavio gab ein missmutiges Brummen von sich, dann verfielen beide in Schweigen.

Matteo dachte an die Geschehnisse der zurückliegenden Stunde und an das Geständnis der vollkommen aufgelösten Bäckerin Agata Facelli, der sie zum Abschied das Versprechen abgenommen hatten, sich bei Kommissar Orler zu melden und ihm wahrheitsgemäß zu berichten, was sie ihnen unter Tränen erzählt hatte. Matteo war sich sicher, dass sie bereits auf dem Weg ins Präsidium war. So weit konnte er sich auf seine Menschenkenntnis verlassen.

Flavio und er hatten Agata Facelli nicht in ihrem Laden, sondern in der darüberliegenden Wohnung angetroffen. An der Tür der Backstube hatte ein mit der Hand beschriebenes Schild gehangen: *Heute geschlossen*. Die kleine, elegante Frau hatte zunächst zaghaft die Tür geöffnet. Als sie Flavio erkannte, lächelte sie erleichtert. Doch als sie Matteo neben ihm wahrnahm, der ihr, ohne recht darüber nachgedacht zu haben, seinen Dienstausweis unter die Nase hielt, wurde sie blass.

Flavio gelang es, das Gespräch so zu beginnen, dass sie ihr Misstrauen vergaß und ihnen ihr von Schuldgefühlen geplagtes Herz ausschüttete. Agata Facelli erzählte, dass sie am zurückliegenden Abend bei einer Freundin in Ascona gewesen und erst gegen Mitternacht wieder in Locarno angekommen sei. Bereits im Autoradio habe sie von dem Mord auf der Piazza Grande erfahren und erschüttert feststellen müssen, dass an ihrer Haustüre eine Benachrichtigung der Polizei gehangen habe und die oberen Wohnungen im Haus versiegelt worden seien.

Flavio und Matteo erfuhren von ihr, wie schlecht das Geschäft lief, seitdem ihr Mann erkrankt und nur noch bedingt arbeitsfähig war, und wie sich das alte Ehepaar finanziell über Wasser hielt. Über der Wohnung, in der sie mit ihrem Ehemann lebte, befanden sich zwei weitere, der Hausbesitzer, ein wohlhabender Geschäftsmann aus Zürich, nutzte sie nur sehr selten, um mit ein paar Freunden ein Wochenende dort zu verbringen. Die Reinigung der Wohnungen übernahm stets Agata Facelli mit größter Sorgfalt. Irgendwann war ihr die Idee gekommen, sie selbst und auf eigene Rechnung zu vermieten, wenn der Eigentümer sie nicht bewohnte. Und so hatte sich ein lukratives Geschäft daraus entwickelt. Und wie in den zurückliegenden Jahren auch, hatte sie die obere der beiden Wohnungen während des Festivals vermietet.

Noch bevor Matteo zur entscheidenden Frage ansetzte, ahnte er, dass, wer auch immer die Wohnung gemietet hatte und hinter dem Verbrechen steckte, ganz sicher nicht so naiv gewesen war, den Schlüssel persönlich in Empfang zu nehmen. Und tatsächlich. Agata Facelli bestätigte, dass alle Kommunikation ausschließlich per E-Mail erfolgt sei und sie den Mieter nie getroffen habe.

Es dauerte eine Ewigkeit, bis sie das uralte Ungetüm von Computer, das sich in einem altmodischen Fernsehschrank verbarg, in Gang gesetzt hatte, um nach der E-Mail-Adresse des letzten Gastes zu suchen. Matteo fragte sich, ob so alte Modelle überhaupt noch in der Lage waren, sich mit dem Internet zu verbinden. Während der Rechner in den unterschiedlichsten Tonlagen rauschte und der Bildschirm hin und wieder für kurze Momente aufflimmerte, begann Agata Farelli zu weinen.

Der Mieter oder die Mieterin – er hatte die Mails mit *Signor Bruni* unterzeichnet – habe Bettwäsche und Handtücher für zwei Personen bestellt, deshalb sei sie davon ausgegangen, dass ein Paar anreisen würde. Sie seien am Samstag angekommen, allerdings spätabends, erklärte sie, sodass sie verabredet hätten, den Schlüssel in einem großen Blumentopf neben der Eingangstür des Cafés zu deponieren.

Dass es sich tatsächlich um zwei Gäste gehandelt hatte, hielt Matteo, ohne dass er es zu begründen gewusst hätte, für unwahrscheinlich. Vermutlich hatte nur die Buchung unauffällig aussehen sollen. Nach einem kulturbeflissenen Liebespaar, das zwei Nächte über den Köpfen des illustren Filmpublikums und der Stars und Sternchen verbringen und aus einer privaten Loge die Filme anschauen wollte.

In einer zierlichen und etwas ungelenken Kleinmädchenschrift hatte Agata mittlerweile die E-Mail-Adresse des Mieters auf einen Zettel mehr gemalt als geschrieben. Matteo erbat sich, die Kommunikation lesen zu dürfen. Aber die knapp gehaltenen Nachrichten – es ging nur um Formalitäten wie die Schlüsselübergabe – ließen keinen Rückschluss auf die wahre Identität des Verfassers zu.

»Wie steht es denn um die Rechnung?«, fiel Matteo ein.

Die alte Dame öffnete eine Schublade und zog ein Kuvert heraus. Natürlich hatte der Gast nicht per Überweisung gezahlt, sondern – auch das war Teil der Vereinbarung gewesen – den Betrag im Briefkasten hinterlassen.

»Was soll ich denn jetzt machen?« Agata Facellis Stimme klang brüchig.

»Es gibt nur eine Möglichkeit«, erwiderte Matteo. »Sie müssen zur Polizei gehen und die ganze Geschichte erzählen. Fragen Sie nach Kommissar Orler.«

Agata Facelli hatte stumm und ergeben genickt.

»Glaubst du ihr?«, riss Flavio ihn aus seinen Gedanken.

»Agata Facelli? Warum sollte ich ihr nicht glauben?«

»Ich kenne Agata, wie man sich eben kennt, wenn man sich seit Jahrzehnten immer wieder begegnet und freundlich miteinander plaudert: nämlich im Grunde genommen gar nicht. Wer sagt uns denn, dass ihr Entsetzen darüber, dass sie einem Mörder geholfen hat, die Tat zu begehen, nicht gespielt ist? Kannst du das ausschließen?«

Matteo verdrehte die Augen, nicht ohne nebenbei zu bemerken, dass die Ortschaften hier am Comer See kaum anders als hinreißend genannt werden konnten, wenngleich es am Lago Maggiore nach seinem Geschmack noch einen Tick schöner war. Ob dieser perfekt ondulierte Hollywoodstar, Signor Clooney, das alles für eine Art Disneyland hielt?

»Und wahrscheinlich willst du mir nun erzählen, dass diese biedere und offensichtlich erschütterte Person zu deinen Jugendzeiten ebenfalls Schauspielerin werden wollte und, so wie du und Karlotta, in Mailand Kurse belegt hat, was sie nun dazu befähigt, den Polizeipsychologen Matteo Basso von ihrer Aufrichtigkeit zu überzeugen, obwohl sie in Wirklichkeit in ein perfides Verbrechen verwickelt ist.«

Flavio kicherte.

»Mal im Ernst, Matteo, ich mag Agata, und einem Menschen, der seinen Mitmenschen so wunderbare Backwaren schenkt wie sie, mag niemand etwas Böses zutrauen, aber: *Nei fiori cova la serpe – in den Blumen lauert die Schlange,* und Regel Nummer eins für jeden erfolgreichen Ermittler lautet: Als unschuldig kann bei einer Ermittlung nur der gelten, der seine Unschuld zweifelsfrei nachgewiesen hat. Vielleicht wäre es voreilig, Agatas Aussage schon zu den Akten zu legen. Auch wenn ich ihr den Schuss aus siebenhundert Metern nicht zutraue.«

Amüsiert blickte Matteo zu Flavio hinüber, der ihm mit einer entschiedenen Geste bedeutete, sich auf die Straße zu konzentrieren.

»Ich glaube ihr tatsächlich. Ich hatte den Eindruck, sie war schockiert über den Mord und war froh, ihr Gewissen zu erleichtern.«

»Glaub, was du willst. Ich konnte mir bis gestern auch nicht vorstellen, wie viel kriminelle Energie Agata Facelli besitzt. Immerhin betrügt sie seit Jahren diesen Zürcher Geschäftsmann«, erwiderte Flavio. Aus der Beflissenheit, mit der er den Kamm, den er stets bei sich führte, hervorholte und begann, sich die ohnehin wie einen Helm streng nach hinten frisierten und mit Pomade fixierten Haare zu kämmen, schloss Matteo, dass er nicht an einer Vertiefung der Diskussion interessiert, sondern nun fest entschlossen war, der Vorfreude über sein Treffen mit Karlotta Tramboni zu frönen. Aber Matteo, der für gewöhnlich gerne schwieg, war in Plauderlaune.

»Flavio, hast du vor der gestrigen Begegnung schon gewusst, dass Karlotta Tramboni dieses Anwesen besitzt? Keine hundert Kilometer von Cannobio entfernt?«

»Ich habe immer wieder an Karlotta gedacht, aber in meiner Fantasie hat sie ein Haus in Malibu oder Santa Monica bewohnt, darüber, dass sie auch ein Domizil in Italien besitzen könnte, habe ich nie nachgedacht. In ihrer gestrigen Nachricht stand, dass sie das Haus erst vor Kurzem erworben hat. Im Alter kehrt man zu seinen Wurzeln zurück. Das wird bei ihr nicht anders sein als bei fast allen Menschen.«

Matteo strich sich die Locken aus der Stirn. Eine Klimaanlage hätte dem Lancia gutgetan. Die Augusthitze war kaum zu ertragen. Er sehnte sich nach einem kühlen Bad im Lago. Ob er nachher kurz in den Comer See eintauchen sollte? Noch einmal blickte er zu Flavio hinüber, der in den Morgenstunden seine Aufregung gezähmt hatte, nun fieberte er seinem Rendezvous mit einer ähnlichen Ungeduld entgegen wie gestern der Premiere des Films. Man konnte nur hoffen, dass das Zusammentreffen mit Karlotta Tramboni heute ein weniger dramatisches Ende nahm. Matteo setzte den Blinker und bog in die Ausfahrt Richtung Laglio ein.

Als er den Lancia vor einem weiß getünchten Anwesen parkte, überprüfte Flavio noch einmal nervös seine Frisur im Rückspiegel und strich sich mit dem mit Speichel angefeuchteten Zeigefinger seiner rechten Hand zweimal flink über die Augenbrauen.

Karlotta Tramboni stand an der Haustür und winkte den beiden zu, während diese den leicht ansteigenden, von Feuerdorn und Glyzinien flankierten Treppenweg emporstiegen. Beim Näherkommen allerdings erkannte man, dass ihr freundliches Lächeln kaum darüber hinwegtäuschen konnte, wie angeschlagen sie war. Vermutlich hatte sie nach den Ereignissen der vergangenen Nacht nur wenig geschlafen.

Stumm reichte man sich die Hände. Niemandem schienen die passenden Worte einzufallen.

»Die Familie von Simona wohnt dort drüben«, sagte Karlotta Tramboni schließlich und zeigte auf eine Villa, die ein etwas zu ambitionierter Architekt entworfen hatte.

»Mein Besuch bei ihnen vorhin war schockierend. Nicht, weil alle völlig aufgelöst wären, nein, es ist eher so, als hätten sie noch gar nicht begriffen, was geschehen ist. Sie reden über Simona, als wäre sie nur zu einem kurzen Spaziergang aufgebrochen und würde gleich wieder in der Tür stehen. Dass sie tot ist, dass sie ermordet wurde, ist längst noch nicht bei ihnen angekommen.«

Flavio war schwer darauf konzentriert, einen unsichtbaren Faden aus dem Saum seiner Jacke zu knibbeln. Geradezu schüchtern stand er neben Matteo und lauschte Karlottas Worten.

»Ich habe«, wandte Matteo sich an Karlotta Tramboni, »mich noch gar nicht vorgestellt. Matteo Basso. Ich bin ein Freund Flavios, aber ich bin auch in gewisser Weise in die Ermittlungen involviert, weil ich als Psychologe bei der italienischen Polizei arbeite und wie Sie und Flavio Zeuge der gestrigen Vorkommnisse gewesen bin. Nun ja, Flavio kann Ihnen das erklären, aber Sie haben sicher andere Dinge zu besprechen.«

Dann nickte er dem wiedervereinten ehemaligen Liebespaar zu, das nach wie vor regungslos vor dem Hauseingang stand.

»Signor Basso. Ein Psychologe kann der Familie Morelli in dieser Situation nur guttun. Wenn ich Sie um etwas bitten dürfte, dann wäre es, sich das Warten auf Ihren Freund Flavio nicht mit einem Spaziergang zu verkürzen, sondern durch einen Besuch bei meinen Nachbarn. Ob Sie wohl so freundlich wären?« Karlotta Tramboni blickte ihn fragend an, während Flavio kaum merklich nickte.

Matteo hatte gerade das Gartentor erreicht, da meldete sich sein Telefon.

»Nina, guten Morgen.«

»Amore, ich fang jetzt gar nicht erst an, dich zu fragen, wie es sein kann, dass du schon wieder in so eine Sache geraten bist.«

Nina Zanetti stand, den Geräuschen im Hintergrund nach zu urteilen, an einer viel befahrenen Straße.

»Moment mal«, protestierte Matteo spielerisch, »ich kann nichts dafür. Und es ist purer Zufall, dass die Eltern von Simona Morelli in direkter Nachbarschaft von Karlotta Tramboni wohnen. Was soll ich tun? Gib zu, dass mich an dieser schicksalhaften Verwicklung nicht die geringste Schuld trifft. Und wenn du willst, dass ich den Tag am Comer See verbringe, ohne über das Geschehene nachzudenken, setz dich ins Auto oder meinetwegen auf deine fürchterliche Vespa und komm her. Wir machen einen Tag blau.«

Matteo hasste Ninas Vespa leidenschaftlich und hatte sich, von wenigen Ausnahmen abgesehen, bislang geweigert, darauf mitzufahren.

Nina lachte hell auf, dann wurde sie ernst.

»Das geht leider nicht. Ich bin vor zwei Stunden zu einem Einbruch gerufen worden.«

»In Verbania?«

»Ja, in Verbania, aber nicht in Intra, sondern in Pallanza, unweit der botanischen Gärten der Villa Taranto. Und wenn ich mich hier so umsehe, kann ich nicht glauben, dass es sich um einen gewöhnlichen Einbruch handelt. Vielleicht waren die Täter auch nur derart wütend darüber, nichts von Wert gefunden zu haben, dass sie die Wohnung daraufhin zertrümmert haben. Ein unfassbares Chaos ist das.«

»Und in andere Wohnungen wurde nicht eingebrochen?«

»Nein. Einer der Mieter hat uns angerufen. Er ist heute Morgen von einer Reise zurückgekehrt und hat gesehen, dass die Haustür seiner Nachbarwohnung aufgebrochen war.«

Matteo zündete sich eine Futura an und blickte sich nach einer Möglichkeit um, den Zigarettenstummel gleich entsorgen zu können. Dies war eindeutig keine Gegend, in der man seine Zigaretten auf der Straße austrat.

»Und ich rufe dich deshalb an«, fuhr Nina fort, »weil

es sich bei dem Mieter der Wohnung auch um jemanden aus der Filmbranche handelt.«

Matteo horchte auf.

»Du meinst, der Einbruch steht mit dem Mord an Simona Morelli in Verbindung?«

»Das weiß ich nicht. Ich finde es nur merkwürdig, wenn an einem Abend zwei Personen aus derselben Branche Opfer eines Verbrechens werden.«

Matteo brummte etwas Zustimmendes.

»Ist es jemand Bekanntes? Ich wusste gar nicht, dass sich in Verbania Prominenz tummelt.«

»Ich kenne ihn nicht. Er ist Regisseur. Gianluca Totti heißt er.«

»Gianluca Totti?«, rief Matteo verwundert.

Er fuhr sich mit der Hand übers Gesicht, wie er es häufig in Momenten der Anspannung tat.

»Dann ist es wohl kein Zufall. Totti war gestern in Locarno. Sein Film sollte heute gezeigt werden. Ich habe auf der Premierenfeier mit ihm gesprochen.«

»Ihr seid auf der Premierenfeier gewesen? Soso«, stichelte Nina. »Und jetzt ein bisschen Dolcefarniente am Comer See.«

»Ja, ja, ich liebe dich auch«, versetzte Matteo ironisch. Dann wurde er wieder ernst und berichtete Nina von den Geschehnissen und Begegnungen der vergangenen Stunden.

»Die Tote spielte auch in dem Film von Totti eine Hauptrolle. Aber worum es ging, habe ich nicht herausbekommen. Er hat ein großes Geheimnis darum gemacht und ich hatte blöderweise gestern nicht das

Gefühl, dass es von Bedeutung ist. Wir werden ihn danach fragen müssen.«

»Maledizione, und ob!«, fluchte Nina, als er geendet hatte. »Denn es ist nicht auszuschließen, dass sich Totti in Gefahr befindet. Es könnte doch sein, dass der Täter auch hinter ihm her ist. Zumal er, wie du sagst, bei dem Schuss auf Simona Morelli direkt neben ihr gesessen hat.«

»Habt ihr ihn noch nicht erreicht?«

»Leider nein. Er geht nicht an sein Handy. Aber vielleicht ist er ja noch in Locarno. Ich werde die Kollegen dort benachrichtigen. Am besten Alberto Orler. Der wird ihn schon finden. Oder ich fahre selbst hin. Ja, das wird das Beste sein. Es ist ja nicht weit.«

»Allora, und ich statte jetzt der Familie der Toten einen Besuch ab. Grüß Orler von mir, wenn du ihn triffst. Wir hatten gestern das Vergnügen.«

»Gut, mach ich, bis nachher. Viel Glück.«

Eine Haushälterin hatte Matteo die Tür geöffnet und ihn umstandslos ins Wohnzimmer geleitet, nachdem er den Grund seines Besuches genannt hatte. Die Eltern der Toten und eine junge Frau, die sich als Klara Morelli vorstellte und die Schwester Simonas war, erwarteten ihn im Wohnzimmer.

»Ich möchte Ihnen mein Beileid aussprechen. Ich war gerade zu Besuch bei Ihrer Nachbarin Karlotta Tramboni. Ich bin Polizeipsychologe. Ich weiß nicht, ob Sie mit mir sprechen möchten. Aber der Erfahrung nach tut es den meisten Menschen in Ihrer Situation gut, mit einem Psychologen zu reden«, wandte sich Matteo an das Ehepaar Morelli, das nebeneinander hochaufgerichtet auf einem cremefarbenen Ledersofa saß.

Matteo hatte auf einem Sessel gegenüber Platz genommen und mit einem Blick erfasst, dass die gesamte Einrichtung des Wohnzimmers, das in einen großzügigen Wintergarten überging, den Cremeton des Sofas aufnahm und in Nuancen variierte. »Ich bin gestern Abend zufällig Augenzeuge der Tat gewesen und ein Zufall führt mich in gewisser Weise heute auch zu Karlotta Tramboni und zu Ihnen.«

»Und Sie arbeiten bei der Polizei? Der gestrige Besuch Ihrer Kollegen ist, nun ja, nicht unbedingt angenehm gewesen. Es ist wirklich aufmerksam, dass man Sie nun zu uns schickt. Doch wir glauben nicht, Ihre Hilfe tatsächlich zu benötigen.«

»Sie können sich vermutlich vorstellen, wie wir uns fühlen«, schaltete sich ihr Mann ein. »Da ist die Tat selbst, die wir zu begreifen versuchen. Dazu kommt das unangenehme Interesse der Öffentlichkeit. Journalisten, die uns bedrängen, ein Interview zu geben. Nur mit Mühe konnte ich sie von unserem Grundstück fernhalten. Und das nur, weil ich ein paar einflussreiche Leute kenne.«

Und während Matteo wie automatisch zustimmend nickte, dachte er, dass Karlotta Tramboni recht hatte. Die Eltern hatten noch nicht verstanden, was passiert war. Oder aber ihre Erziehung, ihr gesellschaftlicher Status verbat es ihnen, Dritten gegenüber Emotionen zu zeigen.

Die Haushälterin, die Matteo die Tür geöffnet hatte,

kam mit einem Tablett herein und servierte Caffè in zierlichen, goldumrandeten Tassen und Mineralwasser. Mit Erstaunen nahm Matteo zur Kenntnis, dass die blaue Flasche den Namen der Familie trug. Morelli.

»Ein Familienbetrieb?«

Monica Morelli lachte gequält.

»Aber nein, ein kleiner, etwas alberner Luxus, den wir uns leisten. Das Wasser stammt aus den Abruzzen. Gegen einen kleinen Aufpreis kann man es sich personalisieren lassen. Alle drei Monate erhalten wir eine Lieferung mit unseren eigenen Etiketten. Wir trinken es seit Jahren.«

Zum ersten Mal blickte Matteo zu Simona Morellis Schwester hinüber, die dem Beisammensein bislang schweigend beigewohnt hatte. Er mochte sich täuschen, aber um den Mund von Klara Morelli meinte er einen bitteren Zug wahrzunehmen. Erst jetzt bemerkte er, dass unter ihrem langen Rock eine Prothese hervorschaute. Die junge Frau war seinem Blick gefolgt.

»Ein Unfall in meiner Kindheit«, bemerkte sie trocken. »Nicht jedem ist es vergönnt, grazil über den roten Teppich zu flanieren und den Männern den Kopf zu verdrehen.«

»Klara, ich bitte dich«, presste ihre Mutter hervor.

Der Vater schaute angestrengt aus dem Fenster.

»Wollen Sie mir damit zu verstehen geben, dass Ihr Verhältnis zu Ihrer Schwester angespannt war?«, fragte Matteo, der innerlich notierte, dass er mit Klara Morelli bereits auf die zweite junge Frau traf, die unverhohlen giftig von Simona sprach.

»Zwillingsschwester«, verbesserte sie ihn. Und noch bevor Matteo reagieren konnte, fügte sie an: »Nicht eineiig, wie Ihnen sicher schon aufgefallen sein dürfte.«

»Ich kannte Ihre Schwester nur von Fotos.«

»Soso«, erwiderte Klara Morelli spöttisch. Vermutlich hatte sie zu oft schon mit der demütigenden Situation zu kämpfen gehabt, dass Menschen ihr Befremden darüber kaum verbergen konnten, dass Zwillingsschwestern so unterschiedlich aussahen. Klara Morelli, das kam auch Matteo nicht umhin zu denken, war von der Natur nicht mit großer Schönheit belohnt worden, was nicht der Prothese geschuldet war, sondern der Grobknochigkeit ihres Gesichts, die ihr eher männliche Züge verlieh.

»Die Polizei hat Ihnen vermutlich schon zahlreiche Fragen gestellt?«, fragte Matteo nun und trank seinen Caffè, der ausgesprochen köstlich war.

Umberto Morelli verneinte.

»Nein, es kamen am späten Abend nur zwei Beamte, um uns über das Geschehene zu informieren. Einer der Herren, ich habe seinen Namen vergessen, begleitete mich dann umgehend in die Schweiz, damit ich unsere Tochter identifiziere. So etwas kannte ich bisher nur aus Kriminalfilmen. Erst in den frühen Morgenstunden war ich wieder hier.«

»Verzeihen Sie, wenn Ihnen meine Frage zu direkt oder unpassend erscheinen sollte, aber ich muss sie stellen: Gab es jemanden, der mit Ihrer Tochter im Streit lag?«

Umberto Morelli schloss für einen Moment die Augen. Als er Matteo wieder anblickte, schimmerten sie feucht.

»Die Antwort auf diese Frage lautet: Nein. Nein, Simona hatte keine Feinde. Sie war ein wunderbarer und im besten Wortsinne guter Mensch. Da war nichts Falsches an ihr.«

Begütigend legte Monica Morelli ihrem nun doch sehr aufgewühlten Mann die Hand auf den Arm.

»Filmbranche, da denkt man immer gleich an Konkurrenzkämpfe, an Eitelkeiten. Simona liebte ihren Beruf. Den damit verbundenen Ruhm empfand sie als Strafe. Sie strebte nicht danach. Auch nicht nach Geld. Denn unsere Familie ist seit jeher privilegiert. Und wir haben sie, wir haben unsere beiden Kinder so erzogen, dass sie die damit einhergehenden Pflichten kennen und bescheiden und bedächtig mit dem Wohlstand umgehen. Seit ein paar Monaten hat Simona sogar nebenbei in einem Altenheim gearbeitet. Sie hat sich engagiert, sie wollte andere an ihrem Glück teilhaben lassen. Wer bitte kann etwas gegen einen derart selbstlosen Menschen haben?«

Umberto Morelli hatte sich bei den letzten Worten seiner Frau erhoben und war mit schnellen Schritten in den Wintergarten gegangen, von dem aus eine offene Tür in den Garten führte.

»Er kommt sicher gleich wieder«, beteuerte Monica Morelli, und Matteo sah, dass sie es ihrem Mann gern gleichgetan hätte. Auch sie wäre in diesem Moment lieber allein mit ihrem Schmerz gewesen. Nur Klara Morelli hatte keine Miene verzogen. Was in ihr vorging, war für Matteo nicht zu entschlüsseln.

»Ein Kollege Ihrer Tochter, ein Regisseur, hat erwähnt, dass Simona sehr rigoros Rollen abgelehnt hat, wenn ihr das Drehbuch nicht zugesagt hat. Könnte es sein, dass sie dadurch jemanden beleidigt und vor den Kopf gestoßen hat?«

Monica Morelli schüttelte nachdenklich den Kopf.

»Das kann ich mir nicht vorstellen.«

»Erinnern Sie sich an Konflikte in der Vergangenheit?«

Die Mutter der Toten zuckte hilflos die Schultern.

»Es tut mir leid, nein.«

»Simona war sehr sensibel und diplomatisch, ich glaube kaum, dass sie sich verletzend ausgedrückt hat, wenn sie eine Rolle abgelehnt hat.«

Erstaunt sah Matteo zu Klara Morelli hinüber, die seinen Blick ohne eine Spur von Sarkasmus erwiderte.

»Es ist ganz so, wie meine Eltern sagen, meine Schwester war ein durch und durch freundlicher Mensch. Sie war in jeder Hinsicht anders als ich.«

Monica Morelli machte Anstalten, ihre Tochter zu unterbrechen.

»Natürlich habe ich sie darum beneidet. Aber – falls Ihnen jetzt diese Idee gekommen sein sollte – ich habe mich mit meiner Rolle in der Welt und in dieser Familie arrangiert.«

Matteo registrierte, wie die Worte der Tochter die Mutter quälten. Es schien ihm nicht hilfreich, an dieser Stelle weiterzubohren.

»Es ist ungewöhnlich, dass Sie beide in Ihrem Alter noch bei den Eltern wohnen«, merkte er stattdessen an.

»Wir verbringen nur den Sommer hier am See«, korrigierte Klara Morelli ihn. »Den Rest des Jahres lebe ich in der Schweiz. In Bern. Ich studiere dort Biochemie. Und meine Schwester war entweder unterwegs, um zu drehen, oder sie hat bei ihrem Freund in Ghiffa gewohnt. Bis die beiden sich völlig überraschend getrennt haben.«

Matteo horchte auf.

»Warum haben die beiden sich getrennt? Was können Sie mir über den Exfreund Ihrer Tochter sagen?«

Monica Morelli und ihre Tochter wechselten einen Blick, und noch bevor eine der beiden antworten konnte, kehrte Umberto Morelli zurück ins Zimmer.

»Emanuele«, klärte Monica Morelli ihren Mann auf.

»Das ist ein guter Kerl«, erklärte er prompt und ging zu einer in hellen Tönen lackierten Anrichte hinüber. Neben dem dringenden Bedürfnis nach einer Futura registrierte Matteo einen gewissen Unwillen, der sich in ihm ausbreitete. Schon wieder ein »guter Kerl«. Wie konnte es anders sein, dachte er verstimmt, angesichts so einer Lichtgestalt, wie es die Tote den Schilderungen ihrer Familie nach gewesen war. Natürlich, bedenklicher wäre gewesen, wenn die Angehörigen sich skeptisch geäußert hätten, aber gerade schien Matteo das alles allzu harmonisch. Dazu die Farben, in denen das Zimmer gehalten war – vielleicht überinterpretierte er das alles, aber irgendetwas irritierte ihn an dieser Idylle, die nur von den spitzen Kommentaren der Schwester gestört wurde.

Umberto Morelli tippte auf eines der Fotos, die über der Anrichte hingen.

»Uns alle hat die Trennung überrascht. Und vielleicht wollten wir auch noch nicht ganz daran glauben, dass sie endgültig ist oder, Monica?« Seine Frau nickte bestätigend. Selbst die Fotos der beiden hingen noch da.

»Darf ich mal sehen?« Matteo erhob sich. Seine Bereitschaft, weitere Lobeshymnen zu hören, war eindeutig erschöpft. Als er das Foto des ehemaligen Paares in Augenschein nahm, stutzte er. Nicht wegen Simona Morelli, der – leger in T-Shirt und Jeans gekleidet – nicht nur jeglicher Glamour abging, sondern die ohne Schminke zwar immer noch hübscher war als ihre Schwester, deren Züge aber längst nicht so makellos waren, wie sie auf den offiziellen Bildern erschienen.

»Was macht der Exfreund Ihrer Tochter beruflich?«

»Emanuele ist Musiklehrer. Er unterrichtet Geige und Klavier.«

»Musiklehrer?« Matteo kniff die Augen zusammen und betrachtete noch einmal den groß gewachsenen, schlanken jungen Mann, der den Arm um Simona gelegt hatte und verschmitzt in die Kamera grinste. »Hat er sich hin und wieder Geld dazuverdient, als Kellner beispielsweise?«

»Nicht, dass ich wüsste.« Fragend schaute Umberto Morelli zu Frau und Tochter hinüber. Die verneinten ebenfalls.

»Warum sollte er?« Karla Morelli klang nun wieder ein wenig schroff. »Wenn Simona nicht übertrieben hat, dann konnte er sich über fehlende Klientel nicht beklagen.«

»Können Sie mir eine Telefonnummer von Emanuele geben? Verzeihen Sie, wie heißt er weiter?«

»Selbstverständlich. Emanuele Giunti heißt er. Er hat auch eine Website.«

Matteo zog sein reichlich ramponiertes Notizbuch hervor, das er bei sich führte, weil er das Bedürfnis verspürte, seinem Mobiltelefon etwas entgegenzusetzen. Er notierte den Namen des Exfreundes der Toten, daneben schrieb er: *Hotel!* Matteo war sich sicher, dass der junge Mann auf dem Foto derselbe war, der Flavio und ihm auf der Terrasse des Hotel Belvedere so unbeholfen den Caffè serviert hatte.

»Hat Simona hier noch ein Zimmer? Könnte ich mich darin kurz umschauen?«, fragte er, ohne die Familie über seine Entdeckung zu informieren.

»Die Polizei bat darum, dass es nicht betreten werden soll, bis sich einer der Beamten diesbezüglich bei uns meldet. Sind Sie als Psychologe dazu berechtigt, es sich anzusehen? Wenn ja, begleite ich Sie natürlich nach oben«, erklärte Umberto Morelli, der sich kaum von der Galerie der Familienfotos losreißen zu können schien.

»Nun, vielleicht ist es tatsächlich besser, wenn erst einmal einer der Kollegen den Raum in Augenschein nimmt. Können Sie mir die Adresse von dem Altenheim geben, in dem ihre Tochter gearbeitet hat?«

»Die genaue Adresse weiß ich leider nicht«, erklärte Monica Morelli. »Aber vielleicht finden Sie es auch so. Es liegt in Traffiume. Da wird es sicher nicht mehrere Seniorenresidenzen geben.

»In Traffiume?«, antwortete Matteo erstaunt. Was

war das schon wieder für ein merkwürdiger Zufall? Traffiume war ein Ortsteil von Cannobio. Er wusste auf Anhieb, um welches Altenheim es sich handelte. Immer mal wieder neckte er die drei Alten damit, dass es höchste Zeit sei, sie dort abzuliefern.

»Hat Ihre Tochter Ihnen etwas über das Altenheim erzählt?«

Müde zuckten die Eltern der Toten die Schultern. Karla Morelli starrte aus dem Fenster, als wäre sie nicht angesprochen worden.

Matteo ahnte, dass er von ihnen heute nichts Aufschlussreiches mehr erfahren würde. Er legte seine Visitenkarte – dieses Mal war es die der Polizei – auf den Tisch und bat darum, ihn anzurufen, sollte ihnen noch etwas einfallen. Auf eine mögliche Spur hatten die Morellis ihn immerhin gebracht, und so war er nicht allzu unzufrieden, als er sich kurz darauf an die Motorhaube des Lancias lehnte und sich eine Futura zwischen die Lippen steckte.

Sein Telefon vermeldete Empfang. Er tippte den Ortsnamen *Ghiffa* und den Namen *Emanuele Giunti* ein. Der kleine Ort lag, wie Cannobio auch, am Westufer des Lago Maggiore, nur wenige Kilometer von Verbania entfernt. Der erste Treffer führte auf die Website von Emanuele Giunti. Zögerlich baute sie sich auf, der Empfang war alles andere als optimal. Matteo erkannte, dass es sich um das offizielle Portal des Musiklehrers handelte.

Er rief das Kontaktfeld auf, dann stieß er einen leisen Pfiff aus. Die Musikschule lag nicht in Ghiffa, sondern in Pallanza, in unmittelbarer Nähe der Wohnung des Regisseurs Totti, in der Nina gerade herauszufinden versuchte, ob der Mord von Locarno mit dem Einbruch in Verbindung stand. War Emanuele Giunti die Schlüsselfigur in diesem Drama?

Matteo tippte auf die auf der Website angegebene Telefonnummer, doch es tat sich nichts.

»Porca Miseria«, knurrte er und trat die Zigarette nun doch auf dem Pflaster aus. »Jetzt komm schon.« Ungeduldig tippte er weiter auf die Nummer, bis eine Verbindung hergestellt wurde. Nach wenigen Signaltönen sprang eine Mailbox an. Wäre ja auch zu einfach gewesen, fluchte Matteo, während er die Ansage und den sich daran anschließenden Piepton abwartete.

»Guten Tag, Basso hier, Matteo Basso. Ich bin gerade auf Ihre Website gestoßen. Ich möchte Sie um einen kurzfristigen Rückruf bitten. Ich muss dringend und sehr rasch meine Klavierkünste ein wenig auffrischen. Ich wäre Ihnen deshalb sehr dankbar, wenn Sie sich noch heute mit mir in Verbindung setzen könnten.«

Während Matteo seine Nummer aufsagte, fragte er sich, ob sein Anliegen glaubwürdig klang. Ganz sicher aber war diese Lüge sinnvoller, als die Wahrheit zu sagen. Denn wenn er nicht ganz falsch lag, dann war Emanuele Giunti in irgendeiner Weise in den Fall verstrickt.

Matteo drückte Ninas Nummer.

»Pronto?«

»Oh, was für eine zärtliche Begrüßung.«

»Matteo, nerv mich nicht. Ich bin im Dienst, ich kann hier nicht so rumsäuseln am Telefon.«

»Bist du schon in Locarno?«

»Hast du mal auf die Uhr geguckt? Sehr weit ist es nicht, aber ein paar Minuten brauche ich noch.«

»Du sitzt im Auto? Da hättest du jetzt aber schon ein bisschen freundlicher sein können«, witzelte Matteo. Üblicherweise kamen solche Neckereien eher von Nina.

»Ich habe nachgedacht, falls du es genau wissen willst.«

»Darüber, was ich dir heute zum Abendessen bereite?«

Nina lachte.

»Nein, du Schwachkopf. Über den Fall. Warum ermordet jemand Simona Morelli vor aller Augen? Das hätte man doch auch unauffälliger erledigen können. Was auch den Vorteil gehabt hätte, dass der Mörder oder die Mörderin es einfacher gehabt hätte, sich vom Tatort zu entfernen.«

»Genau darüber habe ich auch schon nachgedacht.«

»Und zu welchem Ergebnis bist du gekommen?«

»Dass es ganz offenbar um zweierlei ging: um den Mord. Und darum, diesen Mord in die Schlagzeilen zu bringen. Und das Risiko, entdeckt zu werden, wurde von dem Täter oder der Täterin anscheinend als gering eingeschätzt. Und so war es schließlich auch. Außer ihm war niemand im Haus und vor der Tür wimmelte es nur so von Leuten. Zwischen dem Schuss und seiner Flucht lagen nur wenige Minuten.«

»Aber wäre der Mord nicht ohnehin in den Schlagzeilen gelandet?«, wandte die Kommissarin ein. »Simona Morelli war zwar noch kein absoluter Superstar, aber immerhin doch so bekannt, dass die Zeitungen auch über ihren Tod berichtet hätten, wenn er nicht mitten auf der Piazza stattgefunden hätte.«

»Aber skandalträchtiger war das so natürlich schon, allein durch das ganze Publikum und die anderen anwesenden Stars«, beharrte Matteo.

Nina fluchte. Matteo wusste nur zu gut, wie zäh der Verkehr häufig auf der Uferstraße floss. Die schmale Straße, die den See entlangführte, war im Grunde genommen die einzige Möglichkeit, von einem Ort in den nächsten zu kommen, wenn man nicht einen ewig langen Umweg über die Bergdörfer auf sich nehmen wollte.

»Ich glaube, du hast zu viele Nachrichten über Selbstmordattentäter gelesen, Matteo. Für die mag Publikum ja wichtig sein. Aber wenn ich dich daran erinnern darf: Unser Täter scheint es nicht darauf anzulegen, namentlich in die Gazetten zu kommen.«

»Noch nicht«, merkte Matteo an. »Aber weil du von *unserem* Täter sprichst: Was sagt Kommissar Orler eigentlich dazu, dass wir uns in seine Angelegenheiten einmischen?«

Nur allzu gut – oder besser: schlecht – war Matteos Erinnerung an Ninas ehemaligen Kollegen Buffon, dem seine Ermittlungen stets ein Dorn im Auge gewesen waren und der mit aller Macht versucht hatte, diese zu verhindern. Auch andere Ermittler hatten sich nicht sonderlich erfreut gezeigt, dass Matteo sie bei ihren Nachforschungen unterstützt hatte. Nun gut, er grinste in sich hinein, das war vielleicht nicht ganz die richtige

Formulierung. Er hatte die Fälle gelöst, auf seine Weise, und das ohne die offiziellen Beamten großartig damit zu behelligen.

Was soll's, dachte er. Was zählte, war das Ergebnis, oder etwa nicht? War ja kein Wettbewerb. Wobei, wenn er ganz ehrlich war, nachdem er sehr unfreiwillig in seinen ersten Fall verwickelt worden war, hatte er beim zweiten Mal schon so etwas wie Spaß und Ehrgeiz empfunden, das ließ sich nicht verleugnen. Wobei er das natürlich tat: es verleugnen. Umso mehr, wenn Nina ihn damit aufzog.

»Hör mal, Amore. Ich mische mich nicht in fremde Ermittlungen ein. Ich bin auf dem Weg nach Locarno, weil ich den Mieter der Wohnung in Verbania suche, in die heute Nacht eingebrochen worden ist. Ich muss davon ausgehen, dass der Mann in Gefahr ist. Womit du deine Zeit verbringst – ich würde es nie wagen, dazu etwas zu sagen.«

»Haha«, erwiderte Matteo trocken.

»Im Übrigen ist Orler entspannt, du hast ihn gestern ja live erlebt. Die etwas derbe, trottelig-liebenswerte Columbo-Attitüde ist nicht gespielt. Ich schätze, der ist einfach froh, wenn der Fall gelöst ist und er wieder seine Ruhe hat. Aber lass uns noch mal auf den Tatort zurückkommen. Simona Morelli ist ja auch auf anderen Filmfestivals gewesen. Berlin, Cannes, Venedig. Vielleicht hat es ja einen Grund, dass der Mord gerade hier und jetzt passiert ist?«

»Wenn ich an dieser Stelle mal kurz einhaken darf«, unterbrach Matteo sie, »genau deshalb rufe ich dich an.«

So knapp wie möglich informierte er die Kommissarin über sein Gespräch mit der Familie der Ermordeten. Als er auf das Altenheim zu sprechen kam, in dem Simona Morelli ehrenamtlich gearbeitet hatte, reagierte Nina ähnlich erstaunt wie er ein paar Minuten zuvor.

»Du willst sagen, ein Filmstar ist seit Monaten bei uns um die Ecke ein und aus gegangen, und wir haben es nicht bemerkt?«

»Na ja, Star …«

»Wie auch immer«, sprach Nina weiter. »Ein bemerkenswerter Zufall ist es allemal.«

»Ich habe, glaube ich, eine noch etwas bemerkenswertere Information für dich.«

»Ich bin ganz Ohr.«

»Simona Morelli hat sich kürzlich von ihrem Freund getrennt. Oder umgekehrt. Den Grund kennen die Eltern nicht.«

»Soll vorkommen.«

»Der Freund bzw. Exfreund war in der Familie sehr beliebt. Mit der Trennung hatte offenbar niemand gerechnet. Weder die Eltern noch die Schwester können sich einen Reim darauf machen, was zwischen den beiden vorgefallen ist.«

»Auch das soll vorkommen, Amore. Simona Morelli war erwachsen, warum sollte sie ihre Eltern über alle Entwicklungen ihres Beziehungslebens auf dem Laufenden halten?«

»Vollkommen richtig. Das Bemerkenswerte an diesem Freund ist auch nicht, was die Eltern über ihn erzählen, sondern dass er mir gestern in Locarno einen Caffè serviert hat.«

»Geht es etwas detaillierter?«

»Also, der Exfreund von Simona Morelli heißt Emanuele Giunti, wohnt in Ghiffa und ist Musiklehrer in Verbania.«

»Schon wieder Verbania? Dazu noch das Altenheim in Cannobio. Nennt man das jetzt ein Heimspiel? Und warum bitte serviert dir ein Musiklehrer aus Verbania Caffè in Locarno?«

»Das wollte ich dir gerade erzählen. Willst du nun Details oder nicht?«

»Doch, unbedingt«, erwiderte Nina und er hörte ihrer Stimme an, dass sie lächelte.

»Flavio und ich haben gestern Nachmittag Caffè auf der Terrasse des Belvedere getrunken. Ganz so, wie deine Bekannte es dir empfohlen hatte. Flavio natürlich in der Hoffnung, schon mal einen Blick auf seine Angebetete werfen zu können. Und bei unserem Kellner hat es sich eindeutig um Emanuele Giunti gehandelt.«

»Bist du dir ganz sicher?«

»Hundertprozentig.«

»Haben die Filmleute alle im Belvedere gewohnt?«

»Das weiß ich nicht. Dafür hat es vermutlich zu wenige Zimmer, aber soweit ich weiß, haben gestern zumindest alle Schauspieler von *Morto non vi serve a niente* dort gewohnt.«

»Du meinst also, Giunti hat seiner Exfreundin nachgestellt?«

»Das wäre eine Erklärung dafür, warum ein verlassener Musiklehrer ausgerechnet an dem Ort kellnert, an dem seine weltreisende Exfreundin logiert.«

»Sofern er derjenige ist, der verlassen wurde. Das wussten die Eltern nicht.«

»So oder so. Es sieht doch alles danach aus, als ob er versucht hätte, mit ihr in Kontakt zu treten, was sie offenbar nicht wollte, sonst hätte er keinen Grund gehabt für diese Kellnernummer.«

»Es sei denn, er wollte sie beschützen und deshalb in ihrer Nähe sein?«, überlegte Matteo.

»Vielleicht wollte er sie auch nur mit einem romantischen Heiratsantrag überraschen«, witzelte Nina.

»Hmmm, gar keine üble Idee. Du bringst mich da auf etwas.«

»Untersteh dich!«

»Kannst du mir ein Foto von Giunti schicken? Dann erkundige ich mich im Hotel nicht nur nach Totti, sondern auch nach ihm. Und es könnte sein, dass er dort nicht unter seinem richtigen Namen angeheuert hat.«

»Ich schicke dir den Link zu seiner Website.«

»Danke. Was ist dein Plan?«

»Ich werde versuchen, den liebeskranken Menschen hier in absehbarer Zeit ins Auto zu verfrachten, und würde dann mal dem Altenheim einen Besuch abstatten. Vielleicht stoße ich dort auf etwas, was uns weiterbringt.«

»Was ist mit der Macelleria?«

Matteo stöhnte auf.

»Du hast recht, ich sollte dringend mal nachsehen, ob wenigstens die Grundmauern noch stehen.«

»Sei nicht ungerecht, Matteo, die Alten managen deinen Laden ganz hervorragend. Und ihr Ragout ist einfach köstlich, gib es zu.«

»Du spielst mit deinem Abendessen, meine Liebe.«

Nina lachte hell auf und drückte den Anruf weg.

4

Waren diese Alten nun ein Fall für die Irrenanstalt oder fürs Kuriositätenkabinett? Kopfschüttelnd lenkte Matteo den Lancia auf den Parkplatz vor der Macelleria und fragte sich für einen Moment, ob womöglich schon einer der Kunden die zuständigen Behörden informiert hatte. In langen, bis auf den Boden reichenden Schürzen – wo auch immer sie die aufgetrieben haben mochten, seine Schränke gaben so etwas ganz sicher nicht her – und mit in Piratenmanier um den Kopf gebundenen Tüchern standen sie vor der kleinen Fleischerei. Noch dazu hielten sowohl Beppo als auch Luigi ein großes Hackbeil in den Händen.

»Ihr gebt ja ein entzückendes Empfangskomitee ab«, rief er den beiden durch das heruntergekurbelte Fenster zu. »Habt ihr in unserer Abwesenheit eine Securityfirma gegründet? Oder geht ihr zum Kostümball?«

Beppo schnaubte empört und Luigi reckte das Beil in die Luft. Matteo warf einen Blick auf Flavio, dem auf der Fahrt vom Comer See zurück nach Cannobio kaum ein Wort zu entlocken gewesen war, da er in der Erinnerung an die Begegnung mit Karlotta Tramboni geschwelgt hatte und der auch jetzt nicht gewillt zu sein schien, sich dabei stören zu lassen. Vorsichtig berührte Matteo ihn an der Schulter, um ihn zum Aussteigen zu bewegen, was dieser, als würde er schlafwandeln, auch tat.

Matteo selbst hatte soeben beschlossen, keine Pause einzulegen, er verspürte wenig Lust, sich von Luigi und Beppo überfallen zu lassen. Er fürchtete nicht die Beile, sondern die einander widersprechenden Geschichten, die aufgeregten Nachfragen und Neckereien, die freilich vor allem dem armen Flavio gelten würden.

Als er aber, während er den Rückwärtsgang eingelegt hatte und schon angerollt war, die enttäuschten Gesichter der Alten sah, änderte er seine Meinung. Es war einfach nicht zu fassen, sie waren wie Kinder. Ob das ein Schicksal war, das jeden Menschen im Alter ereilte? Er schüttelte den Kopf, die Schürzen sahen eher aus wie Malerkittel, wenn man nach dem Farbspektrum der Flecken ging, von denen sie übersät waren.

War es ganz einfach so, dass man sich nach und nach wieder in ein naives, einzig auf seine Affekte hörendes Wesen verwandelte? Wobei, vielleicht war das gar nicht die übelste aller Optionen für die Zukunft.

Seufzend stieg er aus und schloss sanft die Autotür, seine geliebte Diva vertrug es nicht, wenn man ihr einen allzu festen Schlag versetzte. Eine Futura mit Blick auf den See allerdings würde er sich gönnen, bevor er sich dem Spektakel der Alten überließ. »Geht schon mal vor, ich komme gleich nach.«

Ohne ihm Beachtung zu schenken, trotteten die drei bereits zur Eingangstür der Macelleria. Flavio hatten sie zu beiden Seiten untergehakt, sodass ein leiser Zweifel bestehen bleiben konnte, ob sie ihren Freund stützten oder ihn zum Verhör abführten. Matteo nestelte die Zigarettenpackung aus der Tasche seiner Jacke, die er über dem Arm trug. Eine Zigarette. Und eine Runde im Lago. Die Hitze war unmenschlich.

Im Schatten der Platane entdeckte Matteo Gustavo, der tief zu schlafen schien. Das Wetter setzte dem Tier augenscheinlich zu. Aber Nina hatte vermutlich recht. Er sollte doch mal mit ihm bei einem Tierarzt vorbeischauen. Vielleicht war es nicht nur die Altersmüdigkeit, die dem Hund zu schaffen machte. Und selbst wenn es nur diese war, vielleicht konnte man ihm irgendetwas zur Stärkung geben. Er hatte den Gedanken noch nicht zu Ende gedacht, da verwarf er ihn auch schon wieder.

Auch wenn er als Psychologe natürlich selbst zu dieser Berufsgruppe gehörte, hegte er doch ein gewisses Misstrauen gegen Ärzte, die er verdächtigte, mehr um ihr Bankkonto, als um das Wohl der Patienten besorgt zu sein. So musste man immer, wenn man einen Arzt konsultierte, viel Energie darauf verwenden zu unterscheiden, welche Angebote der eigenen Gesundheit wirklich zuträglich waren und bei welchen dringenden Empfehlungen des Arztes es sich lediglich um kostenintensive und dabei vollkommen unnütze Zusatzleistungen handelte. Er sah die Vitaminpräparate, die Gustavo verschrieben würden – leider nur für Selbstzahler –

schon vor sich. Sollte der Hund also seinen wohlverdienten Ruhestandsschlaf schlafen.

Mit der Zigarette zwischen den Lippen nahm Matteo den Weg über die Veranda und stieg vorsichtig die Böschung zum Ufer hinunter. Wenn er diesen Ort – was er sich nur allzu gut vorstellen konnte – auch zu seinem Alterssitz machen sollte, dann würde er irgendwann eine Treppe in den Hang schlagen lassen müssen. Er fragte sich, wie seine Eltern, die bis ins hohe Alter hier und in den Bergen oberhalb des Lago gelebt hatten, diesen Abstieg ohne Blessuren gemeistert hatten. Vermutlich waren es die Gewöhnung und das tägliche Training gewesen, das die beiden lange so robust und beweglich hatte bleiben lassen.

Im Gegensatz zu ihm, dachte er mit einem Anflug von Missstimmung, während er sich seiner Kleider entledigte. Die Zigarette hatte er in einem eigens bereitgestellten Steintopf entsorgt. Der See litt durch die Boote und die Touristen schon genug, da sollte er wenigstens von seinen Kippen verschont bleiben.

Als er sich ins Wasser gleiten ließ, das erfrischend kühl war, verflog unmittelbar der kleine Hauch von schlechter Laune, den er vorhin verspürt hatte. Er schwamm ein paar Züge, dann tauchte er unter, genoss, wie sein aufgeheizter Körper eingehüllt wurde, wie das Wasser in seinen Ohren rauschte. Er ließ sich wieder nach oben treiben, drehte sich auf den Rücken und zwinkerte in den strahlend blauen Himmel. Dann ließ er den Blick über die grün bewachsenen Bergketten streifen, die den See säumten. Das Paradies müsste schon einiges aufbieten, wenn es dagegen ankommen wollte.

Matteo strich sich die nassen Locken aus dem Gesicht und begann zu kraulen, gleichmäßig und gemächlich. Nach Verausgabung stand ihm gerade nicht der Sinn, lieber rekapitulierte er, was er schon während der schweigsamen Rückfahrt im Kopf hin und her gewälzt hatte. Sprachen die Indizien für eine Eifersuchtstat? Hatte der verschmähte Expartner versucht, der jungen Schauspielerin im Hotel aufzulauern, um sie davon zu überzeugen, dass die Trennung ein Fehler gewesen sei? War er zurückgewiesen, vielleicht sogar ausgelacht worden? Oder war die Angebetete sogar schon mit einem neuen Liebhaber dort gewesen?

Matteo versuchte, sich in Emanuele Giunti hineinzuversetzen. Was mochte ihn nach der Trennung umgetrieben haben? Hatte er vor Wut und Verzweiflung beschlossen, dass sie, wenn nicht mit ihm, dann gar nicht weiterleben sollte? Denkbar wäre es. Das würde auch das öffentliche Setting erklären. Vielleicht war der Starrummel der Grund für die Trennung der beiden gewesen, vielleicht hatte der wenig glamouröse Musiklehrer nicht mehr in das Leben von Simona Morelli gepasst, sodass er den Plan gefasst hatte, dass sie genau an dem Ort sterben sollte, der stellvertretend für den Grund des Scheiterns der Beziehung stand.

Aus den Augenwinkeln nahm Matteo eine etwa zehn Meter lange Yacht der italienischen Cranchi-Werft wahr, die zum Ostufer des Lago hinüberraste und eine weiße aufgewühlte Spur zurückließ.

Diese reichen Vollidioten. Ganz so einfach ging die Theorie mit dem verschmähten Freund nicht auf, ärgerte er sich. Wenn Emanuele Giunti sich noch Hoffnungen gemacht hatte, wieder mit Simona Morelli zusammenzukommen, warum hätte er dann vorab schon die Wohnung bei Agata Facelli mieten sollen, von der aus der tödliche Schuss gefallen war?

Matteo wendete und kraulte mit gleichmäßigen Bewegungen in südliche Richtung. Ob er irgendwann so fit sein würde, dass er es bis nach Cannero Rivera schaffte? Er prustete.

Angenommen, Emanuele Giunti hatte etwas mit dem Tod seiner Exfreundin zu tun, welche Rolle spielte dann Gianluca Totti in dem Ganzen? Warum war seine Wohnung nach der Tat verwüstet worden? Hatte man bei ihm etwas gesucht? Etwas, das der Mörder oder die Mörderin zuerst vergeblich von Simona Morelli hatte erhalten wollen und dann bei Totti vermutet hatte? Dann war der Regisseur tatsächlich in höchster Gefahr.

Oder, Matteo tauchte wieder für ein paar Züge unter Wasser, handelte es sich doch – wie so oft – ganz banal um eine Beziehungstat? War der ältere Regisseur womöglich der neue Liebhaber der Schauspielerin, für den sie ihren Freund verlassen hatte? Matteo versuchte, sich das Gesicht von Gianluca Totti zu vergegenwärtigen. So recht wollte es ihm nicht gelingen, sich den älteren Mann und die junge attraktive Schauspielerin als ein Paar vorzustellen. Aber, wie nicht nur seine Mutter zu sagen gepflegt hatte: Wo die Liebe hinfällt …

Matteo kraulte ans Ufer und schüttelte das Wasser

aus den Haaren, dann schlüpfte er in seine Kleidung, die in wenigen Minuten getrocknet sein würde. Das alles passte noch nicht richtig zusammen. Er überlegte, was ihn am meisten störte an dem, was er bislang erfahren hatte. Das allzu positive Bild, das von der Toten gezeichnet wurde? Allerdings hatte er noch nicht mit dem Exfreund gesprochen, und die Schwester hatte sich, genau wie die Kollegin auf der missglückten Premierenfeier, einige Spitzen nicht verkneifen können. Für einen Mordverdacht reichten diese bissigen Kommentare allenfalls in einer vorabendlichen Telenovela aus. Und was war mit der These, dass Giunti vor Ort gewesen war, um Simona Morelli zu beschützen? Es war eine der vielen Möglichkeiten, aber auch dafür gab es wenig Anhaltspunkte.

Sein Handy meldete einen verpassten Anruf von Nina, sie hatte eine Nachricht auf der Mailbox hinterlassen. Matteo warf einen letzten sehnsüchtigen Blick auf den See, dann stieg er die Böschung zur Macelleria hinauf und hörte dabei Ninas Nachricht ab.

Die Festivalleitung von Locarno, berichtete sie, debattiere seit dem frühen Morgen darüber, wie sie auf den Mord reagieren solle. Matteo konnte sich die Diskussion lebhaft vorstellen. Während die eine Seite aus Gründen der Pietät oder wegen der potenziellen Gefahr für die Teilnehmenden und Zuschauer dafür plädierte, das Festival abzubrechen, standen auf der anderen Seite diejenigen, die das Argument vorbrachten, das man in jüngster Zeit auch oft hörte, wenn es um eine adäquate Reaktion auf terroristische Anschläge ging: Man dürfe sich von solchen Verbrechen nicht einschüchtern, sich nicht am normalen Weiterleben hindern lassen.

Matteo hielt das nicht für eine Frage, auf die man eine generelle Antwort finden konnte. Nina schien es ähnlich zu gehen. Dass sie nicht verstehe, warum die Festivalleitung über Fortführung oder Abbruch des Events entscheide, hörte Matteo sie auf seiner Mailbox sagen, das falle ihrer Ansicht nach in den Verantwortungsbereich der zuständigen Behörden vor Ort. »Gefährdungslage einschätzen, entscheiden, basta.«

Matteo grinste. Ninas Pragmatismus war immer wieder überzeugend.

»Punkt zwei, Gianluca Totti«, sprach Nina weiter. Matteo war mittlerweile auf der Veranda angelangt und ließ sich auf einen der Stühle sinken. Totti habe, wenn die Angaben des Hotelpersonals stimmten, noch in der vorherigen Nacht das Hotel überstürzt verlassen. Allerdings habe er sein gesamtes Gepäck im Zimmer zurückgelassen, sodass gut möglich sei, dass er wieder zurückkehren werde.

Matteo wählte Ninas Nummer. Er wollte lieber direkt mit ihr sprechen.

»Ich schaue mir gerade Tottis Zimmer an«, sagte sie anstelle einer Begrüßung. »Sieht nicht danach aus, als hätte er geplant abzureisen. Seine Kleidung jedenfalls hängt feinsäuberlich im Schrank.«

»Und weiß Orler Bescheid?«

»Ja, wir haben miteinander telefoniert. Und wir haben uns gegenseitig versichert, dass wir einander umgehend informieren, wenn neue Erkenntnisse vorliegen.

Und bei strafbaren Handlungen gegen Leib und Leben, wie es im Gesetz so schön heißt, ist der Informationsaustausch im Rahmen der grenzüberschreitenden Zusammenarbeit zwischen der Schweiz und Italien auch legitimiert. Im Übrigen hat Orler mich nach dir gefragt. Du bist durch mich beleumundet und als Polizeipsychologe nun auch bei ihm akkreditiert, aber er verlangt einen Beweis, was deine kulinarische Expertise angeht. Mit anderen Worten: Du solltest ihm bei Gelegenheit einen Korb mit deinen Spezialitäten zusammenstellen.«

Matteo lachte. »Ja, warum nicht. Er sieht so aus, als ob er sie zu schätzen wüsste. Aber zurück zu Totti. Ist dir noch irgendetwas aufgefallen?«

»Bislang nicht.« Matteo hörte, wie Bügel auf der Stange des Kleiderschranks verschoben wurden. »Du hast Totti doch noch gesprochen. Was machte er da für einen Eindruck?«

»Er war mitgenommen von dem Vorfall«, erwiderte Matteo. »Was auch nicht weiter verwunderlich war, er war ja dabei. Er saß sogar direkt neben Simona Morelli und kannte sie gut. Schließlich hat er mit ihr gedreht. Aber während des Gesprächs sagte er nichts, was darauf schließen ließ, dass er da schon plante, das Hotel zu verlassen.«

»Das dachte ich mir.« Wieder quietschte Metall auf Metall.

»Du meinst also, nach unserem Gespräch muss etwas passiert sein.«

»Messerscharf kombiniert, Amore.«

»Wenn ich vielleicht mal ausreden könnte«, versetzte

Matteo und kramte die Zigarettenpackung aus der Hosentasche. Nur noch drei Futuras steckten darin. Nina hatte recht, er sollte sein Pensum wirklich ein wenig reduzieren. Wenn dieser Fall gelöst war, dealte er stumm und nicht zum ersten Mal mit sich selbst aus und ließ das Zippo aufschnappen.

»Totti hat im weiteren Verlauf des Abends etwas erfahren«, Matteo genoss es, den Rauch für ein paar Momente im Mund zu behalten, bevor er ihn in die Lunge fließen ließ, »dass ihn so sehr in Angst versetzt hat, dass er Hals über Kopf geflohen ist.«

»Was könnte das gewesen sein?«, überlegte Nina. »Auffällig ist doch, dass der Mord an Simona Morelli ihn noch nicht derart verunsichert hat. Ob der Einbruch in seine Wohnung etwas damit zu tun hat? Leider wissen wir ja nicht, wann genau der stattgefunden hat. Immerhin wäre es denkbar, dass man ihn erpressen wollte.«

Matteo strich sich die nassen Locken aus dem Gesicht, angenehm kühl lief ihm das Wasser in den Nacken.

»Das ist durchaus möglich«, überlegte er laut. »Der Grund für seine Panik ist ein Hinweis oder eine Drohung, die er erhalten hat, nachdem ich ihn gesprochen habe. Oder aber er ist nicht nur Regisseur, sondern auch ein verdammt guter Schauspieler und hat sich auf der Premierenfeier nichts anmerken lassen.«

»Hmmm«, machte Nina. »Das wohl kaum. Wenn er Angst um sein Leben gehabt hätte, hätte er sich dir oder Orler anvertraut.«

»Aber was, wenn auch er etwas zu verbergen hat?«

»Auch das ist theoretisch möglich, aber wenig wahrscheinlich. Lass es uns sagen, wie es ist: Wir wissen verdammt wenig.«

Matteo brummte etwas Zustimmendes. Es stimmte schon, sie schwammen im Trüben, andererseits: Der Mord war noch keine vierundzwanzig Stunden her. Und immerhin gab es bereits einige Richtungen, in die sie ermitteln konnten, und Personen im Umfeld der Toten, die in Verbindung mit dem Mord stehen könnten. Er ließ den Rauch in kleinen Wölkchen, die sogleich vom leichten Wind aufgelöst wurden, aus dem Mund gleiten. Matteo verbat es sich, hier Parallelen zu dem Stand der Ermittlungen zu ziehen.

»Und wollen wir die allerunwahrscheinlichste Variante hiermit verwerfen, oder darf ich auch sie kurz durchspielen?«, fragte er stattdessen.

»Die da wäre?«

»Totti hat das Hotel nicht verlassen, weil er Angst hatte. Es gab andere Gründe.«

»Und wie erklärst du dann den Einbruch bei ihm?«, fragte Nina.

»Reiner Zufall.«

Das Brummen vom anderen Ende ließ Matteo ahnen, dass die Kommissarin diese Möglichkeit für genauso unwahrscheinlich hielt wie er selbst.

»Und könnte es sein, dass er seine Wohnung selbst verwüstet hat?«

»Was sollte er deiner Meinung nach damit bezwecken?«, fragte Nina zurück.

»Vielleicht genau das, was er ganz offensichtlich erreicht hat: dass wir ihn für potenziell gefährdet halten.«

»So oder so schiebt er sich bewusst oder unbewusst in den Fokus unserer Ermittlungen. Seltsam ist auf alle Fälle sein Verschwinden und dass er sich nicht mit uns in Verbindung setzt, obwohl ich ihm, unmittelbar nachdem ich in seiner Wohnung gewesen bin, auf der Mailbox seines Handys eine Nachricht hinterlassen habe. Wenn er sich bis morgen nicht meldet, lassen wir ihn zur Fahndung ausschreiben.«

»Wie steht es denn um unseren zweiten Mann, um Emanuele Giunti? Ich tippe mal, den hast du ebenfalls nicht mehr angetroffen?«

»Im Gegenteil. Er hat mir zuerst ein Mittagessen serviert und nach dem doppelten Espresso gestanden.« Nina lachte laut auf. »Nein, im Ernst, die Hotelmanager haben sich gewunden wie die Aale, wie du dir vorstellen kannst. Wirft ja auch kein gutes Licht auf ein so angesehenes Haus, wenn rauskommt, dass die ausgerechnet während des Festivals einen Aushilfskellner einstellen, ohne dessen Hintergrund anständig zu durchleuchten.«

»Na hör mal«, versetzte Matteo mit gespielter Empörung. »Die Gäste sind Schauspieler, keine hochrangigen Politiker. Willst du ernsthaft, dass wir alle noch mehr überwacht werden, als es ohnehin schon der Fall ist? Was soll man denn alles vorlegen müssen, um sich für einen banalen Kellnerjob zu bewerben?«

»Wie wäre es mit dem richtigen Namen, der Sozialversicherungsnummer?«, schnitt Nina ihm das Wort ab. »Du weißt genau, was ich meine. Der Direktor des Belvedere war jedenfalls äußerst kleinlaut, als er erfahren musste, dass es sich bei ihm um den Exfreund einer der Schauspielerinnen gehandelt hat.«

»Und bei der Schauspielerin um das Mordopfer.«

»Und um das Mordopfer, exakt«, erwiderte Nina. »Ich schätze, ich muss dir nicht erklären, welche Ausreden dieser Wicht von einem Direktor mir aufgetischt hat. Ihn treffe nicht die geringste Schuld. Der Personalchef habe die hausinternen Regeln verletzt, was überaus bedauerlich, ja geradezu unverzeihlich sei, und natürlich kooperiere er zu hundert Prozent mit uns.«

»Wofür du dem Herrn ausdrücklich gedankt hast.«

»Und wie. Ich hätte nicht übel Lust, ihm eins auszuwischen und ihm Hygienemängel oder Bettwanzen nachzuweisen. Irgendetwas, was ihn dann wirklich mal aus der Fassung bringt.«

Am Rascheln hörte Matteo, dass Nina sich ebenfalls eine Zigarette ansteckte, vermutlich war sie auf den Balkon getreten. Obgleich sie ihm regelmäßig einbläute, mehr auf seine Gesundheit zu achten, rauchte sie selbst ab und an, vor allem dann, wenn sie wütend war. Matteo wusste, wie sehr sie es verabscheute, wenn Menschen sich aus ihrer Verantwortung stehlen wollten. Fehler konnte sie verzeihen. Kleingeistigkeit schon weniger.

»Lass dir von so jemandem nicht die Laune verderben. Er ist es nicht wert, Nina. Und ich werde mir jetzt mal ein Bild von dem Chaos machen müssen, das die Rentnergang in meiner Küche hinterlassen hat. Die Alten hantieren da immer noch herum. Vielleicht ist das Schlachtfeld ja trotzdem so überschaubar, dass ich uns heute Abend etwas zu essen machen kann. Wäre das in deinem Sinne?«

»Absolut.«

Beim Wort »essen« war Gustavo aus seinem Schlummer erwacht. Der Hund streckte seine Glieder und erhob sich so langsam, als würde ihm eine zentnerschwere Last auf dem Rücken liegen.

»Und falls ich vor Einbruch der Dunkelheit aus der Macelleria herausgelassen werden sollte, fahre ich noch bei dem Altenheim vorbei, in dem Simona Morelli gearbeitet hat.«

»Findest du das nicht auch seltsam«, fragte Nina, »dass eine international bekannte Schauspielerin hier in der Provinz ehrenamtlich mit alten Menschen geplaudert oder Karten gespielt hat – oder was auch immer sie dort genau gemacht hat?«

»Ach, keine Ahnung. Was heißt schon seltsam. Vielleicht war sie nur auf sympathische Weise bodenständig. Oder sie wollte der Welt etwas zurückgeben, weil sie sich als zu privilegiert empfand.«

»Der Welt? Das sind aber große Worte.«

»Ja, so hat es ihre Mutter bei meinem Besuch ausgedrückt, wenn ich mich recht erinnere«, antwortete Matteo.

Bedächtig tapste Gustavo zu ihm herüber. Wie so oft, wenn Matteo den massigen Hund in den vergangenen Wochen betrachtete, wurde er ein wenig wehmütig.

»Na, mein Guter.« Zärtlich kraulte er das schwarze Fell, das noch immer keine Spur von Grau aufwies – was nicht auf die Gesundheit des Tieres zurückzuführen war, sondern wohl eher mit den medizinischen Experimenten zusammenhing, denen Gustavo sich hatte unterziehen müssen, bevor er zu Matteo gekommen war. »Das ist schon ein Kreuz mit dem Altwerden, was?«

Gustavo gab ein grunzendes Geräusch von sich, als hätte er seine Worte verstanden.

»Soll ich mal gucken, ob ich in der Küche einen leckeren Happen für dich auftreiben kann?«

»Moment mal«, meldete sich Nina. »Verscherbelst du gerade das mir versprochene Abendessen an jemand anderen?«

»Das würde ich nie wagen, Liebste«, versicherte Matteo und nickte dem Hund verschwörerisch zu. »Ich freu mich auf dich, fahr vorsichtig.«

Als Matteo die Macelleria betrat, nahm er verwundert zur Kenntnis, dass die Alten die historische Otello-Platte aufgelegt hatten. Üblicherweise mokierten sie sich eher über seine Leidenschaft für Opern. Gerade begann der verschlagene Jago, der nicht die erwartete Beförderung erhalten hatte, eine seiner Intrigen zu entspinnen. Hier zeigte sich, wie bösartig Menschen werden konnten, wenn ihnen vorenthalten wurde, was ihnen ihrer Einschätzung zufolge zustand. Das galt zweifelsohne nicht nur für Shakespeares tödliches Drama, das Verdi zum Libretto gedient hatte, sondern auch für das wirkliche Leben.

Für ein paar Takte hielt Matteo inne und lauschte der Musik. Wenn man die Laustärke nicht allzu sehr aufdrehte, war auch diese historische Aufnahme eigentlich ganz passabel. Nun begann Otello, sich in seiner von Jago angestachelten Eifersucht zu winden und düstere Gedanken zu wälzen. Eifersucht, dachte Matteo, war zweifellos eines der wirksamsten Gifte, das einem Menschen induziert werden konnte, wenn dieser denn anfällig dafür war. Schleichend nahm sie von ihm Besitz.

Ob Emanuele Giunti der Otello in diesem Drama war? Aber wer war dann Jago? Totti? Gab es überhaupt einen Jago in diesem Fall? Matteo kaute auf seiner Unterlippe herum. Irgendetwas störte ihn daran, dass er in seinen Überlegungen immer wieder auf Totti zurückkam. Plötzlich erschien es ihm, als würde die Fokussierung auf den Regisseur vom Wesentlichen ablenken. Wie eine Nebelkerze, die die Sicht verschleierte – ohne dass Matteo zu sagen gewusst hätte, wer diese Nebelkerze geworfen hatte.

Mit seinem Eintreten in die Küche verstummte die Musik. Und abermals staunte Matteo. Da war kein Chaos, nicht im Ansatz. Die Arbeitsflächen blitzten, die Messer hingen wohlgeordnet an der dafür vorgesehenen Magnetleiste. Luigi trug eine Schale mit einer atemberaubend duftenden Pastete an ihm vorbei in den Laden und zwinkerte ihm dabei zu. Und jetzt hörte Matteo auch, wie im Nebenzimmer die Türglocke ging, eine Kundin die Macelleria betrat und von drei fröhlich plappernden Stimmen begrüßt und auf die in der Glastheke arrangierten Spezialitäten hingewiesen wurde.

Matteo warf einen Blick auf seine Courage und sah bestätigt, was ohnehin klar war: Die Siesta war beendet. Er würde sich beeilen müssen, um im Altenheim noch jemanden anzutreffen, der nicht zum Pflegepersonal oder zu den Bewohnern gehörte. Noch einmal kam Luigi in die Küche, die direkt hinter dem Verkaufsraum der Macelleria lag, machte sich wortlos an dem großen Kühlschrank zu schaffen und holte ein glockenförmiges Glasgefäß heraus, von dem Matteo hätte schwören können, es noch nie gesehen zu haben. Noch immer trug er die Maskerade, in der Matteo ihn und Beppo vorhin vor der Macelleria angetroffen hatte.

Aber irgendetwas war anders, überlegte Matteo. Im nächsten Augenblick erkannte er es: Die Flecken fehlten. Offenkundig hatten die Alten, bevor sie den Laden geöffnet hatten, saubere Schürzen angezogen. Immerhin. Der sicher geglaubte Besuch vom Gesundheitsamt war vielleicht doch noch abzuwenden.

Triumphierend hob Luigi das mit einer grünen Substanz gefüllte Gefäß wie einen Pokal in die Höhe und strebte wieder Richtung Verkaufsraum, in dem eifrig diskutiert wurde. Warum um alles in der Welt sprachen die nicht mit ihm? Was war hier los?

»Kannst du mir mal erklären, was das Theater soll?«

Matteos Worte ließen Luigi zwar innehalten, eine Antwort bekam er allerdings nicht. Stattdessen strich sich Luigi mit Daumen und Zeigefinger über die Lippen, eine Geste, die besagte: Mein Mund bleibt verschlossen. Matteo verdrehte die Augen.

»Madonna mia, Luigi, hättest du die Güte, mit mir zu sprechen?«

»Du musst dich schon entscheiden, Fleischermeisterchen. Vorhin hast du uns noch Sprechverbot erteilt.«

Luigi zog eine Grimasse, die irgendwo zwischen Altklugheit und Beleidigtsein changierte. »Wie gemein ist das bitte schön, du knorzige Peperoni, uns außen vor zu lassen, wenn endlich mal wieder was Spannendes passiert ist? Du hältst uns wohl für so dement, dass wir nichts mehr beitragen können zur Aufklärung. Schade, sehr schade. Nein, lass es mich anders formulieren: Traurig, sehr traurig, plötzlich so zum alten Eisen zu gehören. Ausrangiert zu werden, wie ein defekter Gaskocher. Ins Abseits delegiert zu werden …«

»Stopp!!« Matteo schüttelte flehentlich die Hände gen Himmel. Er zweifelte keine Sekunde daran, dass Luigi seine Suada noch ewig weiterführen würde und dass ihm die Synonyme so schnell nicht ausgehen würden.

»Allora.« Immerhin hatte Luigi das Gefäß mittlerweile in eine normale Position gebracht und streckte es Matteo entgegen. »Fangen wir mal hiermit an. Wenn du mal schnuppern möchtest.«

Wie ein Chemiker fächelte sich Matteo das Aroma zu, als müsste er befürchten, es könnte sich um eine ätzende Substanz handeln. Es duftete köstlich.

»Wir haben uns erlaubt, ein wenig Pesto anzusetzen.«

»Pesto?«, echote Matteo unnötigerweise.

»Deine Ohren funktionieren wie eine frisch geschmierte Kurbelwelle, Fleischermeisterchen.«

»Warum denn Pesto?«

Luigi schüttelte den Kopf wie ein enttäuschter Lehrer, der eigentlich längst die Hoffnung aufgegeben hatte, dass sein Schüler in diesem Leben noch irgendetwas begreifen würde.

»Fleischermeisterchen, die Zeiten ändern sich. Du musst ja nicht gleich auf vegan machen, aber ein bisschen auch an diejenigen zu denken, die sich nicht jeden Tag ein Bistecca alla fiorentina genehmigen möchten, würde deiner Macelleria gut zu Gesicht stehen.«

»Ach, du liebe Güte«, versetzte Matteo und merkte, dass er wirklich ein wenig genervt auf diesen kaum verhohlenen Vorwurf reagierte, »und ihr spezialisiert euch dann künftig auf Elektroautos und Fahrräder, oder wie darf ich das jetzt verstehen?«

»Jetzt sei kein Frosch, Fleistermeisterchen«, versetzte Luigi ungewohnt versöhnlich. »Wir haben den Tag gestern und heute einfach genutzt, um ein bisschen was auszuprobieren. Willst du nicht mal gucken?«

Mit diesen Worten schob er Matteo in den Verkaufsraum. Und was er dort zu sehen bekam, verschlug ihm tatsächlich die Sprache. Olivenpaste, gegrilltes Gemüse, Zucchini, Auberginen, Pilze, gelbe und rote Paprika lagen in der Glasvitrine, daneben stellte Luigi nun das grüne Pesto, das von einer Walnussvariante begleitet wurde. Und als wäre das nicht schon genug, lagen auf einem Blech selbst gemachte und zweierlei gefüllte Gnocchi und mit Mehl bestäubte Agnolotti alla piemontese, die Matteo, wie Luigi nun dozierte, einem alten Familienrezept zu verdanken habe. Diese mit Kalbfleisch gefüllten Nudelteigtaschen seien das ideale Gericht für all jene, die unter der Woche wenig Zeit hätten, aber auf kulinarische Genüsse keineswegs verzichten wollten, was, mit Abstrichen, vielleicht auch für die mit Ricotta und mit Kürbis gefüllten Gnocchi gelten könne, die ein gewisser Beppo beigesteuert habe, wenngleich die Konsistenz ihn ein wenig an Wagenfett erinnere.

Und es war wohl nur der Türglocke und der kurz darauf eintretenden Signora Esposito, die unweit der Collegiata di San Vittore einen Blumenladen betrieb, zu verdanken, dass der großzügig gefüllte Löffel Pesto di noci, den Beppo in den Händen hielt, in den Tonkrug zurückglitt, statt Luigi im braun gebrannten Nacken zu treffen.

Signora Esposito, die eigentlich wegen des luftgetrockneten Rinderschinkens gekommen war, den Matteo ausschließlich aus der Keule des Piemonteser Rindes fertigte, kaufte darüber hinaus nicht nur Antipasti, sondern auch je dreihundert Gramm Gnocchi und Agnolotti alla piemontese, was den sich anbahnenden Konflikt weiter einhegte. Vollends versöhnt zeigten sich Luigi und Beppo, als Matteo zum Kühlschrank ging, einen Weißwein hervorzauberte und, während er ihn entkorkte, sagte: »Setzt euch. Nun werden Flavio und ich euch haarklein erzählen, was sich in Locarno ereignet hat.«

5

Die Zufahrt zum Altenheim war von mächtigen Platanen gesäumt, deren dichtes Laub angenehmen Schatten spendete. Matteo hatte den Lancia auf der Straße vor dem Anwesen geparkt, das mehr an einen Adelssitz oder ein Kurhotel erinnerte. Der feine helle Kies knirschte unter seinen Schuhen.

Dieses Altenheim – der Name *Seniorenresidenz* traf es wohl besser – schien nicht recht in ein Städtchen wie Cannobio zu passen, schon gar nicht in diesen hinteren Ortsteil, in dem die Häuser einfacher wurden und den Rusticos glichen, den bäuerlich-spartanischen Bauten, die man in den Bergen fand. Prachtvolle Villen standen eher in Verbania oder in Stresa, wo sich in den ersten Jahrzehnten des 20. Jahrhunderts die kulturelle Bohème Europas und der Welt getroffen hatte.

Der Philosoph Friedrich Nietzsche allerdings, fiel Matteo ein, war noch vor der Jahrhundertwende nach Cannobio gekommen, weil es ihm in Nizza zu grell und zu sonnig gewesen war und er gehofft hatte, an den bewachsenen Ufern des Lago Maggiore Abkühlung zu finden. Ob es sich bei dem vor ihm liegenden Gebäude womöglich um die Villa handelte, in der Nietzsche residiert hatte? Erst jetzt fiel ihm auf, dass er sich nie gefragt hatte, wo genau diese stand oder gestanden hatte, ob man sie gar noch besichtigen konnte.

Doch als er nur noch wenige Schritte vom Portal entfernt war, konnte er deutlich erkennen, dass es sich lediglich um ein auf historisch getrimmtes Bauwerk handelte, eine bizarre Mode, nach der auch in größeren Städten zunehmend Mehrfamilienwohnhäuser gebaut wurden. Kopfschüttelnd registrierte er, dass es, jedenfalls auf dieser Seite, keinen rollstuhlgerechten Zugang gab, nur ein paar Treppenstufen führten zur Eingangstür, die sich automatisch öffnete und den Blick freigab auf eine marmorne Halle. Auch sie war, wie der Garten des Heims, menschenleer. Matteo warf einen Blick auf seine Courage. Es war noch nicht einmal achtzehn Uhr. Das dürfte selbst für ältere Menschen, die morgens früh aufstanden, zu zeitig für das Abendessen sein.

»Sind Sie angemeldet?«

Erst jetzt bemerkte Matteo die winzige Pförtnerloge, die eher an eine museale Telefonzelle erinnerte. Das livrierte Männchen, das darin saß, sah aus, als wäre es einem Stummfilm entstiegen, mit dem Unterschied allerdings, dass seine Stimme durchaus vernehmlich war.

»Basso, Matteo Basso«, stellte er sich vor und hielt seinen Dienstausweis an die Scheibe der Loge.

Der Pförtner kniff die Augen hinter den runden dicken Brillengläsern zusammen und studierte die Plastikkarte so eingehend, als müsste er einen Jahressteuerbescheid prüfen.

»Sie kommen wegen Simona«, sagte er schließlich, ohne dass er auch nur im Geringsten anklingen ließ, dass es sich um eine Frage handelte.

»Ganz richtig«, versetzte Matteo und steckte den Ausweis ein. »Sie hat hier gearbeitet?«

»Gearbeitet? Nein«, knarzte der Pförtner. »Sie hat Leben in dieses seelenlose und deprimierende Totentanz-Ensemble gebracht. Wenn sie kam, ging die Sonne auf.«

Matteo stöhnte innerlich auf. Die Geschichte vom guten Engel ging also auch hier weiter.

»Haben Sie irgendeine Idee, wer etwas gegen Simona Morelli gehabt haben könnte?«

»Natürlich! All jene, die der dunklen Seite der Macht dienen.«

Matteo zog die Stirn kraus.

»Können Sie mir etwas genauer sagen, was Sie damit meinen?«

Der Pförtner rückte ein Stück näher an die Scheibe heran und öffnete die Klappe, die in das Fenster eingelassen war und wohl dazu diente, Schlüssel oder Briefe durchzureichen.

»Es war die Mafia, ich sage es Ihnen, daran besteht kein Zweifel, die Mafia.«

»Die Mafia?«, fragte Matteo, wurde aber von lauten, schnellen Schritten unterbrochen, die auf dem Marmorboden der Eingangshalle einen beträchtlichen Lärm verursachten.

»Emilio, was veranstaltest du hier denn schon wieder? Warum bist du nicht bei der Versammlung? Du wurdest schon vermisst.«

Der Pförtner schnaubte unwillig. Die trotz ihrer Korpulenz elegante Dame schüttelte nachsichtig den Kopf und bedeutete ihm, die Loge zu verlassen. Wenngleich sichtlich missmutig, folgte der Alte ihrem Wink und trottete mit gebeugtem Rücken durch die Halle in Richtung der Aufzüge, die sich unauffällig in die dunkelbraune Holzverkleidung der Wände fügten. Als er etwa in der Mitte des Raumes angelangt war, wandte er sich noch einmal um und sagte mit leiser, aber vernehmlicher Stimme:

»Bei allem, was mir heilig ist, die Mafia hat Simona auf dem Gewissen.« Trotz der Entfernung spürte Matteo den durchdringenden Blick des alten Mannes. »Die Mafia, ich sag es Ihnen.«

»Es ist gut, Emilio, geh jetzt zu den anderen in den Garten, es gibt noch einiges zu besprechen, bis das Essen serviert wird.«

»Oh ja, zu den anderen hohlen Birnen, um mir ihr dementes Gequatsche anzuhören. Ich kann mir kaum etwas Schöneres vorstellen. Wenn ich Flügel hätte, würde ich hinausfliegen, um ja nichts zu verpassen.« Damit stieg er in einen der Fahrstühle.

Die Dame seufzte und lächelte Matteo entschuldigend an.

»Verzeihen Sie die etwas unkonventionelle Begrüßung. Bei diesen Temperaturen erhitzen sich auch die Gemüter der Bewohner ein wenig. Und wie Sie sich vielleicht vorstellen können, sind die Tage hier mitunter ein wenig zäh, obgleich wir uns alle Mühe geben, unseren Bewohnern ein anregendes Programm zu bieten.«

Sie deutete auf einen Schaukasten neben dem Eingang, in dem verschiedene Aushänge hingen.

Er hatte also eben gar nicht mit dem Pförtner gesprochen, sondern mit einem Heimbewohner, der sich seine eigene Freizeitbeschäftigung geschaffen hatte. Vielleicht hätte ihn dessen fortgeschrittenes Alter schon skeptisch stimmen müssen. Matteo grinste. Falls jemals seine drei liebenswürdig-schrulligen Freunde hier unterkommen sollten, würden sie sich in angemessener Gesellschaft befinden. Obwohl das gediegene Ambiente weder ihrem Geschmack noch ihrem Geldbeutel entsprechen dürfte, aber der Humor des säbelbeinigen Emilio würde wohl ihre Zustimmung finden.

»Kann ich Ihnen vielleicht weiterhelfen?«, unterbrach die Dame seine Gedanken. »Möchten Sie jemanden besuchen?«

Matteo lüpfte seinen Dienstausweis.

»Ich bin leider in einer weniger schönen Angelegenheit hier.«

Ein Schatten huschte über das Gesicht der Dame.

»Das ist wirklich eine Tragödie. Unsere Bewohner sind zutiefst bestürzt, wir haben sie über den Vorfall informiert, gleich nachdem wir davon erfahren haben. Und jetzt sitzen sie beisammen, um darüber zu sprechen, wie man der Toten gedenken könnte, wer das Haus auf der Beerdigung vertreten wird, was auf dem Kranz stehen soll. Wer macht bloß so etwas?« Sie stockte und schien sich für einen Moment zu besinnen.

»Verzeihen Sie, ich glaube, ich habe mich noch gar nicht vorgestellt. Carmen Merino. Ich bin, wie man so sagt, die rechte Hand des Heimleiters.«

»Wäre es möglich, dass ich mit ihm spreche? Und dass auch Sie mir ein paar Fragen beantworten?«

Carmen Merino warf einen flüchtigen Blick auf die zierliche goldene Armbanduhr, die unter ihrer hellblauen Bluse hervorschaute. Seide, tippte Matteo.

»Ich bin furchtbar in Eile, könnten wir vielleicht morgen telefonieren?«

»Es wird nicht lange dauern«, wandte Matteo ein.

»Tut mir leid, es ist jetzt wirklich ungünstig.« Erneut warf sie einen Blick auf die Uhr.

»Dann sagen Sie mir doch bitte, wo ich den Heimleiter finde?«

Carmen Merino war schon an der Tür, die sich wieder automatisch öffnete.

»Signor Bergamaschi ist diese Woche im Urlaub. Aber lassen Sie sich doch von seiner Sekretärin einen Termin geben. Erster Stock, Zimmer 204.«

Leicht ungläubig blickte Matteo ihr hinterher. Ganz schön resolut, diese Signora Merino. Ob man das in der täglichen Auseinandersetzung mit starrsinnigen alten Menschen lernte?

Vielleicht lag es nicht zuletzt an der Opulenz des Schreibtisches, hinter dem die Sekretärin des Heimleiters saß, dass Matteo den Eindruck hatte, eine Schülerin dabei zu beobachten, wie sie heimlich im Büro ihrer Eltern das Arbeitsleben erprobte. Die Behändigkeit, mit der ihre Finger über die Tastatur des Computers glitten, widersprach diesem Eindruck allerdings.

Matteo klopfte erneut an die halb offene Tür, aber die Lederpolsterung fing das Geräusch ab. Erst nachdem er sich vernehmlich geräuspert hatte, hob die junge Frau hinter dem Schreibtisch den Kopf.

»Was kann ich für Sie tun?«

Ihre Stimme klang hell, am Telefon hätte Matteo sie vermutlich für eine Jugendliche gehalten. Gerade wollte er seinen Dienstausweis hervorholen, da besann er sich anders.

»Entschuldigen Sie, dass ich Sie so spät aufsuche, sicher wollen Sie bald Feierabend machen.«

Die Sekretärin warf einen flüchtigen Blick auf den Computer, wohl um die Uhrzeit zu überprüfen. Bevor sie etwas erwidern konnte, sprach Matteo weiter.

»Meine Arbeitszeiten lassen es leider nicht zu, dass ich früher komme. Ich bin auf der Suche nach einem neuen Zuhause für meine Mutter. Ihre Residenz ist mir empfohlen worden.«

Die Sekretärin, gekleidet in einen taubenblauen Leinenanzug, erhob sich und ging zu einem Plexiglas-Aufsteller, der neben ihrem mächtigen Schreibtisch beinahe lächerlich grazil wirkte, und entnahm ihm eine Broschüre. Mit einem verbindlichen Lächeln reichte sie Matteo den Hochglanzprospekt.

»Prego, Signore. Hier finden Sie Fotos unseres Hauses und die wichtigsten Informationen zur Unterbringung.«

»Vielen Dank«, erwiderte Matteo, »diesen Prospekt

hat mir die Freundin, die mir Ihr Haus empfohlen hat, schon mitgebracht und er hat mich so angesprochen, dass ich mir gern selbst ein Bild machen würde. Wissen Sie, Fotos können ja auch immer trügerisch sein. Man muss selbst vor Ort die Atmosphäre erleben, um sich ein Urteil bilden zu können.«

Die Sekretärin – Matteo hatte versäumt, sich den Namen auf dem Schildchen neben der Zimmertür einzuprägen – nickte und schenkte ihm einen warmherzigen Blick, in dem Matteo auch eine Spur Traurigkeit zu lesen meinte. Aber vermutlich war sie einfach geübt im Umgang mit Angehörigen, die sich mit der Hinfälligkeit ihrer Eltern auseinandersetzen mussten.

»Wenn Sie mögen, kann ich Ihnen die Räumlichkeiten zeigen«, bot sie an.

»Das wäre wirklich unglaublich freundlich«, erwiderte Matteo. »Ich kann wegen meiner beruflichen Verpflichtungen leider nur sehr kurz hier am See sein. Und dummerweise wurde ich von der Freundin, die mir die Residenz zeigen wollte, versetzt.«

Es war eine Eingebung, die Matteo spontan gekommen war. Vielleicht täuschte er sich, aber seine Intuition sagte ihm, dass er es gerade mit einer Person zu tun hatte, die ihre Gefühle nicht hinter einer professionellen Fassade verbarg, wenn ihr etwas zu Herzen ging.

»Dann kommen Sie, bitte. Viel Zeit habe ich wirklich nicht mehr, aber für einen ersten Eindruck wird es sicher reichen.« Die Sekretärin stand bereits an der Tür.

»Es ist so eigenartig«, Matteo schüttelte den Kopf,

»ich kenne das von Simona gar nicht, dass sie unzuverlässig ist.«

»Simona?«

»Ja, Simona Morelli, wir sehen uns leider viel zu selten, weil sie beruflich noch eingespannter ist als ich. Aber ich habe noch nie erlebt, dass sie sich nicht an eine Verabredung hält. Und sie ist auch telefonisch nicht zu erreichen.«

Die Sekretärin schaute ihn erschrocken an. Dann kam sie auf ihn zu, fasste ihn an den Händen und führte ihn zu dem Le-Corbusier-Sofa, das unter einem der Fenster stand. Matteo unterdrückte den Impuls, sich für seine Darbietung zu schämen, und setzte stattdessen ein ratloses Gesicht auf.

»Wissen Sie denn gar nicht, was passiert ist?«, fragte die junge Frau, nachdem sie neben ihm Platz genommen hatte.

Matteo gab sich Mühe, erschrocken zu schauen.

Mit leiser Stimme, aber ohne zu stocken, berichtete die Sekretärin von dem, was sich in Locarno ereignet hatte.

»Haben Sie das gar nicht mitbekommen?«, fragte sie schließlich. »Es stand doch in allen Zeitungen. Und auch das Fernsehen hat berichtet.«

Matteo schaute geistesabwesend aus dem Fenster und ließ einige Sekunden verstreichen. Dann fuhr er sich mit den Händen über das Gesicht und durch die Haare.

»Das ist unfassbar. Ich bin vorhin erst gelandet und gleich vom Flughafen Malpensa hierhergefahren. Ich weiß auch nicht.« Er zog sein Handy hervor und betrachtete nachdenklich das Display. »Wie merkwürdig, dass mir niemand Bescheid gesagt hat. Es muss doch jemand mitbekommen haben.«

Er öffnete eine der Nachrichten-Apps, die aus verschiedenen Quellen Meldungen sammelte, und murmelte betroffen: »Tatsächlich, hier steht es ja überall. Ich verstehe das nicht.«

Fragend blickte er die Sekretärin an, wobei offenblieb, ob er nicht verstand, warum er die Meldungen über Simona Morellis Tod nicht wahrgenommen hatte, oder ob er den Mord selbst nicht begreifen wollte.

»Standen Sie Simona nah?«

»Ach.« Matteo versuchte sich an einem hilflosen Schulterzucken. »Was heißt schon nah? Ja, wir waren befreundet und vertrauten einander.«

Die Sekretärin nickte mitfühlend.

»Und Sie?«, fragte Matteo.

»Ich? Was meinen Sie?«, entgegnete sie.

»Standen Sie ihr nah?«

Die junge Frau legte die Stirn in Falten und schien sich für ein paar Augenblicke zu besinnen.

»Ich weiß nicht, ob das das richtige Wort ist. Ich mochte Simona sehr. Obgleich ich anfangs skeptisch war.«

»Wieso skeptisch?«

»Finden Sie es nicht auch ungewöhnlich, dass eine prominente Schauspielerin, die sicher einen vollen Terminkalender hat, ehrenamtlich in einem Altenheim arbeitet?«

»Wenn man Simona kennt«, gab Matteo zurück, »wundert einen das gar nicht, finde ich. Nur wo sie die Zeit hernahm, da haben Sie natürlich recht, das fragt man sich allerdings.«

»Ja, ich musste auch sehr schnell einsehen, dass ich mich in Simona getäuscht hatte. Sie hat das hier aus echter Überzeugung getan und war sehr engagiert. Und die Bewohner haben das genossen.« Die junge Frau amtete tief ein. »Sie wird uns fehlen.«

»Was genau hat Simona eigentlich hier gemacht?«, fragte Matteo und biss sich im selben Moment auf die Lippen. »Sie hat mir das nie wirklich erzählt.« Er lächelte verlegen. »Sie kannten sie ja, sie war zu bescheiden, um über ihre guten Taten zu sprechen.«

Die Sekretärin lachte leise auf, sie schien keinen Verdacht geschöpft zu haben.

»Oh ja, so war sie.«

Matteo wandte den Blick wieder zum Fenster und schwieg. Wie er gehofft hatte, sprach die junge Frau weiter.

»Oft hat sie einfach mit den Bewohnern geplaudert oder gespielt, einfache Brettspiele, für die die Konzentration der Alten noch gereicht hat. Aber am schönsten war es, wenn sie mit ihnen musiziert haben.«

»Sie?«, hakte Matteo nach.

»Simona und Emanuele.«

Matteo horchte auf.

»Emanuele? Sie meinen Emanuele Giunti, ihren Freund, den Musiklehrer?«

»Ja, sicher.« Ein wenig irritiert blickte sie Matteo an.

»Der hat doch auch hier gearbeitet, wussten Sie das nicht?«

»Ich, ich, eigentlich …«, setzte er an, ohne zu wissen, wie er den Satz beenden sollte. In seinem Kopf arbeitete es fieberhaft. Was hatte das zu bedeuten, dass Simona Morelli und Emanuele Giunti hier als Paar aufgetreten waren? Was hatte es mit ihrer überraschenden Trennung auf sich? Alles nur ein Zufall?

Die Sekretärin hatte sich erhoben.

»Sie sehen mitgenommen aus«, sagte sie. »Sie müssen mir nicht erzählen, in welchem Verhältnis sie zu Simona wirklich standen.«

Nun war es Matteo, der sie irritiert ansah. Ihr mitfühlendes Lächeln ließ vermuten, dass sie glaubte, dass ihr ein düpierter Liebhaber oder zumindest ein verliebter Fan gegenübersitze. Umso besser. Matteo machte keine Anstalten, den Irrtum aufzuklären.

»Ich könnte mir vorstellen, dass Ihr Wunsch, sich das Haus anzusehen, nun nicht mehr ganz so wichtig ist.«

Was für eine liebenswürdige Person, dachte Matteo. Sie dachte offenbar, dass er nur hierhergekommen sei, um Simona Morelli anzutreffen, und dass die Suche nach einem Alterswohnsitz für seine Mutter nur ein Vorwand gewesen sei. Wie richtig und zugleich grundfalsch jemand liegen konnte. Und wie rücksichtsvoll, dass die junge Frau ihn nicht mit ihrem Verdacht konfrontierte und ihn bloßstellte.

»Kann ich Ihnen irgendwie weiterhelfen?« Ihre Frage bestätigte Matteos Einschätzung.

»Wenn Sie vielleicht ein Glas Wasser hätten?«

Sie schien erleichtert, dass er einen so leicht zu erfüllenden Wunsch äußerte.

»Ich hole Ihnen gern ein Glas Wasser. Und ich schätze, ein Caffè doppio könnte Ihnen gerade auch ganz guttun.«

Matteo nickte stumm und gab sich Mühe, einen dankbaren Blick aufzusetzen. Für einen Moment fragte er sich, ob das Theater, das er hier veranstaltete, irgendeinen Sinn hatte oder ob die Sekretärin ihm nicht dieselben Auskünfte erteilt hätte, wenn er sich als Ermittler zu erkennen gegeben hätte.

»Es dauert einen kleinen Moment, die Küche ist am Ende des Flurs«, versetzte sie und war schon durch die lederbezogene Tür verschwunden.

Aber auch wenn sie ihm Auskunft gegeben hätte, einen Caffè hätte sie ihm ganz sicher nicht angeboten. Und genau den brauchte Matteo jetzt. Oder besser: die Zubereitungszeit.

Mit wenigen Schritten war er an der zweiten Tür, die hinter dem Schreibtisch lag. Er hatte richtig vermutet. Sie führte in ein geräumiges, mit antiken Möbeln eingerichtetes Zimmer. Das Büro des Heimleiters. Rasch ließ er den Blick über die Schränke und Regale wandern. Vielleicht stieß er hier auf eine Spur, die er verfolgen konnte. Viel Zeit blieb ihm allerdings nicht, selbst wenn der Flur sich über die gesamte Breite des Gebäudes erstreckte.

Er würde wiederkommen müssen.

Matteo lief zum Schreibtisch, der noch größer war als jener im Vorzimmer, riss von einem Notizblock ein

Stück Papier ab und beeilte sich, zu der Tür zu kommen, die von diesem Büro aus auf den Flur führte.

Sie war von innen, wie er vermutet hatte, mit einem metallenen Drehknauf versehen. Stand man auf dem Flur, benötigte man einen Schlüssel, um ins Innere zu gelangen. Er drehte den Knauf, knüllte das soeben abgerissene Papier zusammen und stopfte es so in die Zarge, dass das Schloss nicht mehr einschnappen konnte. Dann beeilte er sich, wieder ins Vorzimmer zu kommen, was ihm gerade noch rechtzeitig gelang.

»Was ist denn Emanuele Giunti für ein Mensch?«, wandte er sich an die Sekretärin, die einen dampfend heißen Caffè vor ihm abgestellt hatte.

»Sie kannten ihn nicht?«

Matteo verneinte. »Nein, nur aus Simonas Erzählungen. Wir sind uns persönlich nie begegnet.«

»Nun, ich will Ihnen nicht zu nahe treten …« Was für eine freundliche Person, dachte Matteo noch einmal, während sie zögerte, zweifelsohne in dem Glauben, ihn zu verletzen. »Er war ein lustiger, aufgeschlossener Mensch und …«

»War? Ist ihm auch etwas passiert?«, fiel Matteo ihr ins Wort.

»Oh, nein. Was ich sagen wollte: Er war in den ersten Monaten immer sehr fröhlich. Er hat uns alle zum Lachen gebracht. Aber irgendwann veränderte sich seine Stimmung. Er wirkte plötzlich angespannt. Oder er war müde. Er kam jedenfalls immer seltener. Was die Gründe dafür waren, kann ich nicht sagen. Ich kannte die beiden zu wenig. Und ich sitze ja auch die meiste

Zeit allein hier«, sie deutete auf ihren Schreibtisch, »und bekomme längst nicht alles mit.«

Matteo fragte sich unvermutet, warum eine so kluge, scheinbar sensible Frau hier arbeitete. Warum studierte sie nicht? Warum lebte sie nicht in Mailand oder Rom oder in einer der europäischen Metropolen wie Berlin, Paris oder Barcelona, von denen sich so viele jüngere Menschen angezogen fühlten?

Er nahm einen Schluck von dem Caffè, den eine dicke Crema zierte. »Köstlich.«

Die Sekretärin lächelte erfreut.

»Auf jeden Fall war ich nicht sonderlich überrascht, als Emanuele irgendwann gar nicht mehr aufgetaucht ist.«

»Wissen Sie noch, wann das war?«

»Vielleicht vor einem Monat oder drei Wochen. Es ist schwer zu sagen, denn, wie gesagt, die beiden waren nicht regelmäßig hier, sondern nur, wenn ihre sonstigen Verpflichtungen es zugelassen haben.«

»Und wann war Simona zuletzt hier?«

Wieder atmete die junge Frau schwer und strich ihr Jackett glatt.

»Das war am Donnerstag. Sie war ganz aufgedreht, weil sie sich auf Locarno gefreut hat, denke ich. Es war ja das erste Mal, dass sie auf einem Festival in ihrer Heimat auftrat. So konnten ihre Freunde zur Premiere kommen. Mir würde so etwas viel bedeuten. Ihnen nicht?«

»Doch, natürlich. Aber um noch einmal auf Emanuele Giunti zurückzukommen: Simona hat mir vor etwa drei oder vier Wochen erzählt, dass Emanuele und sie sich getrennt hätten. Hat sie mit Ihnen auch darüber gesprochen?«

Die Sekretärin schüttelte den Kopf.

»Nein, das wusste ich nicht. Aber wie gesagt, ich kannte die beiden auch nicht so gut. Warum sollte sie mir das erzählen?«

»Und ihre Stimmung hat sich nicht verändert?«

»Nein, nicht, dass ich wüsste«, sagte sie knapp. Wieder zog sie die Stirn kraus und blickte Matteo forschend an. Weil ihm nichts Besseres einfiel, schaute er wieder aus dem Fenster.

»Ich kann es einfach immer noch nicht glauben«, presste er hervor.

»Es ist auch unbegreiflich«, bestätigte die junge Sekretärin. »Kann ich noch irgendetwas für Sie tun?«

Matteo blickte in die Tasse, in der sich nur noch ein Rest von Crema und Zucker befand.

»Nein, vielen Dank. Ich glaube, ich sollte endlich gehen.«

Die Sekretärin nickte, ein wenig erleichtert, wie es schien. Carmen Merino hätte mich, dachte Matteo, während er die junge Frau aus den Augenwinkeln beobachtete, nach spätestens fünf Minuten abserviert.

»Ich bringe Sie nach unten«, bot die Sekretärin an, griff nach ihrer Handtasche, die hinter ihrem Schreibtisch stand und fuhr mit ein paar schnellen Eingaben den Computer runter. Sie schien es nun sehr eilig zu haben.

»Wenn es Ihnen recht ist«, sagte Matteo, während

er hinter ihr den Raum verließ und auf dem Flur wartete, bis sie das Vorzimmer abgesperrt hatte, »würde ich mich noch ein wenig frisch machen. Ich finde dann allein hinaus.«

Auf dem Schild neben der Tür las er nun endlich ihren Namen. Anna Baudo.

Sie zögerte, vermutlich war es nicht gern gesehen, wenn sich Fremde allein in der Residenz aufhielten, willigte dann aber ein und zeigte auf eine Tür am Ende des Flurs.

»Die Waschräume sind dort hinten.«

»Vielen Dank, Signora Baudo.«

»Passen Sie auf sich auf, Signor …« An ihrem Zögern wurde deutlich, dass sie darauf wartete, dass er sich vorstellte. Matteo überging dies.

»Sie auch auf sich. Vielen Dank für den Caffè. Arrivederci.«

Er ließ sich das kalte Wasser über die Unterarme laufen, dann formte er die Hände zu einer Schale und tauchte das Gesicht hinein, fuhr sich mit den nassen Handflächen über den Nacken. Die Besuchertoilette des Altenheims war weiß gefliest, die Waschbecken in helles Marmor eingelassen. Skeptisch betrachtete Matteo die goldenen Wasserhähne und zupfte an den Lilien, die in einer milchigen Vase neben dem Korb standen, in dem sich, frisch gebügelt und gestärkt, kleine weiße Frotteehandtücher stapelten. Für einfache Papiertücher war man hier augenscheinlich zu nobel.

Leicht beschämt ließ Matteo das abgerissene Blütenblatt in den Schlitz für die benutzten Handtücher fallen. Wer konnte schon ahnen, dass hier sogar auf der Toilette echte Blumen standen. Er schnupperte an seinen Fingern und wusch sich noch einmal die Hände. Der schwere, süßliche Duft der Lilien war eindeutig nichts für ihn.

Ein Blick auf das Ziffernblatt der Courage sagte ihm, dass er sich vor knapp zehn Minuten von Anna Baudo verabschiedet hatte. Mittlerweile sollte sie, selbst wenn sie in der Eile des Aufbruchs etwas vergessen hatte und noch einmal umgedreht war, das Altenheim verlassen haben. Matteo widerstand der Versuchung, zum geriffelten Fenster des Toilettenraums zu gehen, um sich eine Futura anzustecken.

Als er die Tür zum Flur öffnete, stellte er mit Erstaunen und auch mit einiger Verstimmtheit fest, dass sich dort während der Zeit, in der er darauf gewartet hatte, ungestört in das Büro des Heimleiters zurückkehren zu können, einiges verändert hatte. Es herrschte reges Treiben. Offenbar war die Versammlung, von der Carmen Merino gesprochen hatte, vorüber. In kleinen Grüppchen standen alte Menschen zusammen und redeten aufgeregt durcheinander. Eine Dame stand zusammengesunken über ihrem Rollator und wurde in unregelmäßigen Abständen von einem Schluchzen geschüttelt. Jeden Versuch der Umstehenden, ihr tröstend zur Seite zu stehen, wehrte sie mit einer schroffen Handbewegung ab.

Matteo stöhnte auf. Dieses rege Treiben passte ihm ganz und gar nicht in den Kram. Konnten die alten

Herrschaften sich nicht in den Garten setzen und einen Apéro auf den Schrecken trinken? Oder sich auf ihre Zimmer zurückziehen, wo doch gleich die Prima serata, die Hauptsendezeit im Fernsehen, begann, die für diese Generation doch eigentlich immer noch obligatorisch war? Porca miseria. Immerhin nahm niemand Notiz von ihm, als er nun zurück in Richtung des Büros des Heimleiters ging. Wie hieß der noch gleich? Carmen Meroni, seine Stellvertreterin, hatte den Namen erwähnt.

Richtig, jetzt fiel es ihm wieder ein. Bergamaschi. Das war ein typischer Name für diese Region. Im Valle Cannobina, wo Matteos Elternhaus stand – leer stand, um genauer zu sein, weil er sich seit Jahren nicht entschließen konnte, es zu verkaufen oder zu vermieten, obwohl er nicht vorhatte, selbst in die Einsamkeit der Berge zu ziehen –, war Bergamaschi ein verbreiteter Name. Allein in Orasso, dem Örtchen, in dem seine Eltern bis zu ihrem Tod gelebt hatten, obgleich der Vater täglich einen weiten Weg zur Macelleria hatte zurücklegen müssen, gab es mindestens zwei Familien, die diesen Nachnamen trugen. In den Nachbardörfern war es ähnlich. Vermutlich stammte der Direktor des Altenheims also hier aus der Gegend.

Unschlüssig blickte Matteo sich um. Der Flur war sicher dreißig Meter lang, der hintere Abschnitt, in dem die Büros lagen, war leer. Wenn er den vermeintlich wissenschaftlichen Studien glaubte, die immer wieder ungebeten auf dem Handy aufpoppten, dann laborierte ein Großteil der Bewohner an einer Form der schleichenden Demenz, sodass, selbst wenn ihn jemand sah, derjenige oder diejenige es vermutlich innerhalb der nächsten halben Stunde vergessen haben würde.

Der Gedanke kam ihm plötzlich ebenso unsittlich wie dämlich vor, also verbat er ihn sich. Auf seinem Handy blinkte eine Nachricht von Nina auf.

Amore! Ich stand ewig und drei Tage im Stau und habe mit Müh und Not in Cannobio einen Parkplatz ergattert. Mir ist vollkommen egal, was du gerade tust. Ich springe jetzt in den Lago und setze mich dann auf die Piazza und bestelle eisgekühlten Campari Soda. Den zweiten will ich mit dir trinken.

Matteo grinste. Frauen. Irgendwas war schief an der Logik, dass es ihr einerseits egal war, was er tat, und dass sie ihn andererseits zum Campari einbestellte. Und das, obgleich sie wusste, dass er kein besonders großer Fan von dem Trubel war, der in den Sommermonaten auf der Piazza herrschte. Immerhin war heute Montag, da sollte es nicht ganz so arg werden.

Matteo stutzte und las die Nachricht noch mal. Nachdenklich kratzte er sich im Nacken, in dem trotz der gerade erfolgten Abkühlung und der fortschreitenden Uhrzeit – es war gleich halb acht – schon wieder der Schweiß saß. Vielleicht sollte er sich in den Sommermonaten von seinen Locken trennen. Aber wollte er mit einem rasierten Schädel herumlaufen und wie ein fahnenflüchtiger Söldner aussehen? Eben.

Zu Befehl, tippte er zurück. Beim wiederholten Lesen von Ninas Nachricht war ihm aufgegangen, dass es sich keineswegs um eine widersprüchliche Aussage, sondern schlichtweg um eine Anordnung handelte, die keinen Widerspruch duldete. Er grinste noch ein bisschen breiter und wusste, dass er gerade aussah wie ein glücklich verliebter Mann.

»Cosa vuoi fare?«, murmelte er.

In diesem Moment erklang ein gut vernehmlicher, aber zugleich angenehm dezenter Gong. Die Bewohner des Altenheims am anderen Ende des Flurs setzten sich, immer noch sprechend und gestikulierend, in Bewegung. Der Ruf zum Abendessen kam Matteo sehr gelegen. Als der letzte der Alten in einem der Aufzüge verschwunden war, drückte Matteo gegen die Tür des Heimleiters, der, wie das Schild daneben ihm verhieß, mit Vornamen Arturo hieß.

Wie affig, dachte Matteo, als er registrierte, dass das Schild aus Messing war, während jenes der Sekretärin, das erinnerte er genau, aus einfachem Plexiglas war. Die Tür ließ sich ohne Probleme aufdrücken und Matteo vertagte das Naserümpfen darüber, wie ein Chef so eitel sein konnte, sein Büro so zu schmücken. Na, vielleicht war es auch ein Geschenk zu irgendeinem Jubiläum?

Der Raum lag wie zuvor im Halbdunkel. Wohl wegen der Hitze waren die Fensterläden geschlossen, nur durch die Spalten zwischen den Lamellen drang ein wenig Licht. Das aber genügte, um sich im Raum zu orientieren. Über dem dunkelblau bezogenen Biedermeiersofa hing ein Gemälde, das Matteo eben nicht wahrgenommen hatte. Es zeigte einen attraktiven Herrn mit einnehmendem Lächeln, der lässig einen Golfschläger schwang.

Hier hatte sich doch nicht etwa der Hausherr selbst porträtieren lassen? Ein Blick auf die Familienfotos, die Arturo Bergamaschi im Kreise seiner Angehörigen zeigte – eine bildschöne Frau Anfang sechzig, dazu zwei erwachsene Söhne und eine Schar, wie er annahm, noch sehr kleiner Enkelkinder –, bestätigte Matteo, dass der Heimleiter tatsächlich ein Gemälde von sich selbst hatte anfertigen lassen.

»Fatzke«, dachte er, während er versuchte, die Schreibtischschubladen zu öffnen. Sie waren verschlossen. Er ging zu dem Schrank hinüber, der gleich neben der Tür stand und beinahe die komplette Längsseite des Zimmers einnahm.

Er war nicht verschlossen. Allerdings versteckte sich hinter der ersten Tür nicht ganz das, was Matteo erwartet hatte. In einem Fach lagen Unterhosen und Strümpfe. Daneben hingen, auf einer Kleiderstange, Oberhemden, die noch das Etikett der Reinigung trugen. Matteo schnupperte an dem Aftershave, das ebenfalls dort stand. Leicht angewidert stellte er den Flakon zurück. Da waren ihm ja beinahe die Lilien lieber.

Hinter der nächsten Schranktür stieß Matteo auf das, was in ein Büro gehörte. In Hängeregistern aufgereiht waren hier die Unterlagen der Bewohner archiviert. Willkürlich nahm er die erste Akte heraus und blätterte sie durch. Dann die zweite. Schließlich nahm er einen ganzen Stapel, ging zum Schreibtisch hinüber und besah sie sich genauer.

Sie enthielten die Verträge zwischen Seniorenresidenz und Bewohnern, die Pflegedokumentation, Krankenakten und Totenscheine. Dies waren also die Unterlagen der Verblichenen. Matteo verglich die Daten. Zwölf Bewohner waren in den zurückliegenden sieben Monaten gestorben. Waren das viele oder wenige? Er wusste es nicht.

Er drehte sich langsam um sich selbst und ließ den Blick durch das großzügige Büro schweifen. War hier noch irgendetwas von Interesse? Irgendetwas, was seine Aufmerksamkeit verdiente? Der Schreibtisch von Bergamaschi war aufgeräumt.

Die messingfarbene Ablage enthielt ein paar Briefe, Rechnungen von Handwerkern und einer Gartenbaufirma und eine Einladung zu einem zweitägigen Kongress in Bologna. Matteo setzte sich auf den opulenten Drehstuhl und rüttelte noch einmal etwas entschiedener an den Schubladen des Mahagonitisches, ohne dass sich etwas tat. Er seufzte, stand auf und stützte sich dabei auf der ledernen Schreibtischunterlage ab. Er stutzte. Darunter schien sich etwas zu befinden. Mit einem Griff zog er ein paar lose Blätter hervor und begann noch im Stehen zu lesen.

Anschließend zückte er sein Handy und fotografierte die Dokumente aus den Hängeregistern, die ihm am wichtigsten erschienen. Dann verstaute er die Akten wieder sorgfältig an ihrem Platz.

Noch konnte er nicht sagen, ob das, auf das er gerade gestoßen war, etwas mit dem Mord an Simona Morelli zu tun hatte. Aber dass es ein brisanter Fund war, daran bestand kein Zweifel. Er war gespannt, was Nina dazu sagen würde.

6

»Amore, du bist ein Idiot.«

Nina leerte ihren Campari Soda mit einem so großen Schluck, dass sie husten musste.

»Gib mir mal eine von deinen scheußlichen Zigaretten«, verlangte sie, als sie wieder sprechen konnte.

»Das ist aber nicht unbedingt die richtige Medizin bei Lungenkatarrh«, erwiderte Matteo und streckte seiner Freundin nichtsdestotrotz die Zigarettenpackung entgegen.

»Grazie«, mümmelte die Kommissarin, während sie sich von ihm Feuer geben ließ. Noch immer zierte eine senkrechte Falte ihre Stirn, was ein untrügliches Zeichen konzentrierten Nachdenkens oder einer Verstimmung war.

In diesem Fall vermutete er Letzteres, wobei Matteo sich noch keinen rechten Reim darauf machen konnte, was Ninas Stimmungsumschwung ausgelöst hatte, denn sie hatte ihn strahlend, die Haare noch feucht vom Seewasser, auf der Piazza empfangen. Und selbst er hatte sich eingestehen müssen, dass die Aussicht auf den Lago und die umliegenden Berge, das Stimmengewirr der anderen Besucher, das sich mit dem leisen Klirren von Gläsern und Geschirr vermischte, nichts war, über das man sich ernsthaft beschweren konnte. Vor allem da die Gluthitze einer trockenen und angenehmen Wärme gewichen war.

»Was macht dir schlechte Laune?«, fragte er und nickte dem Kellner, der ihm soeben einen Campari Soda und Nina einen zweiten serviert hatte, dankend zu. »Dass ich diese Unterlagen gefunden habe oder das, was in ihnen steht?«

»Beides«, brummte Nina.

»Verstehe ich zur Hälfte.«

»Mensch, Matteo, du bist doch kein Anfänger mehr. Du weißt doch, dass wir mit dem Material nichts, aber auch gar nichts anfangen können, wenn es auf illegalem Weg in unsere Hände gelangt ist.«

»Du weißt doch gar nicht, wie ich an die Unterlagen gekommen bin.«

Nina verdrehte die Augen.

»Dann erzähl es mir doch .... Nein!«, unterbrach sie ihn, noch bevor er hatte Luft holen können. »Erzähl es mir nicht. Ich will das alles gar nicht wissen.«

»Klar willst du das.« Matteo nahm einen Schluck Campari und lehnte sich zurück, eine Spur zu triumphierend, wie er sich gleich schuldbewusst eingestand.

Aber anstatt ihn anzufunkeln, wurden ihre Züge weich und sie nippte ebenfalls an ihrem Getränk. Etwas vorsichtiger, vielleicht um sich nicht erneut zu verschlucken. Vielleicht auch deshalb, weil sie schon das zweite

Glas trank, noch vor dem Abendessen, das Matteo ihr versprochen hatte.

»Dann schieß mal los.« Nina schob ihre Sonnenbrille aus den Haaren auf die Nase und rückte ihren Stuhl so zurecht, dass sie die letzten Strahlen der Abendsonne erhaschte.

Als Matteo in seinem Bericht an der Stelle angelangt war, an der Anna Baudo erwähnt hatte, dass auch der Exfreund von Simona Morelli in dem Altenheim gearbeitet hatte, nahm sie die Sonnenbrille mit einem Ruck ab.

»Das sagst du mir erst jetzt?!«

Matteo schnitt eine Grimasse.

»Nina, ich erzähle dir der Reihenfolge nach und so genau wie möglich, was sich ereignet hat und was ich in den vergangenen Stunden erfahren habe.«

»Aber das ist wichtig!«

»Zweifelsohne ist es das«, erwiderte er und nahm belustigt zur Kenntnis, dass seine Freundin ein wenig angetrunken war. Warum auch nicht. Sie hatte schließlich Feierabend. »Aber ob das mit den Unterlagen in Verbindung steht, die ich gefunden habe, ist mir bislang nicht klar. Dir etwa?«

Nina schüttelte den Kopf und angelte nach ihrem Glas. Matteo warf einen unauffälligen Blick auf die Tageskarte und gab dem Kellner ein Zeichen. Eigentlich mied er die Restaurants auf der Piazza, auch wenn nicht zu leugnen war, dass ihre Menüs in der Regel sehr viel besser waren als das, was Dino in seiner Osteria auftischte, die Matteo mehrmals im Monat aufsuchte, um eine nur in den seltensten Fällen nicht angebrannte Pizza zu verspeisen. Aber Dino war eben Dino. Das war eine Art Schicksal. Oder auch ein Fluch. Warum er diesem herrischen Wirt, der jeden Gast an der Tür am Schlafittchen zu packen und auf einen Platz zu dirigieren pflegte, ohne dass dieser sich wehren konnte, eine merkwürdige Treue hielt, hätte Matteo nicht zu erklären vermocht. Nicht einmal sich selbst nach einer Flasche Rotem.

»Simona Morelli und ihr Freund Emanuele Giunti«, nahm er den Faden wieder auf, »leisten eineinhalb Jahre lang ehrenamtliche Dienste in der Seniorenresidenz. Sie lesen vor, sie musizieren und plaudern mit den alten Menschen. Und sie freunden sich mit ihnen an. Sie sitzen am Krankenbett des einen und bringen Blumen zum Geburtstag der anderen mit. Sie nehmen Teil an ihrem Leben, auch wenn sie nicht täglich anwesend sind. Wie viele Menschen im Zeitraum dieser eineinhalb Jahre gestorben sind, wissen wir nicht, aber in nur sieben Monaten sind es mindestens zwölf Bewohner gewesen. Und der anonyme Brief, den ich bei Bergamaschi gefunden habe, beschuldigt ihn, dass sie alle keines natürlichen Todes gestorben sind!«

»Auf wann ist dieser Brief datiert?«, fragte Nina.

»Er ist von Mitte Juli«, antwortete Matteo, »und damit exakt in der Zeit verfasst worden, in der Emanuele Giunti aufhörte, die Residenz zu besuchen. Kam er nicht mehr, weil – was naheliegend wäre – Simona und er sich getrennt hatten, oder hängt die Trennung mit der Erpressung in irgendeiner Weise zusammen?«

»Zwölf Todesfälle innerhalb der vergangenen sieben Monate. Davon allein vier im Juni. Kann das nicht einfach Zufall gewesen sein? Oder eine Grippewelle, ein Norovirus oder so? Das hört man doch immer wieder, dass so etwas gerade alten Menschen schlimm zusetzen kann.«

Matteo scrollte noch einmal die Aufnahmen durch, die er von den Totenscheinen gemacht hatte.

Er schüttelte den Kopf.

»Das scheint mir äußerst unwahrscheinlich. Dazu liegen die Todesfälle zu weit auseinander. Außerdem: Die meisten starben in den frühen Sommermonaten. Meinst du nicht, wir hätten davon gehört, wenn so ein Virus um sich gegriffen hätte? Zumindest Flavio, Luigi oder Beppo hätten davon erfahren. In ihrer Autowerkstatt bekommen die doch den Klatsch und Tratsch der ganzen Stadt mit.«

Nina wiegte nachdenklich den Kopf hin und her.

»Zwölf Tote. Natürlich ist das keine gute Quote. Und ganz sicher keine, von der dieser, wie du ihn beschreibst, wohl ziemlich eitle Heimleiter möchte, dass sie die Runde macht. Aber da nun gleich ein Verbrechen zu wittern, ist vielleicht auch ein wenig überzogen, meinst du nicht?«

»Nina«, Matteo lehnte sich zu ihr hinüber, »in dem Altenheim ist Platz für sechzig Personen. Wenn zwölf davon in kürzester Zeit sterben, dann ist das ein verdammt hoher Anteil. Und ob es sich bei dem Brief um eine plumpe Erpressung handelt oder ob es die darin angekündigten Beweise tatsächlich gibt, wissen wir nicht. Wir wissen nur: Simona Morelli ist einem Verbrechen zum Opfer gefallen. Und an dem Ort, an dem sie mit ihrem Freund regelmäßig Zeit verbracht hat, ist womöglich ein Verbrechen noch größeren Ausmaßes verübt worden. Diesen möglichen Verbindungen nachzugehen, ist alles, was wir derzeit tun können.«

Nina nickte.

»Doch, natürlich, du hast schon recht. Oh.«

Erst erstaunt, dann begeistert schaute Nina den Kellner an, der mit schwungvoller Bewegung zwei großzügig gefüllte Teller Pasta di Frutti di Mare auf ihren Tisch gestellt hatte.

»Für uns?«

Matteo lächelte zu ihr hinüber.

»Ich weiß, ich habe dir versprochen zu kochen. Aber ich hatte den Eindruck, dass es vielleicht doch ein bisschen dringender ist.«

»Mamma mia, ich danke dir!« Nina lachte das glockenhelle Lachen, das Matteo so liebte. Dann fischte sie sich mit den Fingern eine Nudel vom Teller und dankte nun auch dem Kellner, der Besteck und einen Korb mit Brot brachte.

In atemberaubender Geschwindigkeit drehte die Kommissarin einen dicken Kranz Spaghetti auf ihre Gabel und stopfte ihn in den Mund. Dann sagte sie kauend etwas, das nicht zu verstehen war. Matteo tippte, dass es so etwas wie »hervorragende Idee«, »großer Hunger« und »sehr lecker« heißen sollte.

Es gab doch kaum etwas Großartigeres als Frauen, die gern aßen, befand er wieder einmal, und probierte nun auch eine der Muscheln. Gar nicht so übel, musste er sich eingestehen und prostete Nina zu.

Eine Weile aßen sie schweigend.

Matteo schaute in Richtung des wenige Meter von ihnen entfernten Anlegers, wo soeben das letzte Ausflugsschiff des Tages festmachte. Eine Gruppe Senioren kam laut lachend und redend von Bord. Acht oder zehn waren es. Alle trugen leichte Rucksäcke und Wanderstöcke bei sich. Sie sahen rüstig aus und genossen den Abend. Das sah man, das hörte man. Ob sie sich schon Gedanken gemacht hatten über die letzte Station ihres Lebens, über den Ort, an dem sie die nächsten Jahre verbringen und an dem sie dann auch sterben wollten? Oder glaubten sie daran, dass ihnen ein besonders gutes Schicksal beschieden war, dass sie bis zum Ende ihrer Tage in dem Haus, das sie gebaut, in der Wohnung, die sie gekauft hatten, leben würden, ohne Krankheit, ohne größere Sorgen?

Genau das suggerierte unter anderen Vorzeichen auch der Hochglanzprospekt der Seniorenresidenz, den Matteo mitgenommen hatte. In ihm waren Fotos glücklicher alter Menschen zu sehen, die im Garten beisammensaßen, die, wie die rüstigen Senioren hier vor ihm, die Freizeitangebote der mediterranen und sonnenverwöhnten Region aktiv nutzten, die ebenfalls eines dieser Schiffe bestiegen, auf der Piazza zu Abend aßen, angelten oder auf einer bequemen Liege sonnenbadeten. Ein Appartement von vierzig Quadratmetern kostete 3200 Euro monatlich.

Darin enthalten waren die monatliche Miete, die wöchentliche Reinigung der Räume, ein Waschdienst, eine Vierundzwanzig-Stunden-Rufbereitschaft des hauseigenen ambulanten Pflegedienstes, die Nutzung der Gemeinschaftsräume, die kulturellen und gesellschaftlichen Aktivitäten. Nicht hingegen die tatsächlichen Pflegekosten, die anfielen, wenn eine Krankheit die Lebenspläne durchkreuzte und einen ans Bett fesselte.

Die Bewohner der Residenz waren allesamt vermögend. Wenn die Anschuldigungen stimmten, hing der Tod von mindestens zwölf der alten Leute womöglich mit diesem Reichtum zusammen. Hatte Bergamaschi von dem Ableben der Bewohner profitiert? Hatte er sich deren Vermögen überschreiben lassen und sie anschließend aus dem Weg geräumt? Hier lag, das spürte er, der Schlüssel zur Klärung gleich mehrerer Fragen, die Nina und ihn umtrieben. Die noble Fassade des Altenheims war, so viel schien sicher, genau das: eine Fassade.

Mit einem seligen Seufzer ließ Nina die Gabel auf ihren bis zum letzten Rest geleerten Teller sinken. Dann wurde sie ernst.

»Erinnerst du dich an diesen Krankenpfleger aus Rom?«, fragte sie. »Der Fall ging vor ein paar Monaten durch die Medien. Der hat über Jahre hinweg Patienten durch die Injektion falscher Medikamente vergiftet, niemandem ist es aufgefallen. Und wenn ich das richtig in Erinnerung habe: aus reiner Mordlust. Ohne auch nur im Geringsten davon zu profitieren. Deshalb ist ihm auch so lange niemand auf die Schliche gekommen.«

»Ich erinnere mich. Und das scheint ja auch kein Einzelfall gewesen zu sein. Es gibt immer wieder Ärzte oder Pfleger, die sich an Patienten vergreifen.«

»Oder sie vernachlässigen«, ergänzte Nina, »was ja auch schlimme Folgen haben kann, wenn jemand hilfsbedürftig ist.«

Matteo nippte an seinem Campari. Wenn er ganz ehrlich war, dann wäre ihm ein Glas leicht gekühlter Barbera d'Alba um vieles lieber gewesen als dieses seltsam antiquierte Partygetränk der Achtzigerjahre. Er konnte die feine Säure und die angenehmen Tannine beinahe schmecken. Aber Nina hatte einen Narren an dieser blutroten Mischung gefressen. Oder musste man sagen: getrunken?

»Was wäre mit dieser Variante?«, fragte er und stellte das Glas ab. »Unsere schöne Schauspielerin ist gar nicht so eine großherzige Menschenfreundin, wie wir bislang angenommen haben, sondern spielt ihre Rolle nur ziemlich perfekt. Und um ihre zur Schau gestellte Gutherzigkeit zu kompensieren und ihre finsteren Sehnsüchte zu befriedigen, lässt sie hin und wieder einen Rentner oder eine Rentnerin über die Klinge springen.«

Nina griff nach Matteos Glas und hielt es prüfend gegen die Abendsonne.

»Ähm, sag mal, hast du schon getrunken, bevor wir uns getroffen haben?«

»Wieso?«

»Das ist doch eine totale Räuberpistole, die du da gerade erfindest.«

»Moment, Moment. Da muss ich jetzt doch mal protestieren.«

Nina lachte auf.

»Im Ernst«, beharrte Matteo. »Lass uns diese Variante bitte mal durchspielen. Könnte doch sein. Simona Morelli verschuldet in dem Altenheim etliche Todesfälle. Bergamaschi kommt ihr auf die Schliche und deckt sie aus irgendwelchen Gründen, bis …«

»Bis er das besagte Schreiben erhält und sie etwa drei Wochen später ermordet? Matteo, nimm es mir nicht übel, aber das ist wirklich vollkommener Blödsinn.«

»Warum? Und warum ist Bergamaschi ausgerechnet jetzt im Urlaub? Warum ist er nicht erreichbar? Genauso wenig greifbar wie Giunti und Totti? Welche italienische Familie fährt im August für eine Woche in die Ferien? Das ist doch lächerlich und völlig unglaubwürdig. Entweder fährt man drei Wochen weg oder gar nicht.«

»Und woher weiß Maestro Macellaio das so genau? Hat der Metzgermeister in den vergangenen Jahren auch nur einmal Ferien gemacht, und sei es für ein verlängertes Wochenende? Soll ich dir die Ausreden aufzählen, die du mir aufgetischt hast, um nicht mit mir verreisen zu müssen, du Spezialist?« Nina lachte laut auf.

»Ich wäre sehr dankbar, Frau Kommissarin, wenn Sie sich nicht über mich lustig machen würden.«

Nina grinste und bedeutete ihm, dass sie eine weitere Zigarette haben wolle.

»Ich mache mich nicht über dich lustig. Das würde ich nie tun.«

»Haha.«

Nina steckte sich die Futura, die er ihr hinüberreichte, zwischen die Lippen und ließ sich Feuer geben.

»Matteo, wir können von Glück reden, dass uns niemand zuhört. Ich würde sonst vermutlich ab morgen Strafzettel an Falschparker verteilen und du, ach, von dir gar nicht zu reden. Aber es macht Spaß, die abstrusesten Theorien durchzuspielen, und manchmal führt so ein scheinbar sinnentleertes Brainstorming doch zu dem einen oder anderen klugen Gedanken. Also, wer sind Emanuele Giunti und Simona Morelli wirklich?«

Nina paffte an der Futura wie ein Kind, das spielt, dass es sich eine Zigarre von seinem Opa stibitzt hat. Es war eine der vielen Qualitäten von Nina, dass sie albern sein konnte, ohne dabei einen Funken Konzentration einzubüßen.

»Mir fallen zwei Varianten ein«, erklärte sie. »Entweder sie waren Komplizen, also wie Bonnie und Clyde, oder sie waren so gutherzig, wie die Geschichten, die über sie erzählt werden, es vermuten lassen.«

»Okay, Bonnie trennt sich, warum auch immer, von Clyde, der taucht dann in Locarno als Kellner wieder auf und erschießt seine ehemalige Geliebte. Und zwar aus Kummer oder aus Eifersucht, oder weil sie sich nicht an den gemeinsamen Plan hält.«

»Sollte stimmen, was über sie gesagt wird«, begann Matteo, »wäre folgendes Szenario denkbar: Sie bekommen mit, dass sich in der Seniorenresidenz seltsame Todesfälle ereignen und dass Bergamaschi darin verwickelt ist. Aber anstatt zur Polizei zu gehen oder anonym Anzeige zu erstatten und die Beweise vorzulegen, treffen sie eine offensichtlich falsche Entscheidung, die in der Folge dazu führt, dass Simona in Locarno erschossen wird. Vielleicht stellen sie ihn zur Rede? Wollen ihn überzeugen aufzuhören?«

»Oder sie sind nicht ganz so nette Menschen und erpressen ihn, um auf diese Weise auch noch selbst Profit aus der Sache zu schlagen. Oder zumindest um ihm eine Lektion zu erteilen?«

Matteo nickte finster.

»Denkbar.«

Während der Kellner die Teller abräumte und Nina sich für das köstliche Essen so überschwänglich bedankte, als hätte der junge Mann nicht nur selbst gekocht, sondern auch sämtliche Kosten übernommen, wälzte Matteo die verschiedenen Theorien in seinem Kopf hin und her. Wirklich überzeugend schien ihm keine davon.

»Der Ort passt nicht, oder? Wenn man etwas zu vertuschen hat, dann ermordet man denjenigen, der einen verraten könnte, nicht an so prominenter Stelle.«

»Weißt du was«, befand Nina plötzlich, »wir sollten für heute Schluss machen. Mir raucht der Kopf. Lass uns dem guten Gustavo noch ein paar Minuten den Kopf kraulen und ein Glas Wein auf deiner Terrasse trinken. Oder zwei. Und morgen sehen wir weiter.«

Matteo wurde unmittelbar von einem Glücksgefühl durchströmt.

»Exakt diese Sätze hätten von mir stammen können.«

Nina lächelte ihn spitzbübisch an.

»Das ist so wie mit den Hunden und ihren Besitzern. Im Laufe der Zeit ähnelt man sich immer mehr.«

Matteo zog, wie es eigentlich Ninas Art war, skeptisch die Augenbrauen hoch.

»Und wer von uns ist der Hund und wer der Besitzer?«

»Och.« Nina ließ kleine Rauchwölkchen aus ihrem Mund steigen. »Das können wir ja später noch diskutieren. Bin ich eigentlich eingeladen? Ich erinnere mich dunkel, dass mir ein Abendessen versprochen wurde.«

Matteo gab dem Kellner einen Wink.

»Was soll ich sagen? Ich habe ja doch keine Chance.«

»Eben«, entgegnete Nina sichtlich zufrieden.

Für einen Moment wurde Matteo ernst.

»So oder so. Du musst morgen auf jeden Fall diesem Altenheim einen Besuch abstatten.«

Nun war Nina es, die süffisant die Augenbrauen hob.

»Amore, ich habe dir, wenn ich mich recht entsinne, eben schon gesagt, dass du ein Idiot bist.«

»Aber wieso?« Matteo war ernsthaft empört.

Nina drückte die Zigarette aus.

»Du weißt doch so gut wie ich, dass ich mit heimlich aufgenommenen Fotos nichts anfangen kann. Illegal beschaffte Beweise taugen gar nichts.«

»Dann streng halt eine Routineüberprüfung an. Oder sprich mit Angehörigen der Verstorbenen.«

»Das ist endlich mal eine vernünftige Idee. Wir fangen bei den Angehörigen an. Dann werden wir zumindest wissen, ob sie von den Vorwürfen wissen«, nickte Nina. »Fährst du? Ich glaube, ich sollte meinen Wagen besser stehen lassen.«

»Sehr vernünftig.«

»Du kennst mich doch.«

»Eben.« Matteo schob seinen Stuhl nach hinten und lächelte sie liebevoll an.

Er freute sich im Stillen schon auf den Wein, den er für diesen Abend bereitgestellt hatte. Keinen Barbera, auch wenn er eben davon geträumt hatte, sondern einen Vetter der weltberühmten Barolo-Weine, einen noch recht jungen Nebbiolo aus der Langhe, der elegant und harmonisch war und nur einen Bruchteil von einem Barolo kostete, obwohl er aus der gleichen Traube vinifiziert wurde.

7

Matteo war vor Nina aufgestanden und hatte, wie es ihm mittlerweile zur Gewohnheit geworden war, den Tag mit einem Bad im Lago begonnen. Begleitet von einer Stockentenmutter und ihren vier fast schon flügge gewordenen Küken. Wie schnell das gegangen war. Als hätte er sie im Zeitraffer aufwachsen sehen. Eben noch waren sie winzig und piepsend um das Muttertier herumgewuselt, das sich ständig nach allen Seiten umgesehen hatte, um ja keines der Küken aus den Augen zu verlieren, und jetzt waren sie beinahe ausgewachsen und würden sich bald selbst einen Platz am See suchen und eine Familie gründen.

Matteo gefiel, dass er hier am Lago viel unmittelbarer den Wechsel der Jahreszeiten miterlebte als in Mailand. Die sich ständig verändernde Vegetation oder das Heranwachsen dieser Enten verdeutlichte einem, dass die Natur einer Chronologie folgte, der alles Leben unterworfen war. Das galt auch für den nun schon etwas altersschwachen Gustavo, der im Schatten der Platane darauf wartete, dass Matteo ihm ein Frühstück hinstellte.

Dass allerdings seine Gedanken in den letzten Tagen ausschließlich um die Themen Alter, Leben und Sterben kreisten, störte ihn. War das ein nicht etwas zu pessimistisches Weltbild, verkürzt auf den Kalenderspruch: Jedes Leben führt unweigerlich zum Tod? Viel großartiger war doch das Wunder, dass das Leben in jedem Frühjahr mit der gleichen unbändigen Kraft wieder aufs Neue begann. Er beschloss, die trüben Gedanken hinter sich zu lassen und sich seinen Aufgaben in der Macelleria zu widmen.

Für heute hatte er sich vorgenommen, eine Mailänder Salami herzustellen. Nach dem alten Rezept seines Vaters, an dem er sich orientierte, bestand sie zu je einem Drittel aus Schweinefleisch, Rindfleisch und Speck, dazu kam Salz, Salpeter, grob zerstoßener weißer Pfeffer und in Chianti eingelegter Knoblauch.

Es dauerte etwa vierzig Minuten, bis er die Masse in den bereitliegenden Schweinemastdarm gefüllt hatte, um die Würste dann bis zum Abend in die vorbereitete Pökellake zu legen. Morgen würde sie ruhen, dann würde er sie mit Wurstgarn in die traditionelle Form bringen und vier bis fünf Wochen vorreifen lassen, bis die Salami dann schließlich sechs weitere Monate an der frischen Luft getrocknet wurde. Matteo verzichtete bei der Herstellung darauf, die Wurst in einer Klimakammer reifen zu lassen, sodass der Prozess zwar etwas aufwendiger war und das Risiko barg, dass die Salami verdarb, aber für den Geschmack, davon war er überzeugt, war es überaus sinnvoll, der traditionellen Herstellungsweise zu folgen.

So konnten alle Mikroorganismen der Umgebung auf das Produkt einwirken und Matteo selbst war es, der die Fermentation steuerte, die Edelschimmelbildung forcierte, der Wurst ihren endgültigen Geschmack und ihre Konsistenz gab, und dies im tradierten Zusammenspiel von Handwerk und Natur. Eben das war es, was ihn an dieser Arbeit erfreute. Er hatte für jeden Menschen Verständnis, der vegetarisch leben wollte, aber er forderte umgekehrt auch dieses Verständnis für sich. Was war daran auszusetzen, wenn man die Wurst so produzierte wie er und einige seiner Kollegen: aus Fleisch von artgerecht gehaltenen Tieren aus der Region, nach Rezepten, die zum Teil viele Hundert Jahre alt waren?

Ein Poltern am Rollladen der Macelleria unterbrach seine Gedanken. Matteo grinste. Er ahnte, wer ihn vor der Tür erwartete.

Seine Vermutung traf nicht ganz zu. Nicht die drei Alten standen dort, sondern nur Beppo allein. Wie immer trug er eine seiner Baseballcaps. Diese hier kannte Matteo noch nicht. Sie war weinrot und mit goldenem Faden gewirkt stand in Schreibschrift darauf: *God Is Good*. Auch die aufwendige ornamentale Applikation auf dem Mützenschirm war goldfarben. Matteo hütete sich, eine Bemerkung zu dem Artefakt zu machen, denn das wäre gleich doppelt heikel gewesen. Blöde Sprüche über seine Kappen vertrug Beppo nicht sonderlich gut, und wer etwas gegen die Kirche sagte, der konnte sich erst recht auf eine Predigt gefasst machen.

»Buongiorno, Beppo«, grüßte er stattdessen.

Beppo musterte skeptisch die Schürze, die Matteo umgebunden hatte. Augenscheinlich passte ihm etwas daran nicht.

»Wir haben Streichhölzer gezogen.«

»Aha«, erwiderte Matteo, ohne zu verstehen, was Beppo ihm damit sagen wollte.

»Ich bin heute dran.«

»Womit genau?«

Der Alte verdrehte die Augen, dann schob er sich wortlos an Matteo vorbei.

»Ähm. Könntest du mir einen kurzen Hinweis geben?«

Beppo stiefelte in die Küche und breitete große Bünde Kräuter auf der Arbeitsfläche aus und begann, Schüsseln aus dem Kühlschrank zu holen.

Verschlafen lehnte sich Nina an den Türrahmen und machte ein Gesicht, als ob ihr der Anblick der rohen Salamis um diese Tageszeit nicht sonderlich behagte. Womöglich war es auch Beppos Geschäftigkeit, die mit dem Geklapper von Geschirr und Messern einherging, die sie störte, wahrscheinlich sogar geweckt hatte.

»Caffè?«, fragte Matteo, der wusste, dass seine Freundin vor der ersten Dosis Koffein nicht in der Lage war zu akzeptieren, dass ein neuer Tag angebrochen war. Und schon gar nicht, dass Aufgaben auf sie warteten.

»Per favore. Dringend.«

»Subito.«

Während Matteo sich an der Maschine zu schaffen machte, drehte er sich zu Beppo um.

»Du wolltest mir noch die Sache mit den Streichhölzern erklären.«

»Da gibt es nicht viel zu erklären«, erwiderte Beppo, »es ist ganz einfach so, dass wir auch unsere eigenen Verpflichtungen haben. Wir können nicht den ganzen Betrieb einstellen, nur weil du mal wieder die Welt retten willst. Auch Autobesitzer haben ihre Bedürfnisse, und einem dieser aus der Zeit gefallenen Ritter des Verbrennungsmotors haben wir versprochen, seinen Fiat 1900 Grand Vue aus dem Jahr 1954 so in Form zu bringen, dass er damit auf der Milano AutoClassica ordentlich Kasse macht, denn seine kleine Oldtimersammlung ist die einzige Altersvorsorge, die der arme Mann hat.«

Er drehte die Kappe, sodass der Schirm ihm im Nacken hing, was noch ein wenig alberner aussah.

»Deshalb werden wir uns aufteilen.«

Wie üblich gebärdete sich die Kaffeemaschine, als hätte ihr letztes Stündlein geschlagen. Sie gurgelte, quietschte und ratterte. Dann aber floss, als wäre nichts geschehen, dunkler, kochend heißer Caffè in die beiden Tassen, die Matteo bereitgestellt hatte.

Kurz war er in Versuchung, sich selbst die zweite Tasse zu nehmen, dann aber besann er sich und reichte erst Nina, dann Beppo ein Heißgetränk. Beppo winkte ab.

»Danke, ich hatte bereits mehr als genug und muss mich jetzt konzentrieren. Wenn ihr mich vielleicht allein lassen könntet?«

Matteo schüttelte kaum merklich den Kopf, als er Ninas verdutztes Gesicht sah. Dann nahm er einen Schluck von dem Caffè, den der Alte abgelehnt hatte. Heiß und cremig, genau wie er sein sollte.

»Beppo, ich befürchte, ich habe immer noch nicht ganz begriffen, was du mir sagen möchtest.«

Der Alte bekreuzigte sich und murmelte etwas vor sich hin.

»Wie bitte?«

»Herr, hilf diesem erbsenhirnigsten deiner Schäfchen.« Frech grinste Beppo ihn an.

»Sag mal«, wandte sich Matteo an Nina, »kann man bei dir eigentlich direkt Anzeige wegen Beleidigung und Verleumdung erstatten oder gibt es dafür irgendein Onlineformular?«

Nina trank ihren Caffè und zuckte die Schultern. Für sie war es noch zu früh, um sich an der verbalen Kabbelei zu beteiligen.

»Allora«, Beppo stieß ein Ausbeinmesser in die Luft, als wäre es der Taktstock des Dirigenten einer Musikkapelle. »Du löst deinen Fall. Oder besser: Ihr löst euren Fall. Und bis dahin halten wir dir hier den Rücken frei.« Er zwinkerte Nina zu. »Und ganz ehrlich, dem Geschäft kann es nur guttun, die Kundschaft gestern hat sich fast überschlagen vor Begeisterung. Endlich haben sie mal etwas Anständiges verkauft bekommen.«

»Moment mal!«, widersprach Matteo, winkte dann aber ab. »Das ist extrem fabelhaft von euch. Danke!«

»So sind wir«, entgegnete Beppo nicht ohne Stolz.

»Und was hat es nun mit den Streichhölzern auf sich?«

Beppos Lachen klang wie ein heiseres Gackern.

»Damit haben wir den Dienstplan ausgelost. Ich bin der Erste. Morgen ist Flavio dran. Und wenn du deinen

Grips ein bisschen zusammennimmst, du aufgeblasene Zuckerschote, dann guckt Luigi in die Röhre.«

»Du meinst, wenn der Fall bis übermorgen gelöst ist?«

Beppo schaute ihn entgeistert an, legte, wie in Zeitlupe, das Messer auf die Arbeitsfläche. Dann begann er zu applaudieren.

Matteo lachte auf.

»Wenn ich nicht so ein unglaublich gutherziger Mensch wäre, dann würde ich euch einmal pro Woche verprügeln. Mindestens.«

Beppo kicherte und wandte sich wieder dem Hacken von Kräutern zu, was er, wie Matteo nicht ohne Anerkennung bemerkte, mit äußerster Virtuosität und mit beeindruckendem Tempo tat. Während Matteo ihm zusah, tauchte das Bild seines Vaters vor ihm auf. Wie oft hatte Matteo als Kind hier gehockt und ihm bei der Arbeit zugeschaut, bis ihn dann doch wieder die Verlockungen des Sees hinausgezogen hatten.

Die Haare zu einem Pferdeschwanz gebunden stand plötzlich Nina fertig angezogen und, wie es schien, hellwach neben ihm. Er hatte gar nicht bemerkt, dass sie die Küche verlassen hatte.

»Alles in Ordnung?«, fragte er, als er ihr angespanntes Gesicht sah.

»Leider nein. Emanuele Giunti ist mit dem Motorrad verunglückt. Kommissar Orler hat mir gerade eine Nachricht geschickt.«

»Verdammt. Lebt er noch?«

»*Noch* ist wohl die richtige Formulierung. Er liegt auf

der Intensivstation. Er ist auf der Via Cantonale 13 aus Locarno kommend etwa fünf Kilometer vor Brissago mit einem gezielten Schuss von seinem Motorrad geholt worden.«

»Per l'amor del cielo, um Himmels willen!«, stieß Matteo hervor. »Und weiß man etwas über die Schusswaffe?«

»Du meinst, ob es sich um dasselbe Kaliber handelt, mit dem Simona Morelli erschossen wurde?« Nina schüttelte den Kopf. »Nein, Orler muss noch das Ergebnis der ballistischen Untersuchung abwarten. Aber es ist gut möglich, dass es derselbe Schütze war. Immerhin traf er ein bewegliches Objekt aus einiger Entfernung. Dazu braucht man Erfahrung.«

»Und Giunti ist also vermutlich noch mal zum Tatort zurückgekehrt? Was könnte das bedeuten?«

»Wie immer vieles, aber weil er sich weder bei Orler noch bei mir gemeldet hat, wissen wir nicht, ob er geahnt hat, dass er in Gefahr gewesen ist. Und wir können nur spekulieren, warum er uns bisher gemieden hat.«

»Soll ich dich fahren?«

»Nein, lass mal. Du weißt doch, wie die Kollegen dann wieder gucken.«

»Das kann uns doch egal sein.«

Matteo ärgerte sich darüber, dass er, obwohl er durch seine Tätigkeit als psychologischer Gutachter und Berater nun wieder eine offizielle Anbindung an die Polizei genoss, in bestimmten Zusammenhängen noch immer nicht erwünscht war.

»Ich berichte dir nachher alles in Ruhe«, versicherte

Nina, die seine Empfindlichkeit natürlich kannte. »Außerdem habe ich eine Bitte an dich.«

»Soll ich dir einen Schrank anbringen?«

»Sehr witzig, Matteo, was soll denn das? Warum bist du denn jetzt sofort beleidigt? Du weißt doch, wie die Dinge bei uns laufen.«

»Eben.«

Nina stöhnte halb genervt, halb theatralisch auf. Matteo nahm im Augenwinkel wahr, dass Beppo sich alle Mühe gab, ein Lachen zu unterdrücken. Der Alte hatte recht, es war wirklich ein wenig albern, wie er sich aufführte.

»Okay, sag mir, was ich tun kann.«

»Fabio bringt gleich ein paar Kisten mit Sachen vorbei, die wir bei Totti sichergestellt haben. Hauptsächlich irgendwelche Unterlagen. Könntest du dir die vornehmen und schauen, ob dir irgendetwas auffällt?«

»Meinst du wirklich, dass dieser Regisseur unsere oberste Priorität sein sollte?«

»Meine ich.«

»Und was ist mit den Todesfällen im Altenheim?«

»Alles der Reihe nach. Die Toten – Achtung, kleiner Witz, Matteo! – laufen nicht weg. Ich habe Fabio nicht nur gebeten, dir die sichergestellten Sachen von Totti zu bringen, er wird auch für uns herausfinden, ob Kinder oder andere Angehörige von den Verstorbenen hier in der Gegend leben. Er war im Übrigen auch beleidigt, weil ich ihm nur die Namen der Toten genannt habe und nicht gesagt habe, warum ich mich für deren Töchter und Söhne interessiere. Vielleicht liegt das ja an der

Hitze. Die macht mitunter sensibel. Und es ist doch so«, sie sprach schnell und unterband damit den Versuch eines weiteren Protests, »Totti ist verschwunden, Emanuele Giunti ist auf der Intensivstation und viel mehr, als in Locarno vorbeizufahren und das Material aus Tottis Wohnung durchzusehen, bleibt uns gerade nicht.«

»Dann wollen wir mal hoffen, dass derjenige, der Totti diesen raubeinigen Besuch abgestattet hat, nicht alles Aufschlussreiche mitgenommen hat.«

Die drei Kisten, die Fabio, Ninas schwuler und zumeist überaus höflicher und gut gelaunter Assistent, eine halbe Stunde später sehr wortkarg auf der Veranda abstellte, enthielten neben Ordnern mit Akten und Korrespondenzen, wie Matteo bei der ersten flüchtigen Durchsicht feststellte, einige Videokassetten. Halb belustigt, halb verärgert griff sich Matteo die erstbeste. Wie lange hatte er so etwas nicht mehr in der Hand gehabt?

Er erinnerte sich gut und nicht ungern daran, dass er vor langer Zeit, es lag mindestens zwanzig Jahre zurück, selbst einen Videorekorder besessen und mit Vorliebe historische Operninszenierungen geschaut hatte und dass sich immer wieder das Band im Rekorder verhakt hatte, sodass er es mühsam und mit aller Vorsicht hatte befreien müssen. Mitunter war es anschließend so zerknickt gewesen, dass man die Spuren des Zwischenfalls jedes Mal gesehen hatte, wenn man die Kassette erneut eingelegt hatte.

Teresa, mit der er damals zusammengelebt hatte,

hatte sich stets amüsiert über seine Vorliebe für die alten, steifen und zugleich hochdramatischen Inszenierungen gezeigt. Sie hatte der Künstlichkeit der Oper mit einer gewissen Skepsis gegenübergestanden, obgleich sie selbst in der Gewandmeisterei der Mailänder Scala gearbeitet und sich mit aller Leidenschaft dem Entwerfen und Anfertigen der Kostüme verschrieben hatte.

Teresa. Jahrelang hatte es Matteo schmerzvoll durchzuckt, wenn er an die gemeinsame Zeit und die dramatischen Gründe, die zu ihrer Trennung geführt hatten, gedacht hatte. Heute, dank Nina und wohl auch dank all der Jahre, die seither verstrichen waren, fühlte er sich auf gute Weise versöhnt mit diesem Kapitel seiner Vergangenheit. Es gehörte zu ihm, aber es war fraglos abgeschlossen. Er spürte kein Verlangen, es wieder aufzuschlagen.

Oder doch? Irritiert blickte er auf das Handy, das er aus der Tasche gezogen hatte, in dem Reflex, wie ihm völlig klar war, Teresas Namen einzugeben, um zu schauen, an welchem Theater sie gerade tätig war. Das hatte er seit Ewigkeiten nicht mehr getan. Und natürlich war es nicht verwerflich. Dennoch behagte ihm nicht, wie schnell, ohne nachzudenken, er sich hatte hinreißen lassen.

Er legte das Handy auf den Verandatisch und besah sich die Videokassetten näher. Offenbar handelte es sich um Filme, bei denen Totti Regie geführt hatte. Insgesamt waren es sechs, alle waren in den 1970er-Jahren entstanden. Matteo griff erneut zum Handy und googelte den Namen des Regisseurs. Die Ausbeute war bescheiden, er fand einige Seiten von Filmarchiven und die Dissertationen zweier Filmwissenschaftlerinnen. Einer seiner Filme war wohl vor zwei Jahren auf RAI SAT, dem italienischen Kulturkanal, ausgestrahlt worden.

Matteo steckte sich eine Futura an und warf einen Blick auf seine Courage. Schon kurz vor zehn. Er sollte nicht vergessen, Nina davon zu berichten. Immerhin war es seine erste Zigarette an diesem Tag. Das roch nach einem neuen Rekord. Sie, die ihn regelmäßig ermahnte, seinen Tabakkonsum einzuschränken, sollte also bitte ein wenig stolz auf ihn sein.

Und, ergänzte er innerlich mit Blick auf die Videokassetten, sie sollte ihm vielleicht auch noch erklären, wo er diese Dinger abspielen konnte. Auf dem Präsidium vielleicht?

Matteo wählte Fabios Mobilfunknummer, weil er ihn noch auf dem Rückweg ins Präsidium wähnte, und ärgerte sich etwas über dessen Gedankenlosigkeit. Er musste doch gesehen haben, was in den Kisten war, vielleicht hatte er sie sogar selbst gepackt. Wieso fragte er Matteo dann nicht, ob er einen Videorekorder besaß?

Fabios Antworten waren knapp und unfreundlich. So kannte Matteo den sonst so umgänglichen und zuvorkommenden Kollegen gar nicht. Einen Rekorder hätten sie in Verbania auch nicht, erklärte er. Allenfalls könne er die Kassetten ins Archiv geben, die Mitarbeiter dort würden sich darum kümmern, dass sie digitalisiert werden. Ganz sicher würde das aber zwei Tage in Anspruch nehmen, es sei Ferienzeit.

»Gut, ich überlege noch mal, ob ich eine andere Möglichkeit finde«, erklärte Matteo und verabschiedete sich.

Warum war Fabio so schlecht gelaunt? Natürlich, es gab dafür nur eine Erklärung: Eifersucht. Fabio fühlte sich in beruflicher Hinsicht von Nina zurückgesetzt, weil er Handlangerdienste machen musste, während Matteo mit Ermittlungsarbeiten betraut war. Er hatte ja keine Ahnung, dass Matteo sich eben noch genauso gefühlt hatte.

Gustavo gähnte, streckte sich und machte Anstalten, seinen schweren Körper zu erheben, drehte sich aber schließlich nur einmal halb um sich selbst und ließ sich wieder ins Gras sinken. Matteo dachte daran, wie ihm der Hund im vergangenen Jahr, in einer überraschenden Aufwallung von Energie, entgegengestürmt war, als er in den Bergen von einem Unwetter überrascht worden war und die Nacht ungewollt in den Bergen hatte verbringen müssen.

Vielleicht aber, Matteo betrachtete den Hund nachdenklich, war dessen Lethargie gar nichts, was er bedauern musste. Vielleicht war es einfach ein Zeichen von einem großen Einverständnis mit sich und der Welt. Wenn Tiere so etwas überhaupt empfinden konnten. Jetzt musste Matteo beinahe ein bisschen über sich selbst lachen.

Dann stand er kurz entschlossen auf. Bevor er sich an die Lektüre der Akten machte, würde er Gustavo zu einer kleinen Erfrischung verhelfen.

»Oder magst du mitkommen?«, rief er dem Tier zu. »Hey, Gustavo, raff dich auf.«

Der Hund schnaufte unwillig. Es war immer wieder erstaunlich, wie gut er verstand, was Matteo zu ihm sagte.

»Schon klar, schon klar, ich verstehe. Dann bleib liegen, mein Guter.«

Matteo griff sich einen Eimer aus dem Schuppen und hangelte sich die Böschung hinunter. Er widerstand der Versuchung, erneut für ein paar Minuten in den Lago zu springen, füllte stattdessen den Eimer mit Seewasser und kehrte zu Gustavo zurück. Das zufriedene Grunzen, das er vernehmen ließ, als Matteo ihm langsam das Wasser über das schwarze Fell goss, war herzerwärmend. Und herzerweichend zugleich. Matteo tätschelte den Hund zärtlich und begab sich zurück zu den Kartons.

Der erste Ordner, feinsäuberlich beschriftet und nicht sonderlich umfangreich, enthielt Kritiken zu Tottis Filmen. *Elogen* wäre die passendere Bezeichnung gewesen. Die Filmwelt, jedenfalls die italienische, musste für ein paar Jahre dem damals noch jungen Regisseur zu Füßen gelegen haben. Er wurde als der neue Stern am Cineastenhimmel gefeiert, nicht nur einmal wurde er mit Ikonen wie Federico Fellini und Pier Paolo Pasolini verglichen, *dessen Dekadenz ihm aber abginge*.

Ganz verstand Matteo nicht, wie das Werk Tottis filmgeschichtlich einzuordnen war, dafür kannte er sich zu wenig aus, aber so viel ließ sich aus den Kritiken herauslesen: Totti war ein politischer Filmemacher, der sich den Neorealismus zum Vorbild nahm, das Verhältnis des Individuums zur Gesellschaft aber entlang der sozialen und gesellschaftlichen Spannungsfelder der 1970er-Jahre erzählte.

Totti verwende, hieß es in einer der Besprechungen, Topoi der Commedia all'italiana, er zeichne die Konflikte des kleinen Mannes in der Gesellschaft behutsam nach. Ihm gelinge es auf ganz besondere Weise, das von ökonomischen Verwerfungen und von neuen Geschlechterrollen aus der Bahn geworfene Selbstbild des Kleinbürgers mit Mitteln der Komödie und der Tragikomödie neu zu erzählen.

Die letzte Kritik stammte aus dem Jahr 1979, auch die jüngste der Matteo vorliegenden Videokassetten war auf dieses Jahr datiert. Totti musste danach entweder unmittelbar verstummt sein, oder aber er hatte alles, was er danach produziert hatte, nicht mehr archiviert. Diese Frage würde vermutlich eine gründlichere Internetrecherche beantworten. Welches Filmmaterial die Videokassetten bargen, war nicht ganz klar. Einige waren mit Filmtiteln beschriftet, andere gar nicht. Matteo strich sich die Locken aus der Stirn, auf der sich ein leichter Schweißfilm gebildet hatte. Dass Totti, der die Zeugnisse seiner frühen Arbeiten so akribisch gesammelt hatte, irgendwann das Interesse daran verloren hatte, das eigene Schaffen zu dokumentieren, war natürlich möglich. Matteo hielt es allerdings für unwahrscheinlich.

Was er in den zwei anderen Kisten fand, schien seine Annahme zu bestätigen.

»Mamma mia«, murmelte er und kam nicht umhin, sich die zweite Zigarette des Tages anzustecken, während er in einem Ordner mit Verträgen blätterte. Eine Anstellung als Hausmeister einer Musikhochschule. Ein Zeitvertrag als Kassierer in einem Supermercato. Ein weiterer Vertrag als Hausmeister. Dann hatte er anscheinend bei einer Sicherheitsfirma gearbeitet. So ging es immer weiter. Alle Tätigkeiten hatte Totti jeweils kaum länger als ein paar Monate ausgeübt.

Nachdenklich blies er den Rauch in die Luft. Gustavo hustete trocken. Kopfschüttelnd blickte Matteo zu ihm hinüber.

»Willst du dich über mich lustig machen? Meinen Raucherhusten lass mal meine Sache sein.«

Aber Gustavo war schon wieder friedlich eingeschlummert.

Er blätterte weiter. Vertrag reihte sich an Vertrag. Matteo hatte keine rechte Vorstellung von der Inflation der vergangenen Jahrzehnte. Aber selbst, wenn man diese einrechnete, erschienen ihm die Löhne, die Totti erhalten hatte, mehr als spärlich. Natürlich, er hatte sich als Hilfsarbeiter verdingt.

Matteo schlug die Beine übereinander und ließ seinen Blick über den See schweifen. Würde er dieses Ausblickes irgendwann überdrüssig werden? Nein, das war nicht vorstellbar, aber er wunderte sich gleichwohl, dass er zwar das Panorama liebte, er aber nur selten den Impuls verspürte, die Orte und Landschaften, die er von hier aus sehen konnte, selbst zu besuchen und zu erkunden. Lange war es her, dass er auf der lombardischen Seite des Lago gewesen war. Ganz anders verhielt es sich mit den Bergen in seinem Rücken.

Noch immer hegte Matteo die romantische Vorstellung, dass in der Abgeschiedenheit des Valle Cannobina ein noch ursprünglicheres und wahrhaftigeres Leben auf ihn wartete, sollten ihm irgendwann selbst hier, am zwar touristisch in den Sommermonaten hoch frequentierten, aber doch auch beschaulichen Lago Maggiore, die Zumutungen des Alltags zu viel werden. Dabei hatte ihn die Neugier als jungen Menschen, wie so viele seiner damaligen Altersgenossen, aus der Provinz in die Großstadt getrieben, und er konnte nicht behaupten, dass er seinen Entschluss, in seine Heimat zurückzukehren, völlig freiwillig getroffen hätte.

Wenn er ehrlich zu sich selbst war, dann waren viele der Bilder, die ihm durch den Kopf gingen, wenn er an das Leben in den Bergen dachte, von seinen nostalgischen und sehr trügerischen Erinnerungen an die Jahre seiner Kindheit geprägt. Denn wenn er es zuließ – was sehr selten der Fall war –, konnte er sich auch vieler trauriger Tage entsinnen, vieler Momente, in denen er sich als Kind und Teenager dort oben furchtbar verloren gefühlt hatte.

Das hatte nicht nur damit zu tun gehabt, dass ihm dort als junger Mensch die Perspektive gefehlt hatte, es hatte auch an einer den Bergen innewohnenden Schwere gelegen. Die war heute, bei dem hochsommerlichen und schönen Wetter, fern, doch trennte ihn von seinem Geburtsort nur eine halbstündige Autofahrt und die Unwetter, die sich dort vor allem im Sommer ereignen konnten und die diese Schwere oft auslösten, hatten es in sich.

Er selbst hatte für dieses Gefühl lange keine Worte gefunden, bis er als junger Erwachsener die Erzählung *Der Mensch erscheint im Holozän* von Max Frisch gelesen hatte. Oft dachte er seitdem an den Protagonisten des Buches, einen aus Basel stammenden alten Mann, der während eines tagelang anhaltenden Unwetters in einem Tessiner Bergdorf nicht nur den eigenen Verfall, sondern den Weltuntergang vor Augen hatte.

Dieses Empfinden, das wusste Matteo, konnte sich während eines der heftigen Sommergewitter ganz plötzlich einstellen und zur unverrückbaren Gewissheit werden, auch wenn die Apokalypse angesichts des wolkenlosen Himmels am Morgen danach dann wieder undenkbar schien.

Er blätterte sich weiter durch Tottis Unterlagen. Der letzte Arbeitsvertrag, den er fand, war Ende der Achtzigerjahre abgeschlossen worden. Was folgte, waren Briefe des CILO, der staatlichen italienischen Arbeitsvermittlung. Schließlich Bescheide über Sozialleistungen. Matteo drückte die Futura aus, die ihm merkwürdigerweise nicht so gut schmeckte wie gewöhnlich.

Nichts weniger als die Zeugnisse eines permanenten Abstiegs hatte er vor sich. Noch einmal schlug er den Ordner mit den jubelnden Kritiken auf, las jene zum letzten Film Tottis noch einmal ausführlich. Es wäre nicht das erste Mal, dass ein neues Talent erst hochgejubelt wurde, um plötzlich und unerwartet fallen gelassen oder gar niedergemacht zu werden. Und in der Regel geschah das durch ebenjene Kritiker, die sich noch vor Kurzem als dessen Entdecker geriert hatten.

Aber in den Texten zum offenbar letzten Film von Totti gab es keinen Hinweis darauf, dass er in der Gunst der professionellen Cineasten gesunken war. Im Gegenteil, euphorisch schilderte *La Repubblica* seinen Auftritt bei den Filmfestspielen in Cannes, um sich zugleich darüber zu empören, dass sein Wettbewerbsbeitrag nicht mit einem der begehrten Preise ausgezeichnet worden war.

Was war der Grund dafür, dass Totti scheinbar von heute auf morgen mit dem Filmemachen aufgehört hatte? Und wie kam es dann dazu, dass jemand, der offenbar so lange aus dem Geschäft raus war, plötzlich wieder mit einem prominent besetzten Film die Festivalbühne betrat? Und, das war die letzte Frage, die sich Matteo aufdrängte, woher kannte Totti Simona Morelli und Karlotta Tramboni?

Außerdem interessierte Matteo, inwieweit die Unterlagen, die der Regisseur selbst zusammengestellt hatte, vollständig waren. Vielleicht gab es noch weitere Filme. Wenngleich seine flüchtige Internetrecherche eben nicht viel ergeben hatte, versuchte Matteo sein Glück erneut. Dieses Mal verfeinerte er seine Suche, ergänzte Tottis Namen durch den Karlotta Trambonis und landete zwei Treffer. Der eine Film lag ihm als Videokassette vor, zu dem anderen war in Tottis Unterlagen nichts zu finden. War das eine wichtige Erkenntnis oder ein Zufall? Oder hatte der Einbrecher oder die Einbrecherin nach ebendiesem Film gesucht?

Nachdenklich legte Matteo das Handy zurück auf den Tisch und versuchte, sich trotz der Hitze zu konzentrieren. Er sollte sich einige Notizen machen, um nicht die Hälfte seiner Gedanken und Überlegungen gleich wieder zu vergessen.

Das Klingeln seines Telefons schreckte ihn auf.

»Nina! Wie sieht es aus bei dir?«

Den rauschenden Störgeräuschen zufolge musste es in Locarno windig sein. Gegen eine kühle Brise hätte Matteo nichts einzuwenden gehabt.

»Ziemlich heftig«, erklärte Nina. »Es ist völlig offen, ob Giunti überlebt oder seinen Verletzungen erliegt. Die Ärzte haben ihn erst einmal in ein künstliches Koma versetzt.«

»Verfluchte Scheiße«, stieß Matteo hervor.

»Das trifft es ziemlich genau. Orler sagt übrigens, dass beide Projektile mit ziemlicher Sicherheit aus derselben Waffe abgefeuert worden sind. Laut dem Ballistiker handelt es sich um ein Scharfschützengewehr, wie es bei der NATO verwendet wird: Kaliber 7,62 mal 51 Millimeter. Es ist ihm nach wie vor ein Rätsel, wie der Schütze ungesehen mit dem Gewehr von der Piazza Grande hat flüchten können. Die Waffe ist über einen Meter lang und mit Zielfernrohr und allem Zubehör auch breiter als ein Spazierstock.«

»Vielleicht hat er das Gewehr nicht als Spazierstock getarnt. Würde in Locarno oder Ascona beispielsweise ein älterer Herr mit einer Golftasche Aufsehen erregen? Wohl kaum. Oder ein Tourist mit einem großen Rollkoffer?«

»Vielleicht war es so, Matteo. Orler ist auf jeden Fall angefressen und hat Unterstützung aus Bern angefordert. Und er hat, das ganz im Vertrauen, durchgesetzt, dass keine Informationen über das Attentat auf Giunti nach außen dringen. Er hofft, so Panik in der Bevölkerung zu verhindern und den Täter zu verunsichern. Das Ganze gilt vierundzwanzig oder mit etwas Glück achtundvierzig Stunden lang.«

»Wenn wir nur wüssten, warum Giunti als Kellner verkleidet im Belvedere gearbeitet hat. Glaubst du, er wusste um die Gefahr und wollte seine Freundin tatsächlich schützen? Aber – wir waren schon einmal genau an dieser Stelle – warum dann die Geschichte mit der Trennung? Welchen Sinn soll die dann gehabt haben?«

»Na ja.« Nina zögerte und Matteo sah vor sich, wie sich eine senkrechte Stirnfalte zwischen ihren Augen bildete. »Wenn du nach meiner Intuition fragst, würde ich sagen: Ein verzweifelter Liebhaber scheint mir wahrscheinlicher. Oder aber sie waren getrennt und er musste Kontakt mit ihr aufnehmen, um ihr irgendetwas Wichtiges mitzuteilen.«

Nina seufzte theatralisch.

»Mein Lieber, das Ganze scheint so vertrackt wie die Geschichten in deinen Opern.«

»Du hast recht, wir wissen nicht, was wirklich zwischen den beiden vorgefallen ist und ob für Locarno eine Versöhnung oder eine Verschwörung geplant war.«

Überrascht registrierte Matteo, dass Beppo auf die Veranda getreten war und ihm mit einem stummen, gütigen Nicken ein Baguette mit Prosciutto di cinghiale, einen Caffè und ein großes Glas Wasser hinstellte und wieder verschwand. Das Nicken schien so etwas zu sagen wie: Ich weiß, du hast nicht damit gerechnet, aber als heutiges Oberhaupt der Macelleria zählt das zu meinen Aufgaben. Oder: Wundere dich nur, aber auf meine alten Tage werde ich butterweich und altersmilde. Oder ganz einfach nur: Ich habe gedacht, du könntest Hunger haben.

Und damit lag Beppo genau richtig. Mit einem Schlag spürte Matteo das Loch in seinem Magen. Und wenn er sich recht besann, hatte er außer einem Caffè und den beiden Zigaretten bislang nichts konsumiert. Ohne Rücksicht darauf, dass sein Telefonat mit Nina dadurch etwas ins Stocken geraten könnte, biss er in das Baguette. Exzellent. Es war richtig, seine Bestellungen noch immer bei den Jägern aus dem Valle Vigezzo zu tätigen, deren Wildschweinschinken eine unvergleichliche Delikatesse darstellte.

Nina hatte inzwischen weitergesprochen.

»Entschuldige«, mümmelte Matteo. »Kannst du das noch mal sagen? Die Verbindung war gerade so schlecht.«

Nina lachte auf.

»Ich glaube eher, die Verbindung zu deinem zweiten Frühstück war gerade ein bisschen wichtiger als die zu mir.«

»Es ist das erste Frühstück!«, protestierte Matteo und schob schnell noch einen Bissen hinterher.

»Welches auch immer, Amore. Dir kann jedes zusätzliche Gramm nur guttun.«

Matteo blickte an sich hinunter. Nina hatte recht.

Man konnte seine Statur wirklich kaum anders als hager bezeichnen, was angesichts seiner doch recht stattlichen Körperlänge umso mehr ins Auge fiel. Allerdings hatten seine Erfahrungen aus – Himmel! – bald fünf Lebensjahrzehnten auch zu der Einsicht geführt, dass er noch so viel essen konnte, an seiner Statur änderte sich nichts.

Als er noch ein Kind war, hatten seine Mutter und vor allem seine Großmutter, die den Krieg noch erlebt hatte, ihn immer wieder aufzupäppeln versucht. Ohne Erfolg. Nur dem überraschend entschiedenen Einschreiten seines Vaters, der sich grundsätzlich dem Willen der Frauen gebeugt, hier aber protestiert hatte, war es zu verdanken gewesen, dass er nicht auf eine Kinderkur geschickt worden war.

Er schüttelte sich bei dem Gedanken an eines dieser von Nonnen geführten Kinderheime, die er sich damals als kleiner Junge als Orte des Schreckens ausgemalt hatte, in denen in den Sommerferien unter strengem Regiment die Stadtkinder der Bergluft ausgesetzt wurden – der Bergluft und den Hänseleien der Dorfjugend, die in allem, was dort oben zählte, den Städtern weit überlegen waren.

»Noch was«, meldete sich Nina wieder zu Wort. »Orlers Leute haben Giuntis Handy gefunden und werten es nun aus.«

Matteo trank ein paar Schluck Wasser und merkte unmittelbar, dass ihm auch Flüssigkeit gefehlt hatte. Den Caffè schüttete er hinterher. Vielleicht würde seine Denkfähigkeit nun etwas auf Trab kommen.

»Das könnte ganz aufschlussreich sein. Nicht nur, was sein Verhältnis zu Simona angeht.«

»Erklär mal bitte etwas genauer, was du denkst. Vielleicht denken wir etwas Ähnliches.«

»Wir haben ja schon über ein paar Theorien gesprochen. Möglich wäre ja, dass Morelli und Giunti tatsächlich gemeinsam Gutes getan und dabei auf die mysteriösen Todesfälle gestoßen sind.«

»Und dann haben sie den Heimleiter zur Rede gestellt«, ergänzte Nina.

»Und der entledigt sich der unliebsamen Mitwisser.«

Auf Ninas Seite wurde es still, auch der Wind, der in den ersten Minuten das Gespräch begleitet hatte, schien sich gelegt zu haben. Matteo wusste, dass Nina nachdachte, und unterbrach sie nicht.

»Ich weiß nicht«, bekundete sie schließlich. »Irgendwie überzeugt mich diese Theorie noch nicht ganz. Warum sind die beiden nicht einfach zur Polizei gegangen? Warum hätten sie Bergamaschi mit ihrem Wissen konfrontieren und sich damit in Gefahr begeben sollen?«

»Vielleicht wollten sie Profit daraus schöpfen.«

»Du meinst, die beiden haben Bergamaschi erpresst? Aber was sollte das für einen Sinn haben? Ohne die Gehälter in der Filmbranche genau zu kennen, wäre meine Vermutung: Zumindest Simona hatte so eine Finanzspritze nicht nötig.«

Unwillig schüttelte Matteo sein Hemd, das mittlerweile an Bauch und Rücken klebte, in der Hoffnung auf ein wenig Erfrischung.

»Wir sollten erst einmal herausfinden, was es mit diesen Todesfällen überhaupt auf sich hat. Vielleicht erweist sich das alles als Zufall und es gibt eine plausible Erklärung.«

»Du hast recht. Ich werde Fabio anrufen und ihn fragen, ob er schon Verwandte ausfindig machen konnte.«

»Wie weit bist du mit dem Material von Totti?«

Mit wenigen Sätzen setzte Matteo die Kommissarin davon in Kenntnis, was er in den Kisten gefunden hatte. Noch während er sprach, spürte er, wie sich Widerwillen in ihm breitmachte.

»Oje«, befand Nina, als er geendet hatte. »Das klingt echt nach einem tragischen Fall. Aber es könnte ein Durchbruch sein, was unsere Ermittlungen angeht. Der Verbindung zu Karlotta Tramboni müssen wir unbedingt nachgehen. Und meinst du, es ist ein Zufall, dass sie nach so vielen Jahren ausgerechnet ein Haus in der Nachbarschaft von Simonas Eltern gekauft hat? Das ist doch auch seltsam, findest du nicht?«

Dann schien sie es plötzlich eilig zu haben.

»Du, lass uns später telefonieren. Ciao.«

Seine Erwiderung hatte sie vermutlich gar nicht mehr gehört.

Wütend haute Matteo mit der Hand so heftig auf den Tisch, dass die Kaffeetasse klapperte und Gustavo verwirrt aufblickte. Nina hatte vollkommen recht, ein tragischer Fall war dieser Totti, ein armer Tropf. Abserviert, warum auch immer. Matteo schnaufte. Er konnte sich vorstellen, wie der Regisseur sich gefühlt hatte. Auch er saß hier herum und durfte, wenngleich auf der

Terrasse, Büroarbeit machen, während Nina die eigentlichen Ermittlungen an sich gerissen hatte.

Er wusste selbst, dass seine Wut ein wenig unangebracht war. Schließlich war es ganz einfach so: Nina Zanetti war die Kommissarin. Und er, ja, was war er? Eine seltsame Mischung aus Fleischer und Polizeipsychologe. Ein bisschen wie seine Salsicce, die waren schließlich auch ein Gemisch aus Schweineschulter und Speck. Allerdings fehlte ihm heute die richtige Würze.

Noch immer leise vor sich hin schimpfend betrat er das angenehm kühle Haus. Beppo traf er hinter der Theke der Macelleria, in ein fröhliches Gespräch mit einer der Stammkundinnen vertieft. Als Matteo sie laut vernehmlich grüßte, blickte sie nur einmal flüchtig zu ihm hinüber, um sich dann umgehend wieder der Unterhaltung zuzuwenden, in der es anscheinend um die Renovierung des Treppenhauses ging, die der Hausbesitzer gegen den Willen der Mieter durchgesetzt hatte.

Matteo wusste, dass er sich freuen sollte, auf so glänzende Weise von Beppo vertreten zu werden, der, wenn er das richtig sah, sogar ein wenig mit der Kundin flirtete. Wer hätte so etwas erwartet von dem gottesfürchtigen Beppo, der sich oft genug von seinen beiden Kompagnons ob seines gesitteten Lebenswandels aufziehen lassen musste? Aber von der Hand weisen ließ sich auch nicht: Matteo musste sich als abgeschrieben betrachten. Auch hier. Es war noch nicht einmal Mittag und es schien ein ganz und gar erbärmlicher Tag zu werden.

Matteo räusperte sich.

»Darf ich eine Zwischenfrage stellen?«

»Aber selbstverständlich, mein Lieber.« Beppo strahlte ihn an.

Matteo verschluckte sich beinahe vor Verblüffung. So freundlich, ja geradezu höflich, hatte Beppo nun wirklich noch nie mit ihm gesprochen. Nicht annähernd. Was war hier los? In diesem Moment sah Matteo die glühenden Wangen der Kundin. Das war doch unglaublich, hatte sich jetzt auch Beppo von Flavios Liebestaumel anstecken lassen?!

Interessant war vor allem, was der Einfluss einer Frau innerhalb weniger Sekunden ausrichten konnte. Wo war der bärbeißige Alte? Amüsiert betrachtete Matteo seinen Freund. Eine komplette Persönlichkeitsverwandlung durfte man in diesem harten Fall wohl kaum erwarten. Aber wenn es darum ging, die Dame des Herzens zu erobern, dann war er offenbar durchaus in der Lage, sanfte und charmante Töne anzuschlagen. Wenn Matteo nicht alles täuschte, war sie seit zwei Jahren verwitwet. Das passte doch.

Die erwartungsvollen Blicke der beiden erinnerten ihn daran, dass er noch seine Zwischenfrage stellen musste.

»Hat einer von euch dreien drüben in Cannobio vielleicht einen Videorekorder?«

Unter normalen Umständen, das stand vollkommen außer Frage, hätte sich nun eine Spotttirade über ihn ergossen. Dass er ohnehin zu beschränkt sei, so ein Gerät zu bedienen. Was er schauen wolle: ein paar rührselige Opern (womit er bis vor ein paar Jahren gar nicht so falsch gelegen hätte)? Ob er daraus ein Geburtstagsgeschenk für Nina basteln wolle? Was auch immer. Dem Erfindungsreichtum der drei Alten war üblicherweise keine Grenzen gesetzt, wenn es darum ging, unsinnigen Krawall zu veranstalten.

Aber die Umstände waren heute nicht normal. Deshalb antwortete Beppo mit nahezu pastoraler Sanftheit:

»Ich bin mir recht sicher, dass Flavios Rekorder noch betriebsbereit ist. Er müsste nur rasch an den Fernseher angeschlossen werden, der in der Werkstatt steht, was unproblematisch sein sollte, denn der ist auch schon mindestens dreißig Jahre alt. Aber das machen die Jungs sicher gern für dich. Ich frage gleich einmal nach.«

Beppo zog sein Handy aus der Tasche und nickte der Kundin entschuldigend zu.

»Verzeihen Sie, meine Liebe, würden Sie mich wohl für ein Sekündchen entschuldigen? Ich muss nur rasch einer wichtigen Ermittlung beiseitestehen.«

Mit trippelnden Schritten verließ er den Laden.

Matteo spürte, wie unaufhaltsam ein hysterisches Lachen seine Kehle hinaufkletterte. Was war das für ein Theater! Wenn die sommerliche Hitze nicht wäre, er würde keinen Zweifel daran hegen, dass es sich um einen Aprilscherz handelte. Er beeilte sich, Beppo zu folgen, um die Kundin nicht vor den Kopf zu stoßen. Sie konnte ja nur annehmen, dass er sich über sie lustig machte. Oder dass er einen Sonnenstich hatte.

Falls er doch befürchtet haben sollte, dass Beppo einen kompletten Persönlichkeitswandel durchlaufen hatte, wurde Matteo auf dem Parkplatz vor der Macelleria eines Besseren belehrt. Wie eh und je zeterte der

Alte ins Telefon, steckte den Apparat dann fluchend in die Hosentasche und wandte sich an Matteo.

»Da hast du noch mal Glück gehabt, du altes Schrappnell. Der Kasten läuft noch. Die Jungs sagen, du sollst vorbeikommen, wenn es sich partout nicht vermeiden lässt. Aber wenn du irgendwelche rührseligen Schnulzen einlegst und uns die Kundschaft verprellst, dann fliegst du im Handumdrehen raus. Geht das in deinen Schrumpfkopf hinein?«

Matteo grinste.

»Sì, sì. Und apropos Kundschaft und apropos verprellen: Solltest du dich nicht vielleicht langsam mal wieder deiner Kundschaft zuwenden?«

»Oh!«

Beppo bekam rote Ohren und verschwand, ohne ein weiteres Wort zu verlieren und ohne ihn noch eines Blickes zu würdigen.

Matteo lächelte dem Alten hinterher. Dann ging er um die Macelleria herum auf die Terrasse, um die Videos und den Autoschlüssel zu holen. Er wollte das junge Glück nicht noch ein weiteres Mal stören.

8

Den ersten Film, den Matteo sich in der Werkstatt auszugsweise ansah, war jener, in dem Karlotta Tramboni 1976 die Hauptrolle gespielt hatte. Er hieß *Una Donna – Geschichte einer Frau* und war, wie Matteo im Internet recherchiert hatte, die Verfilmung eines autobiografischen Romans der Schriftstellerin Sibilla Aleramo, der Anfang des 20. Jahrhunderts für einen Skandal gesorgt hatte. Es ging darin um das Leben einer Frau im Süden Italiens, die mit sechzehn Jahren von ihrem Vater verheiratet wurde und den tyrannischen und brutalen und zugleich schwachen Mann verließ, um der Gewalt und der provinziellen Enge zu entfliehen und sich ihre Unabhängigkeit zu erkämpfen. Der Preis aber war hoch, sie musste ihren geliebten Sohn zurücklassen.

Matteo war beeindruckt von der Geschichte und überrascht, wie langsam der Film erzählt war. Irritierend fand er auch, dass ein Mann diesen Film gedreht hatte. Wäre das nicht eigentlich die Aufgabe einer Regisseurin gewesen? War nicht genau das übergriffig? Das jedenfalls wäre wohl Ninas erster Kommentar gewesen.

Da war er sich sicher. Aber ihm gefiel die Gemächlichkeit, in der Totti seine Story entwickelte, die selbst eigentümlich unaufgeregt blieb, obwohl das Thema so wichtig war. Dass Totti in den Siebzigerjahren solche Erfolge mit diesem ruhigen und gänzlich unaufdringlichen Film gefeiert hatte, zumindest bei der Kritik – über Zuschauerzahlen wusste Matteo freilich nichts –, wunderte ihn nicht.

Matteo spähte ins Halbdunkel der Werkstatt, die unerwarteterweise eine recht angenehme Temperatur aufwies. Das war wohl dem alten Gemäuer geschuldet, in dem die Werkstatt ihren Platz hatte. Flavio und Luigi hatten sich längst zur Siesta zurückgezogen und würden vor siebzehn Uhr nicht wieder auftauchen.

Als der Abspann über den Bildschirm lief, stellte Matteo den Rekorder aus. Stöhnend stand er auf und streckte sich. Der Klappstuhl, den die Alten ihm aufgestellt hatten, war nicht gerade das, was man »rückenfreundlich« nannte. Aber er wollte sich nicht beschweren. Als er vorgefahren war und nach einigem Herumkurven einen Parkplatz für seinen Lancia gefunden hatte, war der Videorekorder bereits an den Fernseher angeschlossen gewesen, der fest an der Wand angebracht war, damit die Alten jederzeit die wichtigen und weniger wichtigen Sportereignisse verfolgen konnten.

Auf dem Handydisplay blinkte eine Nachricht von Nina auf.

Ich zerfließe und muss mal kurz in den See springen. Bist du zu Hause?

In Cannobio, schrieb er umgehend zurück.

Treffen wir uns auf halber Strecke in Cannero Riviera?

Bin in einer halben Stunde da, tippte er und fand ausnahmsweise die Vorstellung gar nicht so schlimm, an diesem schönen, aber im Sommer etwas trubeligen Ort, der zwischen Cannobio und Verbania lag, schwimmen zu gehen. Beppos ans Alberne grenzende, aber dabei so herzzerreißende Flirterei hatte ihn aufgeheitert, nachdem er zwischenzeitlich ziemlich gehadert hatte mit dem Tag.

Er zog das Holztor der Werkstatt zu, schob den Riegel vor und nahm, wie abgesprochen, den Schlüssel mit. Er würde ihn den Mechanikern später zurückgeben, wenn er die Videokassetten abholte oder sich noch einen der früheren Filme anschaute. Aber dass das wirklich zu etwas führte, daran glaubte er nicht.

Er musste eine Weile suchen, bis er Nina fand. Die Badestelle bestand aus einem beinahe halbkreisförmigen großen Kiesstrand, an dessen Ende sich ein Bootsverleih und eine Bar befanden, und aus zwei über dem See thronenden Liegewiesen, von denen aus man über Granitstufen zum Wasser gelangte.

Nina hatte einen der begehrten Schattenplätze auf einer der Wiesen ergattert, auf der ein paar Bäume standen. Von hier aus bot sich einem ein herrlicher Blick auf den See. Rechts davon, am Lido, wo kleine Steinchen, die man mit sehr viel gutem Willen als Sandstrand bezeichnen konnte, das Szenario dominierten und wo der Bademeister seinen an einen Hochsitz erinnernden hölzernen Ausblick hatte, war der Weg bis zum Ufer kürzer, man war aber ungeschützt der Sonne ausgesetzt.

Dort brieten in der Regel nur die muskulösen Jünglinge in den wenigen Stunden, die sie ihre neonbeleuchteten Fitnessstudios verließen. Matteo kratzte sich am Kopf. Hatte er Hunger, Durst oder eine Midlife-Crisis? Am Ende musste er Nina noch zustimmen. Hin und wieder überkam ihn tatsächlich ein nicht zu leugnender menschenfeindlicher Reflex.

»Lass uns gleich ins Wasser gehen und später reden«, schlug Nina vor, nachdem sie ihn zur Begrüßung geküsst hatte. Sie trug schon ihren Bikini. Matteo schlüpfte, so schnell es ging, aus seiner Kleidung. Nina winkte ihm schon vom Wasser aus zu, als er ein wenig wackelig, wegen der spitzen kleinen Steinchen, zum Ufer stakste.

Nina kicherte und hielt sich an Matteos Arm fest, als sie nach einer Weile wieder ans Ufer wateten und dabei wiederholt ins Rutschen gerieten. Die Steine waren an dieser Stelle relativ groß und tückisch glatt, sodass es kein einfaches und schon gar kein mit Eleganz zu bewältigendes Unterfangen war. Als sie das Wasser verlassen hatten, verharrte sie und beobachtete eine Szenerie am Strand.

»Schau mal, so möchte ich auch alt werden.«

Matteo folgte ihrem Blick. Drei alte Damen hatten ihre Liegen bis direkt ans Ufer gezogen, die Füße ließen sie ins Wasser baumeln und sie sangen ein Lied. Nicht laut, soweit Matteo es auf die Entfernung beurteilen konnte, sondern leise vor sich hin summend und dennoch gemeinsam. Dabei spielten sie Karten, sie nutzten dafür ein Tablett, das die Mittlere von ihnen auf den Knien balancierte, es sah aus, als würden sie gemeinsam eine Patience legen.

Das Bild war in der Tat idyllisch. Vollkommen unbeeindruckt von dem Treiben um sie herum, schienen die Damen dort ein freundschaftliches Ritual zu zelebrieren. Damen von gewisser Eleganz waren es ohne Zweifel, das erkannte man, obgleich sie Badeanzüge trugen und sich leichte Strandtücher umgebunden hatten.

Plötzlich stutzte Matteo. Nina registrierte seine Reaktion sofort.

»Was ist los?«

Matteo schüttelte den Kopf.

»Ich muss mich täuschen.«

»Was meinst du?«

»Die Frau mit den hochgesteckten Haaren und dieser riesigen Sonnenbrille, die jetzt gerade eine Karte legt – kennst du die?«

Nina schirmte die Augen mit den Händen ab und kniff sie ein wenig zusammen.

»Nicht, dass ich wüsste.«

»Wenn mich nicht alles täuscht, ist das Flavios große Liebe.«

Nina kicherte.

»Der alte Schwerenöter. Wie viele große Lieben hat der denn?«

»Soweit ich weiß, nur die eine.«

»Du meinst, das da drüben ist Karlotta Tramboni?«

»Ich bin mir ziemlich sicher.«

»Das kann ich gar nicht glauben, warum sollte die

hier in Cannero sein, wo sie doch den Comer See vor der eigenen Haustüre hat?«

»Karten spielen, singen und ihre Füße in den Lago halten?«

Nina puffte ihn in die Seite.

»Sehr, sehr witzig, Matteo Basso.«

»Wenn du die Wahrheit hören willst: Ich habe keine Ahnung. Komm, wir sollten uns mal rasch was überziehen. In Badehose, so schick ich meine auch finde«, er überhörte Ninas Kichern geflissentlich, »möchte ich nun wirklich nicht mit ihr sprechen. Aber ich möchte schon herausfinden, was sie hier macht.«

Sie stiegen aus dem Wasser und beeilten sich, zu ihren Sachen zu kommen und sich umzuziehen.

»Was mich vor allem neugierig macht, ist die Tatsache, dass es nicht so aussieht, als wäre Karlotta Tramboni zum ersten Mal hier.«

»Woraus schließt du das?«, fragte Nina, wrang ihre Haare aus und drehte sie zu einem Dutt, den sie mit einem Haargummi fixierte.

»Mir scheinen die Damen da ein Ritual zu zelebrieren.«

»Du hast recht«, pflichtete Nina ihm bei. »Das sah schon alles sehr vertraut aus. Aber was bedeutet das?«

»Ich habe keine Ahnung«, bekannte Matteo. »Aber ich schlage vor, dass wir sie genau das fragen.«

Eine halbe Stunde später verabschiedeten sie sich von Karlotta Tramboni und ihren Freundinnen. Ohne dass die Schauspielerin ihre Verwunderung auch nur annähernd hatte nachvollziehen können, hatte sie ihnen erklärt, dass sie in der drehfreien Zeit regelmäßig nach Cannero komme. »An diesen paradiesischen Ort«, hatte sie gesagt, und mit einer Bewegung, als würde sie ein Streichorchester zu einer sanften Melodie anleiten, auf den See gedeutet.

Ninas Nachfrage, ob sie es nicht am Comer See ähnlich schön habe, beantwortete die Schauspielerin mit einem Lachen. Natürlich sei der See ebenfalls ein Traum. Aber schließlich sei bekannt, dass sie dort lebe, deshalb werde sie nur in ihrem eigenen Garten von den Paparazzi verschont. Sie zwinkerte ihren Freundinnen zu. Dabei sei sie so gern in Gesellschaft, allein würde sie sich rasch wahnsinnig langweilen. Außerdem gebe es nichts Schöneres, als ein paar Tage im Haus ihrer langjährigen Freundin Maria Sagnelli zu verbringen. Eine der Damen, die sich in ein luftiges, mit Blumen besticktes gelbes Strandtuch gehüllt hatte, nickte ihnen freundlich zu.

Auch die andere Dame gab Matteo und Nina höflich die Hand und stellte sich als alte Bekannte vor. Keine von ihnen schien es besonders bemerkenswert zu finden, dass sie hier inmitten von Touristen und einheimischen Badelustigen mit einer international gefeierten Filmgröße saßen.

Eine Sache aber versetzte Matteo einen regelrechten Stich. Seine Frage, ob Flavio denn wisse, dass sie regelmäßig am Lago Maggiore sei, verneinte Karlotta Tramboni nur knapp. Er meinte, eine leichte Verärgerung zu erkennen, die sie hinter professioneller Verbindlichkeit zu verbergen suchte. Sicher allerdings war er sich nicht.

Vielleicht empfand sie seine Frage als zu persönlich und deshalb als unangebracht. Vielleicht hatte sie auch ein schlechtes Gewissen, dass sie Flavio nicht verraten hatte, dass sie sich immer wieder in seiner unmittelbaren Nähe aufhielt.

»Findest du es nicht auch seltsam«, fragte Nina, als sie nach der kurzen Rückfahrt auf die Veranda der Macelleria traten, die am Nachmittag nicht mehr der direkten Sonne ausgesetzt war, »dass Flavio und Karlotta Tramboni sich nie getroffen haben?«

»Nun ja, dass sie sich nie bei ihm gemeldet hat, hat mich auch irritiert. Andererseits: Cannero Riviera ist zwar nur ein paar Kilometer von Cannobio entfernt, aber die Gefahr, dort Flavio zu begegnen, besteht praktisch nicht. Oder hast du je gehört, dass er einen Ausflug dorthin unternommen hat oder überhaupt mal im See baden gegangen ist? Allerdings konnte sie das natürlich nicht wissen.« Matteo lachte etwas gequält. »Und möglich ist alles, es würde mich nicht überraschen, wenn er mir irgendwann im Vertrauen erzählt, dass er in seinen jungen Jahren ein begnadeter Schwimmer und sogar Olympionike gewesen ist. Der alte Herr ist ja voller Geheimnisse, von seinen Schauspielambitionen habe ich ja auch nichts geahnt. Aber in den zurückliegenden Jahren, würde ich sagen, hat er sich dem Wasser nie mehr als zehn Meter genähert.«

Matteo stellte Gustavo eine Schale mit frischem Wasser hin. Der Hund kläffte einmal leise und kurz, als würde er sich bedanken.

Nachdenklich legte Nina den Kopf schief.

»Ich muss sagen, dass ich ja so einiges seltsam finde.«

»Du meinst, dass Karlotta Tramboni überhaupt regelmäßig hier am Lago ist?«

Nina zuckte unschlüssig die Schultern.

»Ich weiß noch nicht genau, was ich daran seltsam finde, aber irgendetwas stört mich.«

Sie ließ sich auf einem der Gartenstühle nieder und nickte zu Gustavo hinüber.

»Ich wünschte, um mich würde sich auch so liebevoll gekümmert.«

Matteo grinste.

»Wie? Du möchtest ein Schälchen Wasser, Liebste? Sag das doch gleich, bringe ich dir natürlich sofort. Noch einen Rinderknochen dazu, damit du ein bisschen was zu knabbern hast.«

Nina zog eine Grimasse.

»Ich würde mich hingegen mit einem Caffè begnügen. Wie steht es um Sie, Signora?«

»Och, dazu könnte ich mich wohl auch durchringen!«

Als Matteo mit dem Caffè auf die Veranda zurückkehrte, hockte Nina bei Gustavo und kraulte ihn gedankenverloren hinter den Ohren. Der Hund brummte genüsslich.

Sie stand auf, setzte sich zu Matteo und trank langsam ihren Caffè.

»Hast du die Arme von Karlotta Trambonis Freundin gesehen?«

»Die Arme?« Matteo versuchte, sich zu entsinnen. »Waren die nicht von ihrem Badetuch verdeckt?«

Nina nickte. »Ja, das waren sie. Und ich glaube, um sie vor fremden Blicken zu verbergen. Bei einem Windstoß ist ihr das Tuch kurz verrutscht und ich habe ihre stark vernarbten Oberarme gesehen. Es sah für mich ziemlich eindeutig nach einer Selbstverletzung aus.«

»Du meinst, sie hat sich geritzt? Vor Kurzem?«

»Ich habe den Arm nicht lange genug gesehen, sie hat das Tuch sofort wieder hochgezogen. Aber ich bin mir eigentlich sicher, dass das keine frischen Narben waren.«

Nina kramte eine Zigarette hervor.

»Mich hat das irgendwie berührt. Oder vielleicht hat mich auch nur berührt, dass Maria Sagnelli – so hieß sie doch, oder? – sich für diese Narben zu schämen schien. Sie hat sich erschrocken, als das Tuch von ihren Schultern geglitten ist. Ganz bestürzt hat sie mich angesehen.«

Matteo winkte ab, als Nina ihm auch eine Zigarette reichen wollte.

»Was sagt das über meine Qualitäten als Ermittler und vor allem als Psychologe, dass ich das nicht bemerkt habe?«

»Du hast da gerade mit Karlotta Tramboni darüber gesprochen, dass sie Flavio nichts davon gesagt hat, dass er sie in den vergangenen zwei Jahren problemlos hätte treffen können.«

»Na, das als Gespräch zu bezeichnen, wäre ein Euphemismus. Ich habe gefragt und sie hat schmallippig geantwortet.«

»Das stimmt allerdings«, bestätigte Nina. »Das war offenkundig ein Thema, das ihr nicht behagt hat. Kannst du dir darauf einen Reim machen?«

»Eigentlich nicht, nein. Aber womöglich hat ihre Schmallippigkeit gar nichts mit Flavio zu tun. Es kann doch sein, dass ihr das Gespräch in erster Linie unangenehm gewesen ist, weil wir sie in ihrer trauten Dreisamkeit gestört haben und weil du, das könnte sie mitbekommen haben, die Narben auf Maria Sagnellis Unterarmen gesehen hast. Sie wollte uns vielleicht nur langsam wieder loswerden. Und sei es nur, um Maria Sagnelli zu schützen. Selbstverletzendes Verhalten hängt eigentlich immer mit traumatischen Erfahrungen zusammen. Das können zum Beispiel Trennungs- und Verlusterfahrungen sein, auch körperliche Misshandlungen und sexuelle Gewalt können den Drang auslösen, sich selbst zu verletzen. Solche Narben verweisen immer auf einen Schmerz, den ein Mensch Fremden gegenüber nicht preisgeben möchte.«

»Ja, du hast recht, Matteo.«

»Ist Fabio eigentlich in der Altenheimsache weitergekommen?«

Nina verdrehte die Augen.

»Leider so gut wie gar nicht. Er hat mir ein paar Namen und Nummern gegeben, aber ich habe entweder niemanden erreicht oder die Angehörigen waren in doppelter Hinsicht entfernte Verwandte. Ein Neffe von einem der Toten lebte nicht nur in Neapel, sondern hatte auch seit so vielen Jahren nichts mehr von seinem Onkel gehört, dass er noch nicht mal wusste, dass der mittlerweile gestorben ist.«

»Traurig.«

»Allerdings. Es gibt offenbar Menschen, die schließen mit ihrer Vergangenheit ab. Andere tragen sie zeitlebens mit sich herum.«

»Du denkst an die vernarbten Arme.«

Nina nickte, dann griff sie Matteos Handgelenk und drehte es so, dass sie auf seine Courage schauen konnte.

»Aber vielleicht komme ich heute noch ein Stück weiter. In einer halben Stunde bin ich mit der Tochter einer der Toten verabredet. Kommst du mit?«

»Worauf du dich verlassen kannst.«

Martha Bianchi empfing sie in dem großen Garten ihres Hauses in Oggiogno. Oggiogno war ein kleiner Ort unweit von Cannobio, noch nicht wirklich hoch in den Bergen, aber doch so gelegen, dass man mit dem Wagen einige enge und steile Kurven nehmen musste.

Das Grundstück lag am Hang, weshalb der Garten terrassiert war. Matteo hatte unmittelbar das Gefühl, in seine Kindheit versetzt zu sein. Zum einen, weil kaum Blumen auf den Stufen der Terrasse blühten, sondern beinahe ausschließlich Gemüsestauden und Obstbüsche gepflanzt waren. In einer Ecke sprossen zahlreiche Kräuter. Zum anderen, weil die Fassade des großen Hauses von Martha Bianchi auf sympathische Weise unrenoviert war.

Früher hatte es viele, auch herrschaftliche Häuser gegeben, die diese Patina besessen hatten. Die Jahrzehnte und der Wechsel der Jahreszeiten hatten auf den Fassaden der Häuser, wie die Zeit auf dem Gesicht eines alten Menschen, Spuren hinterlassen. Sie waren nicht makellos, sondern zeugten von gelebter Geschichte. Dieses

Haus mit dem spektakulären Seeblick, hätte, fantasierte Matteo, beispielsweise um 1900 einem etwas spleenigen Naturwissenschaftler gehören können, der sich um die Schmetterlingsforschung verdient gemacht hatte.

In Wirklichkeit aber waren Martha Bianchis Vorfahren, wie sie im Verlauf des Gespräches erfahren sollten, Hutmacher gewesen, woran heute noch das *Museo dell'Arte del Cappello* in Ghiffa erinnerte, was, wie Signora Bianchi kurz erklärte, in den ehemaligen Fabrikgebäuden direkt am See untergebracht war. Der Familie hatte die Firma *Panizza* gehört, deren Modelle in die ganze Welt exportiert worden waren, besonders ein Hut im Rudolph-Valentino-Stil war in den Zwanzigerjahren sehr en vogue gewesen. Auch das war eine gute Geschichte, wie Matteo fand, und er nahm sich vor, bald einmal an dem Gebäude anzuhalten, an dem er schon so häufig vorbeigefahren war.

Auch die Fensterläden der alten Villa hatten schon eine ganze Weile keinen Anstrich mehr erlebt. Die ursprüngliche Farbe war an vielen Stellen bereits abgeblättert, man konnte sie nur noch erahnen. Jetzt schwankte der Ton irgendwo zwischen dunkelgrün und grau, was Matteo um vieles lieber war als die um sich greifende Mode, den jahrhundertealten Häusern knallig bunte Anstriche zu verleihen.

Jedes Mal, wenn das Gespräch darauf kam oder besser: wenn Matteo sich darüber echauffierte, bestand Nina darauf, dass dies doch auf eine positive Grundstimmung der Bewohner schließen lasse und deshalb nur von Vorteil sei. Matteo war bei diesem Thema zu keinerlei Diskussion bereit. Grell und scheußlich waren diese Anstriche.

Er würde jede Wette eingehen, dass es sich nicht um Einheimische handelte, sondern um zugezogene, selbst erklärte Aussteiger, die hektisch anfingen, mit den Händen zu wedeln, wenn in mehreren Metern Entfernung jemand eine Zigarette anzündete, die Alkohol verabscheuten und die, da war er vollkommen sicher, dreimal wöchentlich Yoga machten oder gerade eben selbst eine Ausbildung als Yogalehrerin oder Yogalehrer absolviert hatten. Wie er diesen Typ des modernen Menschen verabscheute, hätte er kaum in Worte zu fassen vermocht, ohne ausfallend zu werden.

Während Martha Bianchi ihnen selbstgemachte Limonade servierte, wurde ihm klar, dass es ein wenig heikel werden könnte, seine vollends positive Empfindung in ein glaubwürdiges Kompliment zu verwandeln. Wie hätte es lauten sollen? »Ich mag das Marode Ihres Hauses«? Oder: »Mir gefällt ungemein gut, dass nicht nur an Ihren Fensterläden der Lack ab ist«?

In der geschotterten Einfahrt stand ein etwa fünfunddreißig Jahre altes Mercedes-Coupé in Weinrot, auch das war, wie Matteo vermutete, aus Erstbesitz und nicht vor Kurzem für viel Geld als schickes, neu renoviertes Accessoire angeschafft worden.

Die Limonade war säuerlich und eiskalt. Mit anderen Worten: köstlich. Das Alter von Martha Bianchi war schwer zu schätzen. Sie war drahtig, eher hager und bestimmt einen halben Kopf größer als Nina. Ihre Mutter, das hatte Matteo noch rasch anhand des Fotos des Totenscheins auf seinem Handy überprüft, war im März im Alter von sechsundachtzig Jahren gestorben. Vermutlich war sie selbst schon Anfang oder Mitte sechzig.

Sie wirkte, das nahm Matteo erst wahr, als sie sich zu ihnen an den schmiedeeisernen Gartentisch gesetzt hatte, angespannt. Wie sollte es auch anders sein? Auch wenn Nina eine zwar entschiedene, aber ungemein sanftmütige Art hatte, Befragungen durchzuführen, so berührte es die Tochter natürlich, dass sie im Zusammenhang mit dem Tod ihrer Mutter plötzlich Besuch von der Polizei bekam.

»Es tut mir sehr leid, dass wir Sie noch einmal mit dem Tod Ihrer Mutter konfrontieren müssen«, begann Nina. »Die vergangenen Monate werden eine schwere und traurige Zeit für Sie gewesen sein. Wir sind auf Hinweise gestoßen, dass der Tod Ihrer Mutter womöglich, wie soll ich es ausdrücken, zu verhindern gewesen wäre. Es gibt, um konkret zu werden, gegen die Heimleitung anonym vorgebrachte Vorwürfe, dass zumindest einige der Todesfälle im letzten Jahr keine natürliche Ursache hatten. Wir haben bislang keinerlei Beweise, dass es so war. Woran genau war Ihre Mutter erkrankt?«

Martha Bianchi schlug die Augen nieder.

Matteo beobachtete, wie sich die langen schlanken Finger von Martha Bianchi um ihr Limonadenglas krampften.

»Was meinen Sie damit?«, fragte sie mit tonloser Stimme.

Nina strich sich eine Haarsträhne aus der Stirn.

»Wie gesagt, Signora Bianchi, es gibt keine Beweise. Dennoch würde ich gern wissen, woran Ihre Mutter litt und ob Ihnen bei Ihren Besuchen irgendetwas Ungewöhnliches aufgefallen ist, was die Betreuung Ihrer Mutter betrifft?«

»Meine Mutter hatte ein chronisches Herzleiden. Außerdem war sie an Parkinson erkrankt. Es war ihr ausdrücklicher Wunsch, in dieses Wohnprojekt zu ziehen, denn zwei ihrer besten Freundinnen wohnten bereits dort. Und seit mein Vater, ihr Mann, vor acht Jahren gestorben ist, hat sie sich in diesem Haus hier nicht mehr wohlgefühlt. Da waren zu viele Erinnerungen an den schmerzlich empfundenen Verlust, verstehen Sie?«

Martha Bianchi schaute ängstlich auf. »Ich hoffe bei Gott, dass sie eines natürlichen Todes gestorben ist. Und eigentlich bin ich auch davon überzeugt, denn Doctore Benini, der unsere Familie seit Ewigkeiten behandelt, fuhr regelmäßig zu ihr. Seiner Meinung nach hat ein verschleppter Infekt zu einer Lungenentzündung geführt, was den Organismus so schwächte, dass nach und nach weitere Organe in ihrer Funktion eingeschränkt waren. Es war ein, um es mit seinen Worten zu sagen, für eine sechsundachtzig Jahre alte Frau erwartbarer Tod.

Aber, und ich habe geglaubt, dass das der Anlass Ihres Besuches ist, meine Geschwister und ich haben den Leiter des Heimes angezeigt, denn nach dem Tod unserer Mutter konfrontierte er uns mit Papieren, mit notariell beglaubigten Überschreibungen von drei Immobilien, die meine Eltern in Mailand besaßen. Meine Mutter soll, so behauptete er, diese Immobilien als Schenkung einer von Bergamaschi ins Leben gerufenen Stiftung zugeführt haben, die auch weniger privilegierten alten Menschen ein Leben in Würde garantieren soll. Wir glauben hingegen, Bergamaschi bereichert sich. Es wird in einer Betrugsangelegenheit gegen ihn ermittelt. Wussten Sie das nicht?«

Nina straffte den Rücken. Matteo schaute betroffen drein.

»Nein, das wussten wir nicht. Wir stehen erst am Anfang unserer Befragungen, unsere Untersuchung …« Nina geriet ins Stocken und wusste nicht, wie sie den Satz zu Ende bringen sollte.

»Wie gesagt, wir stehen noch ganz am Anfang und müssen zunächst einmal schauen, ob der Verdacht sich erhärtet«, sprang Matteo ein. »Wir werden uns mit den Kollegen vom Betrugsdezernat in Verbindung setzen. Vielen Dank für Ihre Hinweise, wir werden alles daransetzen, Herrn Bergamaschi zu finden und ihn dann ins Präsidium einzubestellen, denn im Moment ist er nicht greifbar.«

Martha Bianchi stand auf und geriet ins Straucheln, als sie ihren Stuhl energisch zurückschieben wollte, dessen Beine sich aber im Gras verfingen.

»Ich brauche nun etwas Zeit für mich. Unser Gespräch hat mich sehr angestrengt.«

Nina und Matteo erhoben sich ebenfalls. Matteo verspürte den Impuls, etwas Aufmunterndes zu der Frau zu sagen. Aber Nina kam ihm zuvor.

»Vielleicht haben Sie sich in den letzten Wochen alleingelassen gefühlt. Aber ich versichere Ihnen, dass wir

Sie bei der Wahrheitssuche unterstützen werden. Wenn Bergamaschi den Gesundheitszustand Ihrer Mutter ausgenutzt hat, um sich an ihr zu bereichern, werden wir das herausfinden.«

Martha Bianchi lächelte schwach. Dann ging sie langsamen Schrittes auf das Haus zu.

»Was schlägst du vor?«, fragte Nina, während sie das Auto für Matteos Geschmack eine Spur zu forsch um die Kurven lenkte. Immerhin saßen sie nicht auf ihrem Motorroller, auf dem sie ebenfalls immer viel zu viel Gas gab. Aber seine Freundin war in dieser Hinsicht leider vollkommen beratungsresistent.

»Drei Sachen schlage ich vor.«

»Ich höre.«

»Zum einen: Fabio soll möglichst alle Todesfälle untersuchen.«

»Sehe ich auch so.«

»Was ist eigentlich mit dem los?«

»Mit Fabio?« Nina zuckte die Schultern und kleine Steinchen stoben auf, als sie mit so viel Schwung in die Kurve fuhr, dass der Wagen vom Asphalt abkam und über den Schotter des Seitenstreifens fuhr. Matteo wusste, dass ein Kommentar nicht willkommen war. »Ich glaube, der ist unglücklich verliebt. Irgendein schnöseliger Tourist hat ihm den Kopf verdreht und meldet sich seither nicht mehr, Schwede oder Norweger. Oder Engländer? Ach, ich habe, ehrlich gesagt, nur so halb zugehört.«

»Und ich muss das jetzt ausbaden?«

»Was heißt denn ausbaden?«

»Fabio ist total zickig zu mir.«

»Ach komm, jetzt tu mal nicht so, als wärst du so zart besaitet. Lass ihn doch mal etwas schlechte Laune haben. Das legt sich auch wieder. Umso besser, wenn er jetzt ein bisschen Beschäftigung bekommt. Und vielleicht hat ja einer der Toten einen attraktiven Sohn.«

Wahrscheinlich merkte sie selbst, wie spitz ihre Antwort war, weshalb sie schnell versöhnlich anfügte:

»Das war erst ein Vorschlag, was wolltest du noch sagen?«

»Zweitens: Wir fahren gleich morgen früh bei dem Altenheim vorbei. Wir werden die Angestellten unter die Lupe nehmen und herausfinden, wo Bergamaschi sich aufhält.«

»Einverstanden.«

»Drittens: Saltimbocca und leicht gekühlten Barbera.«

Nina stieß einen Jauchzer aus und gab noch ein wenig mehr Gas.

»Ich werte das als Zustimmung«, bemerkte Matteo trocken und verkniff sich anzufügen, dass er sie allerdings nur bekochen konnte, wenn sie lebend in der Macelleria eintrafen.

9

Zum ersten Mal seit Wochen war der Himmel über Cannobio ein wenig verhangen, als Matteo den Lancia auf der SS 34 beschleunigte. Abkühlung brachte die Abwesenheit der Sonne in diesen Morgenstunden allerdings nicht, stattdessen eine unangenehme Schwüle. Matteo kurbelte das Fenster hinunter und warf einen Blick zu Nina hinüber. Die Kommissarin zog eine Miene, die dem Wetter durchaus ebenbürtig war. Der Fahrtwind flatterte ihm angenehm entgegen. Keine Regung in Ninas Gesicht sprach dafür, dass sie die Erfrischung bemerkte.

Auch wenn er es nie offen aussprechen würde, so triumphierte Matteo doch jeden Morgen aufs Neue, wenn er neben Nina aufwachte, weil er so viel schneller bei Sinnen war als sie. Worin der Sinn des Triumphes bestand, hätte er allerdings nicht genau zu sagen vermocht. Abgesehen davon, dass stets er es war, der Nina den ersten Caffè brachte, um dafür zu sorgen, dass auch ihre Lebensgeister sich allmählich zusammenrauften.

Als sie nach Traffiume einbogen, zeigte die Sonne zaghaft ein paar Strahlen.

»Ja, was nun«, murmelte Matteo, »kommst du mit oder schmollst du heute?«

»Wie?« Nina war aus ihrem Schlummer aufgeschreckt, den offenbar auch der doppelte Caffè, den er ihr heute Morgen serviert hatte, nicht hatte verhindern können.

Matteo warf seiner schlaftrunkenen Freundin einen zärtlichen Blick zu.

»Ich habe dir zweimal gesagt, dass du liegen bleiben kannst. Ich schaffe es auch alleine, mit den Angestellten des Altenheims zu reden und rauszufinden, wo wir Bergamaschi finden können.«

Nina grummelte vor sich hin, ohne dass er verstehen konnte, ob sie sich ärgerte, dass sie auf sein Angebot nicht eingegangen war, oder ob sie ihm erklärte, wie wichtig es sei, dass sie auch vor Ort war.

Als er nicht reagierte, grummelte Nina noch vernehmlicher vor sich hin.

»Ich verstehe diesen Dialekt leider nicht«, bekundete Matteo.

Nina sah wirklich noch sehr zerknautscht aus.

»Wie viele Flaschen waren das gestern Abend?«, sagte sie nun deutlicher, unverkennbar schlecht gelaunt.

»Höchstens anderthalb«, log Matteo, wobei er nicht nur den Aperitif großzügig abzog.

»Komisch, vielleicht ist das einfach das Wetter. Oder ich werde alt.«

Matteo war vollkommen klar, dass es sich in diesem Fall verhielt wie mit Kommentaren zu Ninas Autofahrkünsten: Zu schweigen war auf jeden Fall die bessere Alternative.

Erst als er kurz darauf den Lancia vor dem schmiedeeisernen Tor des Altenheims geparkt hatte, fiel ihm wieder ein, wie er sich das Vertrauen von Anna Baudo erschlichen hatte. Er hatte sich als Freund von Simona Morelli ausgegeben, natürlich würde sie ihn wiedererkennen und sicher würde es ihre Auskunftsfreudigkeit nicht gerade steigern, dass er nun als offizieller Ermittler auftrat. Irgendetwas sagte ihm, dass die so sanftmütig und zurückhaltend erscheinende Person auch anders konnte. Womöglich war es auch nur Ninas schlechte Laune, die ihn zu solch voreiligen Schlüssen kommen ließ.

»Meine Herren.« Nina pfiff leise durch die Zähne und wirkte schon ein ganzes Stück wacher. »Das ist ja ein ganz schöner Nobelschuppen.«

»Hab ich dir doch gesagt.«

»Hmmm, aber so nobel, ne, das hast du nicht gesagt. Jetzt tut es mir ja fast leid, dass ich Martha Bianchi nicht vorbehaltlos geglaubt habe, dass dieser Bergamaschi sich das Vermögen ihrer Mutter unter den Nagel reißen möchte.«

Matteo unterdrückte ein Grinsen. »Don't judge a book by its cover.«

»Ach, Matteo, sprich Klartext, ich bin noch nicht ganz auf dem Platz.«

»Der Schein kann trügen, meine ich. Äußerlichkeiten können einen täuschen. Vielleicht reichen Bergamaschi auch die monatlichen Einnahmen. Sechzig Wohnungen à 3200 Euro, falls alle gleich groß sind, das macht über 190 000 Euro im Monat, die Pflegedienstleistungen nicht eingeschlossen. Vielleicht aber ist er auch einer jener unersättlichen Zeitgenossen, die immer mehr haben wollen. Das müssen wir herausfinden.«

Matteo und Nina gingen auf das Altenheim zu. Den Platz seitlich vom Haupteingang nutzten drei Männer und drei Frauen zum Bocciaspiel. Gerade polierte einer der Herren, ein schlanker, vielleicht achtzigjähriger Mann mit heller Leinenhose, kariertem Hemd und Panamahut seine Kugel mit einem Baumwolltuch, bevor er in die Knie ging, Maß nahm und die Kugel mit einem perfekten Schwung auf die Reise schickte.

Sie landete unmittelbar neben der kleinen Zielkugel und der Herr beendete seine Darbietung mit einer Jubelgeste, die in den Achtzigerjahren auf den Center-Courts der Welt als Becker-Faust Berühmtheit erlangt hatte.

Eine der Damen schnalzte anerkennend mit der Zunge, hob eine vor sich auf dem Boden liegende Kugel auf und warf sie ohne viel Aufheben in Richtung des Pallino. Es machte kurz und laut vernehmlich *Klack,* dann sprang die Kugel des ersten Werfers davon und die der Dame kam eine Handbreit neben dem Pallino zum Stehen.

»Nicht übel«, murmelte Matteo anerkennend.

Die Alten setzten ihr Spiel fort, ohne auf Matteo und Nina zu achten, die sich an ihnen vorbeischlängelten, um zum Eingangsportal zu gelangen.

Nina wich ein Stück zurück, als die Eingangstür automatisch und mit überraschender Geschwindigkeit aufging. »Unter barrierefreiem Wohnen habe ich mir irgendwie etwas anderes vorgestellt.«

Sie warf einen Blick zurück auf die Boccia spielenden Alten.

»Aber wenn hier alle Bewohner noch so fit sind wie diese Sportskanonen, dann ist das ja vielleicht auch gar nicht nötig.«

»Ich tippe darauf«, antwortete Matteo, »dass es noch einen Hintereingang gibt, der etwas altersgerechter ist.«

»Ich schlage vor, dass wir als Erstes noch mal mit der Sekretärin sprechen«, sagte Nina, während sie die Halle betraten. »Einverstanden?«

Matteo nickte zustimmend.

»Zweiter Stock.«

»Ich halte es für sinnvoll, wenn du hier unten wartest. Es könnte für leichte Irritation sorgen, wenn du gestern als Freund von Simona und heute in Begleitung der Polizei auftauchst. Ich schätze, das macht die Signora nicht unbedingt gesprächiger.«

»Da könnte was dran sein«, bestätigte Matteo, während Nina schon in Richtung der Aufzüge eilte.

Die Portiersloge war an diesem Morgen unbesetzt, aber als sein Blick darauf fiel, kam Matteo der skurrile Alte in den Sinn, der ihn beim letzten Mal begrüßt hatte. Was hatte der noch mal gesagt? Die Mafia habe Simona Morelli auf dem Gewissen.

Matteo hatte den Mann als verwirrt abgetan und nichts weiter auf dessen Reden gegeben. Wenn sich der Verdacht gegen Bergamaschi erhärtete und wenn sich herausstellte, dass Simona Morelli etwas mit der Erpressung zu tun hatte und dafür mit dem Leben bezahlt hatte, dann wäre die Erwähnung der Mafia vielleicht nicht nur der Auswuchs seniler Fantasie, für den Matteo sie gehalten hatte.

Es mochten einige Minuten vergangen sein – Matteo hatte nicht auf die Uhr geschaut –, während derer er ein wenig unbestimmt durch die Eingangshalle geschlendert war, als sich die Fahrstuhltür erneut öffnete. Aus dem Aufzug trat nicht Nina, sondern ein Mann in einem sündhaft teuren Anzug, wie selbst Matteo auf diese Entfernung erkannte. Er war groß gewachsen und trotz seines fortgeschrittenen Alters sehr attraktiv. Matteo erkannte den Mann sofort. Es handelte sich um Arturo Bergamaschi. Offenbar hatte der seinen Urlaub unterbrochen.

Mit schnellen Schritten durchquerte Bergamaschi die Halle. Seine lederbesohlten Schuhe knallten auf dem Marmorboden. Als der Heimleiter ungeduldig an der Eingangstür zerrte, weil ihm die automatische Türöffnung augenscheinlich nicht schnell genug reagierte, kam ihm das Boccia-Trüppchen entgegen, das wohl eine Pause einlegen wollte und ihn mit großem Hallo bedachte.

Bergamaschi reagierte nicht auf die Begrüßungen, sondern drängelte sich unwirsch an den Bewohnern vorbei, die ihm konsterniert nachblickten. Da hatte es jemand nicht nur eilig, befand Matteo, da hatte jemand Panik.

Er wollte gerade das Handy hervorziehen, um Nina zu informieren, da öffnete sich die Fahrstuhltür erneut und die Kommissarin betrat die Halle. Auf ihrem Gesicht lag das leicht spöttische Lächeln, das Matteo so mochte.

»Bingo«, erklärte Nina, als sie sich in der Mitte der Halle trafen.

»Du hast gesehen, dass Bergamaschi im Haus gewesen ist?«, fragte Matteo.

»Ich habe ihn nicht nur gesehen, ich habe ihn gehört.« Ninas Lächeln wurde noch ein wenig breiter. »Ich habe ein für ihn offenkundig recht aufwühlendes Telefonat mitgehört. Was mich zu der Frage führt: Hast du morgen früh schon was vor?«

Matteo zog eine gespielt genervte Grimasse.

»Amore, wenn du dich beim Erzählen vielleicht ausnahmsweise ein wenig an der Chronologie der Ereignisse orientieren könntest? Das macht meiner Erfahrung nach vieles leichter.«

Nina hob eine Augenbraue.

»Also, das Büro der Sekretärin war verschlossen. Ich wollte schon wieder runterkommen, als ich hörte, wie sich im Raum nebenan jemand heftig echauffierte.«

»Bergamaschi?«

»In jedem Fall war es sein Büro. Und es war der Mann, der kurz vor mir hier durchs Foyer gestürmt sein muss.«

»Gestürmt trifft es ganz gut.«

»Und war es der Heimleiter?«

»Das war er ganz sicher«, erklärte Matteo.

»Also, dann hör zu. Ich weiß nicht, mit wem er telefoniert hat, aber es ging um eine Geldübergabe.«

»Die Erpressung?«

»Ganz genau. Morgen um neun Uhr soll das Ganze über die Bühne gehen.«

»Oh«, versetzte Matteo. »Da müssen wir ja schauen, dass wir eine gute Vertretung für dich finden. Um diese Uhrzeit!!«

»Sehr witzig.« Nina schaute ihn kurz streng an,

musste dann aber wirklich lachen. »Bergamaschi klang ziemlich aufgeregt, er scheint das Gegenteil von einem abgezockten Betrüger zu sein.«

»Vermutlich ist er nicht gewohnt, dass ihm Knüppel zwischen die Beine geworfen werden.«

»Ja, wahrscheinlich ist das so.«

»Und du kannst keine Rückschlüsse darauf ziehen, wer am anderen Ende der Leitung war?«

»Nein, das sagte ich ja bereits. Aber dafür weiß ich nicht nur wann, sondern auch wo der große Showdown stattfindet.« Auffordernd blickte sie Matteo an.

Der hob fragend die Hände.

»Im Park vom Monte Verità.«

»Ach du lieber Himmel. Noch unspektakulärer ging es wohl nicht.«

»Drehbuchreif, würde ich auch sagen«, bestätigte Nina. »Und weißt du, was ich zudem zu sagen habe?«

»Bedaure, nein.«

»Ich habe Hunger.«

»Na, dann komm mal, liebe verfressene Frau Kommissarin. Ich habe da vielleicht eine Idee.«

»Verfressen?«, empörte Nina sich, während sie auf der Kieseinfahrt zum Auto gingen. »Ich bin nicht verfressen. Das ist eine bösartige Unterstellung. Ich brauche ein bisschen Energie, um denken zu können.«

Als Matteo den Lancia oberhalb des Orrido di Sant'Anna parkte, war Nina bereits ausgestiegen, um mit ihrem Handy in der Hand eine Stelle zu finden, wo sie Empfang hatte. Der Ort, an dem sie sich befanden, war nur einen Steinwurf von der Seniorenresidenz entfernt und einer der schönsten weit und breit.

Sie blickten auf die beeindruckende Schlucht, die von einer sehr schönen alten Kirche flankiert wurde, neben der eine mittelalterliche Bogenbrücke über den tief unten liegenden Fluss führte. Die trübe Wolkendecke war mittlerweile aufgerissen, und die Sonne strahlte wie in den vergangenen Wochen von einem blauen, wie blank geputzten Himmel.

Ein Pfad führte hinunter zu einer großzügigen Badestelle. Links davon, und das war ihr eigentliches Ziel, befand sich das Ristorante *Grotto Sant'Anna*, das zwar etwas zu teuer, dafür aber wundervoll gelegen war.

Nina stand auf dem Parkplatz und hatte das Telefon zwischen Ohr und Schulter geklemmt: »Nina, Nina Zanetti. Commissario Orler bat um Rückruf. Ja, ja, danke, ich warte.«

Sie nickte Matteo zu, dann sprach sie weiter: »Das sind ja gute Nachrichten. Giunti wird den Anschlag also überleben.« Sie lauschte angestrengt. »Ja, ja, ich verstehe Sie, aber der Empfang ist nicht gut. Und klar, wenn es einfacher ist, dass wir die italienischen Nummern auswerten, dann kümmern wir uns darum. Wenn Sie mir die Nummern mailen, setze ich mich mit dem Mobilfunkanbieter in Verbindung. Reine Formsache.«

Sie lauschte auf die Antwort Orlers und zwirbelte dabei eine Haarsträhne.

»Bergamaschi, ich habe Ihnen von ihm erzählt, der Heimleiter der Seniorenresidenz, in der Simona Morelli ehrenamtlich gearbeitet hat. Er macht morgen übrigens einen Ausflug zum Monte Verità. Warum? Das erzähle ich Ihnen nachher. Treffen? Hier bei uns? Warum nicht! In der Macelleria? Wenn der Kollege …«

Matteo hob den Daumen.

»Gut, dann also bis nachher bei Matteo Basso.«

Nina steckte ihr Handy in die Gesäßtasche.

»Eine weitere Sache weißt du noch nicht«, erklärte Nina, nachdem sie kurz zusammengefasst hatte, was Orler ihr gesagt hatte. »Morgen geht das Filmfestival weiter. Sie beginnen mit einer Schweigeminute auf der Piazza Grande und anschließend läuft, du wirst es kaum glauben, im PalaCinema der Film von Totti, in Anwesenheit des Regisseurs und einiger Schauspieler und Schauspielerinnen. Karlotta Tramboni wird auch dort sein. So jedenfalls hat die Festivalleitung es angekündigt. Im Anschluss gibt es eine Pressekonferenz.«

»Dann steht uns ja ein langer Tag im Tessin bevor«, sagte Matteo und gemeinsam gingen sie zum Ristorante *Grotto Sant'Anna*, wo außer ihnen nur wenige Gäste an einem der im Schatten liegenden Tische auf der Terrasse saßen, denn es war erst kurz vor zwölf und eigentlich zu früh für das Mittagessen. Beide bestellten selbst gemachte Tagliolini mit schwarzen Sommertrüffeln aus dem Piemont.

»Bist du schon mal auf dem Monte Verità gewesen?«, fragte Matteo zwischen zwei Bissen Pasta.

»Noch nie. Showdown auf dem Berg der Wahrheit. Ganz schön dick aufgetragen, findest du nicht?«, fragte Nina. »Wenn Simona Morelli nicht tot und Giunti nicht im Krankenhaus läge, ich wäre mir sicher, dass einer der beiden diesen Ort ausgesucht hat. So etwas fällt doch nur Film- oder Theaterleuten ein.«

»Das ist gut möglich, Nina, aber wenn es so war, dann ist nicht alles nach Drehbuch verlaufen, wie wir wissen. Simona und Emanuele haben offenbar ihren Gegenspieler unterschätzt. Aber was wissen wir schon? Steckt Bergamaschi hinter dem Mord und dem Attentat oder jemand ganz anderes? Und wer hat die Geldübergabe organisiert, jetzt, da weder Simona noch Emanuele dazu in der Lage sind? Für meinen Geschmack könnte das Skript, um bei deinem Bild zu bleiben, für diesen Thriller ein bisschen weniger verworren sein.«

»Allerdings.«

Nina zog ihr Handy wieder hervor, legte es auf den Tisch, sodass Matteo das Display sehen konnte, und ging ihr Postfach durch. Orler hatte ihr die Telefonnummern gemailt und sie leitete sie mit der Bitte an Fabio weiter, so schnell wie möglich herauszufinden, wem die Anschlüsse gehörten. Dann gab sie *Monte Verità* bei Google ein, landete auf der Seite der *Fondazione Monte Verità* und begann zu lesen:

»Der Monte Verità erhebt sich auf den Hügeln über Ascona und dem Lago Maggiore und ist seit jeher ein magnetischer Pol der Konvergenz von Ideen, Trends, Experimenten und historischen Persönlichkeiten.«

Dann scrollte sie weiter und kam zu den Veranstaltungshinweisen.

»Hör mal, Matteo, was morgen früh im Park los ist, ich glaube, da sollten wir uns anmelden: *Entdecken Sie die faszinierende Geschichte des ›Hügels der Utopien‹: Auf ei-*

nem Spaziergang durch den Park hören Sie Erzählungen über Persönlichkeiten, historische Epochen, Bauwerke, Projekte und Utopien. Von den Anarchisten zur Alternativbewegung, von der ›Licht-Luft-Hütte‹ zum Bauhaus, von der bildenden Kunst zur Literatur, von Baron von der Heydt bis zu Harald Szeemann – Zeugnisse und Zeugen eines Jahrhunderts Geschichte. Was meinst du, ob Orler sich uns anschließt?«

Matteo, der nun selbst auch mit seinem Handy spielte und nach Infos über den sagenumwobenen Hügel oberhalb Asconas suchte, lachte kurz auf.

»Ich glaube, der ist genauso deplatziert dort oben wie ein Fleischer aus Cannobio. Ich habe auch was vorzutragen. Das Spottgedicht eines deutschen Schriftstellers und Anarchisten, der 1905 dort oben gewesen ist. Erich Mühsam hieß der.

Der Gesang der Vegetarier. Ein alkoholfreies Trinklied.
Wir essen Salat, ja wir essen Salat
Und essen Gemüse von früh bis spat.
Auch Früchte gehören zu unsrer Diät.
Was sonst noch wächst, wird alles verschmäht.
Wir essen Salat, ja wir essen Salat
Und essen Gemüse von früh bis spat.
Wir sonnen den Leib, ja, wir sonnen den Leib,
Das ist unser einziger Zeitvertreib.
Doch manchmal spaddeln wir auch im Teich,
Das kräftigt den Körper und wäscht ihn zugleich.
Wir sonnen den Leib und wir baden den Leib,
Das ist unser einziger Zeitvertreib.«

Nina musste so laut lachen, dass sich alle nach ihnen umdrehten.

»Das reimt sich ja sogar in der italienischen Übersetzung! Darauf einen Prosciutto!«

Als Matteo und Nina etwa eine Stunde später die Macelleria betraten, fanden sie Luigi, der heute Dienst tat, auf der Terrasse. Die Hosenbeine seiner grauen Sommerhose hatte er hochgekrempelt, die Beine steckten in zwei mit Wasser gefüllten Plastikeimern, der eine orange, der andere knallgelb. Auf dem Kopf trug er einen rosafarbenen Schlapphut aus Baumwolle, auf dem einige Eiswürfel lagen. Als er die beiden bemerkte, schreckte er hoch und nur mit viel Glück gelang es ihm, nicht von dem Stuhl zu kippen, auf dem er saß.

Die Eiswürfel flogen in alle Richtungen. Luigi fluchte: »Dannazione! Maledizione! Verdammter Mist, hat man denn nie irgendwo seine Ruhe?«

Gustavo öffnete ebenfalls die Augen, blickte erst den Alten, dann Matteo und Nina an und schloss sie wieder.

»Lacht bloß nicht, lacht bloß nicht! Ihr bohrt auch in der Nase, wenn niemand hinschaut. Ich kann doch nicht ahnen, dass ihr hier reinplatzt«, schimpfte Luigi weiter.

Nina ging schnell Richtung See, damit er nicht sah, dass sie nur mühsam einen Lachanfall unterdrückte, und Matteo machte eine entschuldigende Geste, kniete sich zu Gustavo, aus demselben Grund.

»Wie wäre es mit einem Caffè und einem eisgekühlten Limoncello, Luigi?«, fragte Matteo, denn er wusste, dass sein Freund ihm den Zitronenlikör vom Golf von Neapel nicht ausschlagen würde.

»Bene, bene«, grummelte Luigi, »ich komme gleich rein. Ich muss sowieso noch neues Pesto ansetzen. Das ist schon wieder ausverkauft.«

Die drei saßen einträchtig in der Küche beisammen, als Orler klingelte.

»Das nenn ich mal ein Polizeipräsidium«, sagte er anerkennend, als er die Auslagen im Verkaufsraum sah. »Und es riecht auch irgendwie besser als bei uns drüben. Darf ich?«

Orler griff, ohne auf eine Antwort zu warten, nach den auf der Theke stehenden Probierhappen, die Luigi dort für die neugierige Kundschaft bereitgestellt hatte. »Köstlich, einfach köstlich«, lobte er und stopfte sich noch zwei Scheiben Salami in den Mund. »Unsereins hat ja noch nichts zu essen bekommen, viel zu viel Arbeit.«

Orler folgte Matteo in die Küche und begrüßte Nina und Luigi. Der Alte, der wieder bester Laune war, flötete: »Ich habe gehört, was Sie gesagt haben. Matteo wird sicher nichts dagegen haben, wenn ich Ihnen einen kleinen Vorspeisenteller zusammenstelle.« Dann verschwand er.

Orler, Nina und Matteo besprachen sich gerade auf der Terrasse, als Fabio anrief. Nina hörte einen Moment zu, dann verabschiedete sie sich mit einem Dank und legte auf.

»Die Nummern, die Giunti seit Simonas Tod angerufen hat, sind zugeordnet. Er hat mit Simonas Eltern, mit Totti und«, sie machte eine kleine Pause, »mit Bergamaschi und Karlotta Tramboni gesprochen oder zumindest versucht, sie anzurufen. Die genauen Verbindungsdaten schickt Fabio, sobald er sie ausgewertet hat.«

Matteo griff nach der Futura-Packung und zündete sich eine Zigarette an. Und ehe er sichs versah, angelte sich auch Orler eine und schnappte sich das Feuerzeug. Er inhalierte tief und jauchzte: »Scheiße, schmeckt das gut!« Dann fuhr er fort: »Alles hängt irgendwie mit allem zusammen. Ich liebe diesen Moment, wenn sich all die losen Enden langsam zu verbinden beginnen. Eines scheint mir sonnenklar: Der Erpresser, der morgen auf dem Berg der Wahrheit erscheinen wird, trägt den Namen Totti. Niemand sonst kommt infrage.«

»Und was ist mit Karlotta Tramboni? Warum hat Giunti sie auch angerufen? Könnte es nicht sein, dass sie tiefer in die ganze Sache verstrickt ist, als wir bisher angenommen haben?«

»Möglich«, gab Orler zu.

»Ich schlage vor«, begann Matteo langsam, »wir nutzen den Rest des Tages und machen noch einen kleinen Ausflug an den Comer See.«

»Gegenvorschlag«, sagte Orler. »Ihr fahrt zu Karlotta Tramboni und vielleicht auch noch einmal zu den Eltern von Simona, und ich nehme mit meinen Kollegen den Park des Monte Verità in Augenschein, damit uns morgen da oben keine Überraschung erwartet. Danach besuche ich die Festivalleitung und schau mir den Film von Totti an. Eine kleine Vorpremiere für einen alten Ermittler sollte wohl drin sein.«

Er drückte seine Zigarette im Aschenbecher aus. »Wir können ja heute Abend telefonieren. Herzlichen

Dank für alles. Wirklich schön hier. Wir sollten von nun an häufiger zusammenarbeiten, finde ich. Oder ich komme ganz zu euch, denn wenn meine Frau riecht, dass ich geraucht habe, habe ich sowieso kein Zuhause mehr.«

10

Nina kündigte telefonisch bei Karlotta Tramboni und den Eltern von Simona Morelli ihr Kommen an und bat beide, bis zu ihrer Ankunft das Haus nicht zu verlassen und die Türen geschlossen zu halten.

Matteo dachte währenddessen darüber nach, ob es sinnvoll wäre, vorher mit Flavio, der sich bisher über seinen Besuch bei Karlotta ausgeschwiegen hatte, zu sprechen. Vielleicht wäre so in Erfahrung zu bringen, ob die Schauspielerin irgendein Detail aus ihrer Vergangenheit und der Zusammenarbeit mit Totti preisgegeben hatte, das zu wissen nun hilfreich wäre. Er verwarf diese Überlegung aber gleich wieder, denn er fürchtete, den alten Mann zu sehr zu beunruhigen, wenn er Karlotta nun gewissermaßen in den Zeugenstand rief. Außerdem würde Flavio sich jedes Wort einzeln aus der Nase ziehen lassen.

Seine Lust, sich im beginnenden Feierabendverkehr auf den Weg nach Laglio zu machen, ging gegen null und auch Nina war von der Idee nicht sonderlich begeistert, für siebzig oder, wenn es schlecht lief, neunzig Minuten in dem unklimatisierten Lancia vor sich hin zu schwitzen. Sie nahm zwei Flaschen Wasser aus dem Kasten, der in der Küche stand, und kurz bevor sie in den Wagen einstieg, fiel ihr ein, dass sie vor ein paar Wochen eine CD bei Matteo deponiert hatte, die zumindest ihr die Autofahrt versüßen würde.

Also lief sie noch einmal ins Haus, vorbei an Flavio, der Parmesan für das Pesto rieb, und klaubte das Paolo-Conte-Live-Album von der Anrichte. Es war die Aufnahme eines Konzerts in der Arena di Verona aus dem Jahr 2005 und eine von drei Gelegenheiten, bei denen sie den aus ihrer Sicht wundervollsten italienischen Cantautori live erlebt hatte.

Wenn Matteo an das zweitausend Jahre alte Amphitheater dachte, fielen ihm natürlich all die großartigen Verdi-Aufführungen ein, die dort stattgefunden hatten. Gern teilte er Nina ungefragt allerlei Fakten mit. Beispielsweise dass das allererste Konzert der wieder in Betrieb genommenen Spielstätte eine Aida-Aufführung im August 1913 gewesen sei, zu Ehren von Verdis 100. Geburtstag.

Doch Conte war definitiv eine Wahl, mit der sich auch Matteo anfreunden konnte. Gleich hinter Cannobio schob Nina die CD in den Player und *Via con me* erklang, gefolgt von *Alle prese con una verde milonga* und ihrem All-time-favourite: *It's wonderful*. Als sie den Refrain mitzusingen begann, verdrehte Matteo theatralisch die Augen, um sogleich lautstark in das Lied mit einzusteigen. Und ihr Auto-Konzert erreichte mit einem inbrünstig und dreistimmig intonierten *Un gelato al limon* seinen furiosen Höhepunkt.

Karlotta Trambonis Wohnzimmer sah ein wenig aus wie das mit viel Geschmack und cineastischer Liebe ausgestattete Café eines in die Jahre gekommenen Programmkinos. Die Wände waren übersät von unzähligen in alten Rahmen steckenden Fotos, dazwischen hingen großformatige Filmplakate. Auf kleinen Regalen standen Trophäen wie der *David di Donatello,* der wichtigste italienische Filmpreis, sein französisches Pendant, ein *César,* und gleich zwei *Goldene Löwen*.

Auf jedem der Fotos und Plakate, die an den Wänden hingen, war neben weltberühmten Schauspielerinnen und Schauspielern, Regisseurinnen und Regisseuren immer eine Person im Mittelpunkt zu sehen: Karlotta Tramboni. An der Seite von John Malkovich, an der Seite von Al Pacino, an der Seite von Michel Piccoli, Arm in Arm mit Catherine Deneuve, Francis Ford Coppola oder Jacques Rivette und in jede der vielen Trophäen war immer nur ein Name eingraviert, als beste weibliche Hauptdarstellerin, 1979, 1982, 1997, 2001: Karlotta Tramboni.

Andere Aufnahmen zeigten sie privat, unterwegs in einem amerikanischen Straßenkreuzer auf einer Küstenstraße, auf dem Dach des Empire State Building, an der Copacabana und nachts vor dem Trevi-Brunnen in Rom oder auf einer Skipiste, im Hintergrund, wie Matteo erkannte, das Matterhorn.

Im Kontrast dazu hing in einer Nische eine geschnitzte und liebevoll und aufwendig bemalte Madonnenfigur, die sehr alt aussah, umgeben von Schwarz-Weiß-Fotografien. Sie zeigten Mailand, aber auch Orte am Lago, und schienen zu einer Zeit aufgenommen worden zu sein, als seine Eltern noch Kinder waren. Kurz schaute er in die Gesichter einer Hochzeitsgesellschaft und erkannte auf einem anderen Bild einen Prozessionszug, bei dem, wie es aussah, ein Reliquienschrein durch die Straßen des Ortes bis zu einer Kirche getragen wurde.

»Ja«, sagte Karlotta Tramboni, der die Aufmerksamkeit, die Nina und Matteo den Bildern schenkten, schmeichelte, »das sind die beiden Pole meines Lebens. Ich hatte das Glück, das Leben einer Weltbürgerin leben zu dürfen, aber viel wichtiger ist, das merke ich nun im Alter, meine Herkunft, die Prägungen, die ich in Italien als Kind und junge Frau erfahren habe. Deshalb lebe ich nun überwiegend hier, in der Nähe der Orte meiner Jugend.«

»Das ist sehr nachvollziehbar, Signora Tramboni, aber ist es, wenn ich so direkt fragen darf, ein Zufall, dass Sie Ihr Anwesen hier, in unmittelbarer Nähe von Simona Morellis Eltern, erworben haben? Oder kennen Sie sich schon länger und es war deshalb explizit Ihr Wunsch, gerade an diesem Ort ein Haus zu erwerben?«, fragte Nina.

»Für eine Person des öffentlichen Lebens ist es, das werden Sie verstehen, unabdingbar, einen geschützten Raum sein Eigen zu nennen, in den die Allgemeinheit keinen Einblick hat und der Privatsphäre bietet. Dafür sind die richtigen Nachbarn wichtig und ein gewisses Maß an Verschwiegenheit.«

»Das heißt, Sie wollen auf diese Frage nicht antworten?«, hakte Nina nach. »Ist es nicht angesichts eines

Verbrechens, dem eine junge Kollegin, die Tochter Ihrer Nachbarn, zum Opfer gefallen ist, angebracht, die Ermittlungen der Polizei zu unterstützen, und sei es nur, um einen dummen und vielleicht völlig falschen Verdacht, der den Ermittelnden womöglich durch den Kopf geht, zu entkräften?«

»Was Kommissarin Zanetti meint, Signora«, mischte sich Matteo ein, »ist, dass wir drei ganz konkrete Fragen haben, die sich uns aufdrängen und die wir gerne beantwortet hätten. Die erste betrifft Ihre Nähe zur Familie Morelli, die zweite Ihre Zusammenarbeit mit Gianluca Totti, damals in den Siebzigerjahren und jüngst bei seinem neuesten Film, und die dritte ist: Was haben Sie mit Emanuele Giunti zu tun, mit dem Sie in den letzten Tagen viermal telefoniert haben? Sehr interessiert uns auch, warum die Telefonate dann vorgestern so abrupt endeten beziehungsweise warum Sie ihn oder er Sie nicht mehr angerufen hat?«

»Sie überwachen mein Telefon?« Karlotta Trambonis Stimme klang scharf. »Mit welchem Recht?«

»Sie irren sich, wir haben die Anrufe überprüfen lassen, die Emanuele Giunti geführt hat, nicht Ihre, und das aus gutem Grund. Also bitte beantworten Sie meine Frage.«

»Nun gut«, lenkte Karlotta Tramboni ein, »natürlich möchte ich Ihre Ermittlungen in jeder Hinsicht unterstützen. Es ist richtig. Ich habe mit Emanuele gesprochen. Er tat mir leid. Ich wusste, er war von Simona getrennt, aber er liebte sie immer noch. Ich wollte ihn in seiner Trauer nicht alleine lassen. Aber vor zwei Tagen, das stimmt, hat er mir zu verstehen gegeben, dass er nicht mehr telefonieren möchte. Er sagte, bis zur Beerdigung brauche er Ruhe.«

»Sie lügen!«, sagte Nina unumwunden.

»Was fällt Ihnen ein!« Karlotta Tramboni blitzte sie böse an.

»Zum einen weiß ich, dass Sie lügen, weil Sie bis heute Mittag mehrmals versucht haben, Emanuele Giunti auf seinem Handy zu erreichen, zum anderen, weil Emanuele Giunti Sie nicht gebeten hat, ihn nicht mehr anzurufen, dazu kam er nämlich gar nicht, denn er wurde, und jetzt hören Sie mir genau zu, angeschossen und liegt schwer verletzt im Krankenhaus. Und das sage ich Ihnen nur aus einem Grund: nämlich dem, dass der Mörder von Simona Morelli und der Attentäter, der auf Giunti geschossen hat, ein und dieselbe Person ist. Wir haben allen Grund anzunehmen, dass der nächste Schuss, den er abfeuert, entweder Ihnen oder Gianluca Totti gelten könnte. Aber was sein Motiv ist, ist uns noch nicht ganz klar. Dafür brauchen wir Ihre Unterstützung.«

Karlotta Tramboni ging zu einer Glasvitrine, in der einige Flaschen Cognac, Whisky und Grappa standen, nahm einen Rémy Martin in die Hand, griff nach drei Gläsern. »Bitte setzen Sie sich.«

Sie schenkte ihnen ein, den leisen Protest ignorierend.

»Beginnen wir der Reihe nach. Simonas Mutter und ich kennen uns seit den 1970er-Jahren. Sie war, wie ich, Schauspielerin, und wir haben zu dieser Zeit in drei oder vier Filmen gemeinsam gespielt. Einmal auch in einer Produktion von Gianluca Totti.«

»Una Donna – Geschichte einer Frau?«, fragte Matteo.

Karlotta Tramboni schaute ihn verdutzt an: »Den Film kennen Sie?«

»Erst seit Kurzem, erst seitdem wir einige Videokassetten, die sich in Tottis Wohnung befanden, nach einem Einbruch sichergestellt haben.«

»Das wissen Sie auch schon? Man hat dem armen Mann alle Möbel zerschlagen, sagte er mir. Ist das nicht schrecklich?«

»Vor allem hat man wohl etwas gesucht. Vielleicht wollte man ihm auch nur Angst machen. Was glauben Sie?«

»Vielleicht beides?«, antwortete Karlotta Tramboni unsicher und nahm einen tiefen Schluck aus dem Cognac-Schwenker.

»Warum, Signora, hat Simonas Mutter mit der Schauspielerei aufgehört? Und wie hieß der Film, den Gianluca Totti mit ihr und mit Ihnen gedreht hat?«

»Der Film wurde nie gezeigt. Aber ich erinnere mich an den Arbeitstitel: *Quasi un sogno – Fast ein Traum*. Aber warum Monica Morelli mit der Schauspielerei aufgehört hat, das müssen Sie sie bitte selbst fragen. Jeder hat das Anrecht, seine Geschichte selbst zu erzählen, finden Sie nicht? Falls Sie dann noch Fragen haben sollten, bin ich gerne bereit, sie zu beantworten.«

Aus den Augenwinkeln nahm Matteo wahr, wie Nina die Stirn runzelte.

»Das werden wir, Signora Tramboni. Das werden

wir, aber vorher möchte ich wissen, in welchem Verhältnis Sie zu Giunti stehen. Warum haben Sie so häufig versucht, ihn anzurufen? Ich würde ihn das gern selber fragen, selbstverständlich hat auch er das Anrecht, seine Geschichte selbst zu erzählen, aber er kann nicht einmal mehr schlucken, deshalb muss ich Sie bitten, für ihn einzuspringen. Und erzählen Sie mir nicht, es ginge um eine Filmmusik, die er für Sie komponieren sollte, oder um Geigenstunden.«

Das Telefon klingelte und wenig später klopfte die Haushälterin an die Tür und fragte, ob die Signora für die Universal Studios zu sprechen sei.

Karlotta Tramboni schaute Nina und Matteo beschwichtigend an: »Bitte geben Sie mir eine halbe Stunde. Dann stehe ich Ihnen wieder zur Verfügung. Es ist sehr wichtig.«

Als die beiden das Gartentor hinter sich geschlossen hatten, um den kurzen Weg bis zum Haus der Morellis zu gehen, schnaubte Nina noch immer.

»Ich fasse es nicht. Sie spielt ein Spiel mit uns. Warum sagt sie uns nicht, was sie weiß? Warum kommen ihre Antworten nur scheibchenweise oder gar nicht? Wen schützt sie? Gib mir bitte mal eine Zigarette. Ich werde noch zum Nikotin-Junkie, wenn der Fall nicht bald gelöst ist.«

Matteo fingerte zwei Zigaretten aus der Schachtel und gab ihr Feuer.

»Sie schützt, wenn du mich fragst, in allererster Linie Totti. Sie verbindet etwas, das weit über eine professionelle Zusammenarbeit hinausgeht. Ein Geheimnis, das bis in die Gegenwart fortwirkt, und in das auch alle anderen in irgendeiner Weise schicksalhaft verstrickt sind. Karlotta weiß, dass ihr Leben wirklich bedroht ist, das war eben zu spüren, aber größer als die Angst scheint der Zwang, noch irgendetwas zu Ende bringen zu müssen. Aber was? Warum sollte sie sich an der Erpressung beteiligen? Sie ist reich!«

»Ebenso, wie Simona Morelli es war«, gab Nina zurück.

»Wie auch immer, Nina, Orler hat recht, so langsam lassen sich die Enden der bisher losen Fäden verbinden und mein Instinkt sagt mir, wir sollten hier und jetzt nicht zu viel Druck ausüben. Damit erreichen wir im schlimmsten Fall das Gegenteil von dem, was wir wollen.«

»Und das wäre?«

»Totti, wenn Orlers Annahme stimmt, oder Karlotta, wenn deine Vermutung richtig ist, könnten ihre Pläne ändern und die Geldübergabe am Monte Verità absagen oder an einen anderen Ort verlegen.«

Klara Morelli öffnete die Tür, grüßte knapp und führte Nina und Matteo in den Salon, wo Monica Morelli sie erwartete. Ihr Gesicht war verquollen, man sah, dass sie eben erst geweint hatte. Nichts war geblieben von der unterkühlten Art, mit der sie und ihr Mann Matteo bei seinem letzten Besuch begegnet waren. Die Trauer um ihre Tochter hatte sie mittlerweile völlig überwältigt.

Matteo kannte die vier Phasen der Trauer genau und

er wusste, dass die Reaktionen der Hinterbliebenen umso schlimmer ausfielen, je überraschender der Tod eines Angehörigen gewesen war. Besonders schlimm war es nach einem Suizid oder wenn, wie im Falle von Monica Morelli, das eigene Kind Opfer einer Gewalttat geworden war.

Im ersten Augenblick löste der Tod eines geliebten Menschen einen Schockzustand aus, der mehrere Stunden oder sogar Tage anhalten konnte. In dieser ersten Phase, in der der Trauernde noch nicht begriff, was geschehen war, benötigte er jemanden, der ihm beim Erledigen alltäglicher Dinge half, aber wirklichen Beistand brauchten die Menschen in Phase zwei, wenn die Emotionen sich Bahn brachen, wenn sie von Gefühlen wie Angst, Wut und Schuld erfasst wurden.

In der dritten Phase zogen sich die Trauernden dann oft zurück. Sie fühlten sich leer, und wer anfällig dafür war, griff zu Alkohol oder anderen Suchtmitteln. Oft kam es auch zu Selbstmordgedanken oder Krankheiten. Wie genau der Trauerprozess verlief, war individuell und nicht exakt vorherzusagen. Der Schmerz ließ sich nicht einfach in ein Schema pressen, das hatte er bei seiner Arbeit als Polizeipsychologe immer wieder erfahren.

Bei Monica Morelli spürte Matteo nach kurzer Zeit, dass die Schuldgefühle besonders ausgeprägt waren. Jeder ihrer Gedanken mündete in dem Satz: »Ich hätte sie besser schützen müssen.«

Zuerst glaubte er, es liege daran, dass Monica Morelli und ihr Mann, wie sie erzählte, kurzfristig den Besuch der Filmpremiere in Locarno abgesagt hatten. Sie hatte einen heftigen Migräneanfall erlitten. Sie fühlte sich auch schuldig, nicht da gewesen zu sein. Aber Wort für Wort kam heraus, dass es sie vor allem quälte, Simona den Schauspielunterricht und den Beruf nicht verboten zu haben.

»Ich war«, sagte sie zögernd und von Weinattacken unterbrochen, »immer dagegen, dass Simona diesen Beruf ausübt. Ich habe sie beschworen, etwas anderes aus ihrem Leben zu machen: Künstlerin zu werden oder Architektin, sollte sie etwas Kreatives machen wollen, oder aber Juristin oder Ärztin. Sie hat immer nur abgewunken.«

»Und die Erfahrungen, die Sie als Schauspielerin gemacht haben – Karlotta erwähnte, dass Sie Ihre Karriere 1980 beendet haben –, haben Simona nicht davon abbringen können?«, fragte Nina. »Und was genau, wenn ich das auch noch fragen darf, hat Sie damals eigentlich dazu veranlasst, der Schauspielerei den Rücken zu kehren? Die Unsicherheit? Die oft schlechte Bezahlung? Oder gab es andere Gründe?«

»Es gab Gründe«, bekundete Monica Morelli knapp. »Gründe, die niemanden etwas angehen, das alles liegt lange zurück und ich habe mit meinem Kind auch nie darüber gesprochen. Kinder wollen ihre eigenen Fehler machen. Die ihrer Eltern halten sie nicht davon ab. Also habe ich sie irgendwann bei ihrer Karriere unterstützt. Karlotta war mir dabei eine große Hilfe.«

Ihre Augen füllten sich wieder mit Tränen, sie wurde von dem nächsten Weinkrampf geschüttelt und war nicht mehr zu beruhigen. Nina und Matteo schauten sich unsicher an, aber bevor sie auf die Situation angemessen reagieren konnten, stand Klara im Zimmer und nahm ihre Mutter in den Arm.

»Mama, ich bringe Signora Zanetti und Signor Basso kurz zur Tür, dann bin ich wieder für dich da. Warte hier kurz auf mich, ja?«

Sie löste sich behutsam aus der Umarmung. Dann ging sie voraus und Nina und Matteo folgten ihr, nachdem sie sich von Monica Morelli verabschiedet hatten. Klara öffnete die Haustür, trat ebenfalls nach draußen und schloss sie rasch hinter sich.

»Meine Schwester und ich wussten nicht, warum unsere Mutter 1979 aufgehört hat, als Schauspielerin zu arbeiten. Es war etwas, worüber nicht geredet wurde, aber wir haben irgendwann erfahren, dass sie nach dieser Entscheidung lange in einer psychiatrischen Klinik gewesen ist. Ich erinnere mich auch, dass der Wunsch meiner Schwester, Schauspielerin zu werden, und ihre Annahme an der Schauspielschule bei Mama zu einem Nervenzusammenbruch und zur Rückkehr ihrer Angststörungen führte.«

Erstaunt nahm Matteo zur Kenntnis, dass auch Klara Morelli seit seinem letzten Besuch eine komplette Wandlung durchgemacht hatte. Statt einer spitzzüngigen Person stand ihnen nun eine verbindliche, sanftmütige junge Frau gegenüber. Passten diese beiden Erscheinungen wirklich zusammen? Matteo vertagte das Nachdenken über diese Frage, um den Anschluss an Klara Morellis Bericht nicht zu verlieren.

»Vor ein paar Wochen hatte sie erneut einen Zusammenbruch. Es war schlimmer als je zuvor. Der alte Streit mit Simona ist wieder aufgeflammt, auch mit Karlotta Tramboni hat sie sich überworfen. Und all das hatte etwas mit dem Film zu tun, in dem Simona und Karlotta die Hauptrolle spielen. Meine Schwester hat mir gegenüber nur Andeutungen gemacht, mir gesagt, es ginge darin auch um die Geschichte unserer Mutter, aber als Karlotta zu uns kam, um meinen Eltern ihr Beileid auszusprechen, machte ihr meine Mutter schlimme Vorwürfe. Sie hat sie angeschrien und sie für den Tod von Simona verantwortlich gemacht.«

»Wir danken Ihnen sehr für diesen Hinweis«, antwortete Nina, »wir werden uns den Film so rasch wie möglich ansehen.«

Nachdem sie sich von Klara Morelli verabschiedet hatten, klingelten sie erneut bei der alten Schauspielerin. Die Haushälterin brachte sie ohne Umschweife zurück in den Salon, wo sie bereits auf sie wartete. Das Telefon lag vor ihr auf dem Tisch, gleich neben dem Cognac-Schwenker, der wieder gut gefüllt war.

»Entschuldigen Sie bitte, das Telefonat war von größter Wichtigkeit. Es geht um eine Produktion, die mir sehr am Herzen liegt, lange war unklar, ob ich tatsächlich an der Seite von Antonio Banderas spielen werde, was ich zur Bedingung gemacht habe. Nun hat er zugesagt.«

Sie strahlte einen Augenblick lang, nippte an ihrem Cognac und sagte dann: »Aber nein, entschuldigen Sie, das interessiert Sie nicht, ich weiß. Sie hatten mich gefragt, warum ich mehrmals probiert habe Emanuele Giunti anzurufen. Oder soll ich erst über Gianluca Totti sprechen? Ja, das scheint mir die bessere Reihenfolge zu sein.«

Für ein paar Momente schien sie sich besinnen zu müssen. »Ich hatte 1976, wie Sie wissen, mit Totti *Una Donna – Geschichte einer Frau* gedreht. Der Film sollte im Wettbewerb des Filmfestivals in Cannes uraufgeführt werden, wo Totti bereits zwei Jahre vorher mit einem Film vertreten gewesen war. Dann aber wurden zwei andere italienische Filme eingeladen, *Ein besonderer Tag* von Ettore Scola, mit Sophia Loren und Marcello Mastroianni, und *Mein Vater, mein Herr,* der spätere Sieger der *Goldenen Palme*. Ein großartiger Film, der zu Recht ausgezeichnet wurde. Totti war natürlich enttäuscht.« Sie nahm einen weiteren Schluck.

»Er und ich sind aber dennoch nach Cannes gekommen. Ich hatte eine kleinere Rolle in einem Film von Robert Altman übernommen, und er war dort, um einige Produzenten zu treffen. Abends waren wir auf derselben Party. Totti war schüchtern, aber auch sehr überzeugt von sich. Das oberflächliche Treiben in Cannes verabscheute er. Mich beeindruckte seine Ernsthaftigkeit und sein Talent, und ich schätzte die Art und Weise, wie er am Set mit den Schauspielerinnen und Schauspielern arbeitete und wie er trotz kleinster Budgets seine Ideen kompromisslos umzusetzen versuchte.«

Karlotta Tramboni streckte die Hand aus, um erneut

nach ihrem Glas zu greifen, ließ sie dann aber sinken. Offenkundig hatte sie entschieden, dass es vernünftiger war, nicht ganz so schnell zu trinken.

»An jenem Abend«, fuhr sie fort und senkte die Stimme dabei ein wenig, »erzählte Gianluca mir von einer Filmidee, die er unter dem Titel *Quasi un sogno – Fast ein Traum* realisieren wollte. Ich war von dieser Idee so überwältigt, dass ich ihm zusagte, die Hauptrolle zu spielen und auf die Gage zu verzichten, um den Film möglich zu machen. Und ich überredete einige Kollegen und Kolleginnen, darunter Monica, mitzumachen.«

Das lange Ausatmen der Schauspielerin glich mehr einem Seufzen. Dennoch schien sie nun, anders als zu Beginn des Treffens, fest entschlossen, alles zu erzählen, was sie zu dem Fall beizutragen hatte.

»Wir drehten hauptsächlich in einer riesengroßen Wohnung in der Altstadt von Florenz, die die Produktionsfirma zur Verfügung gestellt hatte und in der aus Kostengründen auch einige der Schauspielerinnen und Schauspieler übernachteten. An einem Abend, die Dreharbeiten waren fast abgeschlossen, kam es bei einer spontanen Party zu einem Zwischenfall.«

»Was für einen Zwischenfall?«, fragte Nina.

Karlotta Tramboni strich sich eine Strähne aus der Stirn, die sich aus ihrer Frisur gelöst hatte.

»Weder Totti noch ich waren zugegen. Aber Monica musste Zeugin sexueller Übergriffe werden, die sie so verstörten, dass sie nie wieder spielen wollte. Totti überwarf sich mit dem Produzenten und ließ den Film unbeendet. Es war überhaupt sein letzter Film. Totti zog sich zurück, und ich hörte erst vor drei Jahren wieder von ihm, als in der Presse von den Dreharbeiten zu *Morto non vi serve a niente* die Rede war, die mich für drei Wochen nach Mailand und nach Stresa führen sollten. Er schrieb mir einen langen Brief, den er über meine Agentur an mich weiterleiten ließ. In diesem berichtete er mir davon, dass er einen neuen Film machen wolle, der die Ereignisse von *Quasi un sogno* aufgreifen solle. Er fragte mich, ob ich bereit sei, eine Woche länger in Italien zu bleiben, um für ihn vor der Kamera zu stehen. Ich sagte spontan zu.«

Wieder atmete sie tief ein und Matteo meinte zu erkennen, dass ihr Zögern keine Attitüde war, sondern dass es ihr wirklich schwerfiel, weiterzusprechen. Beschwichtigend legte er Nina die Hand auf den Arm. Er war sicher, dass es wenig zuträglich war, die Schauspielerin in diesem Moment zu drängen. Tatsächlich sprach sie schließlich von sich aus weiter.

»Ich überredete Simona, im Film die Rolle ihrer Mutter zu übernehmen. Totti bestand darauf, dass keiner von uns eine Rohfassung des Films zu sehen bekam. Das Resultat wollte er nicht nur dem Publikum, sondern auch seinem Ensemble erst bei der Filmpremiere in Locarno präsentieren. Nun wird der Film morgen doch noch gezeigt werden. Sicher haben Sie davon gehört.«

Sie blickte erst Nina, dann Matteo an.

»Ich bin in gewisser Weise so neugierig auf den Film wie Sie, denn ich weiß auch nicht wirklich, was er zeigen wird. Totti hat mit Simona und den jüngeren Schauspielern etliche Tage ohne mich gedreht. Simona wollte mir nicht verraten, was in diesen Szenen, bei denen ich nicht dabei war, passierte. Auch ihre Mutter ließ sie darüber im Unklaren. Als Simona dann erschossen wurde, bekam ich Angst. Um Totti, um Monica, um mich. Und ich hatte kurz den Verdacht, dass Emanuele dahintersteckte. Er hatte sich als Kellner ins Belvedere eingeschlichen. Erst wollte ich ihn zur Rede stellen, dann, nachdem bei Totti eingebrochen wurde, wusste ich, dass die Bedrohung nicht von ihm kam. Aber ich hoffte, dass er mir mehr über die Rolle sagen konnte, die Simona in Tottis Film spielte.«

Karlotta Tramboni griff nun doch nach ihrem Cognac-Glas.

»Nun wissen Sie alles.«

»Haben Sie denn vor, morgen zur Filmaufführung und der anschließenden Pressekonferenz zu erscheinen?«, fragte Matteo.

»Ja, das werde ich und ich hoffe auch, dass sich dann einige Dinge auflösen werden. Und, Signor Basso, ich möchte Sie bitten, Flavio zu der Vorstellung, die öffentlich ist, aber, wie ich hörte, unter besonderem Polizeischutz stattfindet, nicht mitzubringen. Ich würde mich nicht um ihn kümmern können, und ich weiß nicht, ob er das verstehen würde. Und es ist mir ein großes Bedürfnis, an das schöne Gespräch anzuschließen, das ich hier mit ihm vor ein paar Tagen geführt habe. Vielleicht richten Sie ihm aus, dass ich ihn gerne in seiner Werkstatt besuchen würde.«

»Das richten Sie ihm besser selbst aus«, entgegnete Matteo. »Und bevor wir gehen, habe ich eine letzte

Frage. Totti lebte, um es vorsichtig auszudrücken, in den zurückliegenden Jahren nicht gerade luxuriös. Woher stammte das Geld für diesen Film, wer hat ihm vertraut? Er war doch seit Jahrzehnten raus aus dem Filmgeschäft.«

»Ich habe den Film vorfinanziert, Signor Basso, aber Totti versicherte mir, dass er an einer Finanzierung arbeite. Ob das so war, spielt aber jetzt auch gar keine Rolle mehr.«

Nina und Matteo teilten sich auf der Straße vor dem Haus eine Zigarette, bevor sie die Rückfahrt antraten.

Paolo Conte sang *»Azzurro, il pomeriggio è troppo azzurro e lungo / Per me, mi accorgo / Di non avere più risorse senza / Di te, e allora«*, als Orler sich auf Ninas Handy meldete. Matteo fädelte den Wagen gerade hinter Como in den dichten Verkehr auf der Autobahn ein. Orler bat sie, direkt zum Monte Verità zu kommen, denn der Park sei mit 75 000 Quadratmetern sehr unübersichtlich und er habe die Stiftung dazu verdonnert, alle freien Zimmer in dem Hotel und dem Gästehaus der Polizei zu überlassen.

Eine kleine gemeinsame Besichtigung des Geländes vor Sonnenuntergang und ein Glas Merlot würden sicher auch nicht schaden, unterstrich er sein Anliegen. Zudem bat er Nina, ein Bild von Bergamaschi zu besorgen. Eines von Totti habe er bereits. Der Film allerdings sei nicht zu bekommen gewesen. Selbst die Festivalleitung habe ihn vorab nicht gesehen. Totti, so hieß es, würde ihn erst zur Premiere mitbringen.

Sie waren etwa siebzig Kilometer von Ascona entfernt und erreichten das Hotel im Bauhausstil etwa fünfundvierzig Minuten später. Matteo hatte dem Boxermotor einiges abverlangt und vertraute darauf, dass Orler sich im Ernstfall für ihn einsetzen würde, sollte er auf der Fahrt durch die Schweiz in eine Radarkontrolle geraten sein.

Der Commissario aus Locarno erwartete sie bereits auf der Dachterrasse, von der aus man einen atemberaubenden Ausblick auf den See hatte. Aus wie vielen unterschiedlichen Perspektiven sie den Lago in den letzten Tagen in Augenschein genommen hatten, dachte Matteo, konnte sich aber die Bemerkung nicht verkneifen, wie überflüssig er es finde, für das Panorama, das sich auf dieser Seite der Grenze bot, Unsummen auszugeben. Schon ein Caffè kostete ein Vermögen. Von einem Abendessen gar nicht zu sprechen.

Gemeinsam erkundeten sie etwa eine halbe Stunde lang den Park. Die Fotos von Totti und von Bergamaschi – Ninas Assistent Fabio hatte eines von der Website der Seniorenresidenz gezogen – schickte Orler zur Vervielfältigung an einen Kollegen. Und als die als Reisegruppe getarnten Beamten, die Orler für die Geldübergabe zusammengerufen hatte, vollzählig waren, hielten sie im Teehaus des Monte Verità eine Lagebesprechung ab.

Da Fabio von der Staatsanwaltschaft die Genehmigung erhalten hatte, von dem Mobilfunkanbieter die Standortdaten von Bergamaschis Handy anzufordern, würden sie es rechtzeitig erfahren, wenn er sich am nächsten Morgen dem Berg der Wahrheit näherte.

Es war bereits dunkel, als Matteo für eine letzte Zigarette auf den Balkon trat. Er ließ gerade sein Zippo aufschnappen, als er auf dem Nachbarbalkon eine Person wahrnahm. Orler stand nur ein paar Meter von ihm entfernt, in der Hand ein Glas, das noch etwas Rotwein enthielt. Der Commissario nahm die noch ungerauchte Futura aus der Tasche und roch genüsslich daran. »Das soll für heute reichen.« Er grinste zu Matteo hinüber, seine Haare standen wild vom Kopf ab und schienen nicht unbedingt frisch gewaschen zu sein. »Gute Nacht, Basso, schlafen Sie gut.«

11

In dieser Nacht schlief Matteo ausgesprochen schlecht. Gegen drei Uhr wachte er nassgeschwitzt auf, denn ihm war im Traum immer wieder Gianluca Totti erschienen, der mit wild fuchtelnden Armen irgendwelche Anweisungen gegeben hatte, die er nicht hatte verstehen können.

Noch im Halbschlaf fragte er sich, ob er selbst in dem Film mitspielte oder ob er den Mann nicht kannte, der dort in dem Bergdorf in der ungeheizten Küche am Küchentisch saß, an einem grob gezimmerten dunklen Holztisch, der aussah wie der Esstisch seiner Kindheit. Die Luft war so kalt gewesen, dass man seinen eigenen Atem hatte sehen können. Und was war es gewesen, das dort auf dem Tisch gelegen hatte? Woran arbeitete er? War er dabei, eine Waffe zusammenzusetzen? Ein Gewehr, wie es Auftragsmörder benutzten? Eine Präzisionswaffe mit Zielfernrohr und wechselbarem Magazin?

Als Matteo wieder einschlief, träumte er davon, auf einem menschenleeren Platz zu stehen, der linker Hand von einem gelb getünchten Gemeindehaus begrenzt wurde. Vor ihm ragte der spitze Glockenturm einer alten Pfarrkirche in die Höhe.

Er betrat die Kirche und fand sich in der Sakristei wieder, wo ein alter grauhaariger Pfarrer, in ein liturgisches Gewand gekleidet, ihm den Rücken zukehrte und Messwein in einen Kelch füllte. Als der Pfarrer sich umdrehte, erkannte er, dass es Beppo war, der – auf einmal nicht mehr in der Sakristei, sondern in einer bäuerlichen Küche – einen Eintopf kochte. Während Beppo mit einem Holzlöffel in einem riesigen Topf rührte, erklärte er Matteo: »Alle Schafe meiner Herde sind mir lieb, aber manche sind mir lieber als andere. Vor allem jene, die vom Weg abgekommen sind.« Er deutete auf eine Fotografie, die an der Wand hing. »Flavio. Auto-Doktor! Nicht alles, was er tut, ist legal.«

Eine Prozession begann. Die Madonna, die wie jene aussah, die er in dem Haus von Karlotta Tramboni gesehen hatte, wurde durch die Straßen getragen. Beppo sah nun wieder aus wie der Pfarrer und ging voran, an seiner Seite zwei Messdiener. Sie passierten einen Mann, der neben einer blutüberströmten Frau kniete. In der Hand hielt er eine Pistole. Die Frau würde sterben. Der Mann stand auf und lief an dem Pfarrer vorbei. Kurz blieb er stehen und entschuldigte sich. Er hatte nun die Gesichtszüge von George Clooney.

Matteo fuhr hoch und rieb sich die Augen. Manche Träume waren aber auch zu dämlich. Es war fünf Uhr und er überlegte, ob er aufstehen sollte und ab wann es unten Frühstück gab. Jetzt war es wohl definitiv noch zu früh. Er schaute zwischen den halb zugezogenen Gardinen hindurch nach draußen. Noch dämmerte es stark, aber der Himmel war wieder wolkenlos, so viel konnte er erkennen.

Ihm fiel ein, dass er unbedingt in der Macelleria anrufen musste, um sich – wer hatte heute gleich noch Dienst? – bei Flavio, Luigi oder Beppo zu erkundigen, wie es lief. Er sollte sie unbedingt ein wenig bei Laune halten. Nina schlief neben ihm, er hörte ihren regelmäßigen Atem.

Matteo fragte sich, ob ihm eine Zigarette auf nüchternen Magen schmecken würde, aber er kannte die Antwort. Das Rauchen würde ihm die Zeit vertreiben, genießen würde er es noch nicht. Also was tun? Auf dem Rücken liegen bleiben und einfach warten, bis es an der Zeit war, aufzustehen? Aufstehen, obwohl es noch keinen Kaffee oder etwas zu essen gab? Oder rausgehen und dem Sonnenaufgang zuschauen und den Park noch einmal alleine in Augenschein nehmen?

Er entschloss sich zu Letzterem, stieg leise aus dem Bett und ging ins Bad. Als er wenige Minuten darauf ins Foyer trat, stieß er auf Orler.

»Auch schlecht geschlafen?«, fragte der. »Ich hatte wüste Träume, kann ich Ihnen sagen, und Sie sind darin auch vorgekommen. Sie wollten mich ständig zum Rauchen verführen. Aber ich habe widerstanden, wie Sie sich denken können!«

Er lachte laut auf, was ihm einen strengen Blick des Portiers einbrachte, und lotste Matteo in den verwaisten Frühstücksraum.

»Ich habe schon gestern Abend nachgeschaut: Da steht ein Kaffeeautomat, den müssen wir nur zum Laufen bringen. Immerhin das!«

Sie nahmen ihre gefüllten Tassen mit nach draußen und standen vor einer metallenen, mannshohen eiförmigen Skulptur von Hans Arp. *Goldflammendes Rad, 1962,* gab ein Schild Auskunft.

»Kennen Sie die Geschichte des Monte Verità?«, fragte Orler. »Das hier war Ende des vorletzten Jahrhunderts ein spannender Ort. Eine Anlaufstelle für Visionäre, Spinner, Anarchisten und Nonkonformisten. Keine Ahnung, ob es wirklich gut gewesen ist. Lustig war es bestimmt.«

»Jemand wie ich war aber nicht sehr willkommen«, antwortete Matteo. »Alles Vegetarier, wenn ich das richtig gelesen habe«, sagte er und griff nun doch nach der Schachtel mit den Futuras.

»Keine Sorge, Sie bekommen keine.« Matteo entzündete erst sein Zippo und dann die Zigarette.

»Ach, seien Sie nicht so, Basso, Sie wissen genau, dass ich das nicht aushalte. So kurz vor unserem Einsatz. Wie schätzen Sie eigentlich Bergamaschi ein? Wird er einfach das Geld übergeben oder hat er irgendeinen anderen Plan?«

Matteo reichte Orler eine Zigarette und gab ihm Feuer. Schweigend rauchten sie und blickten versonnen auf den See. Noch waren es über drei Stunden bis zur Geldübergabe, die für den weiteren Verlauf des Tages so entscheidend war.

»Ich glaube«, antwortete Matteo unvermittelt, »dass

Bergamaschi sich an die Regeln halten wird, die der Erpresser aufgestellt hat. Er möchte die Sache hinter sich bringen.«

»Ja, vermutlich haben Sie recht. Mir macht allerdings Sorge, dass das Gelände so weitläufig und unübersichtlich ist. Und ich bin mir immer noch nicht sicher, wer unser Schütze ist. Ist es Bergamaschi, oder ist es jemand anderes? Werden hier heute also nur Totti und Bergamaschi aufeinandertreffen oder gibt es jemand Dritten, von dem wir noch gar nicht wissen?«

»Was ich mich viel eher frage«, entgegnete Matteo, »sind wir uns nicht ein Stück zu sicher, dass es wirklich Totti ist, der sich an diesem lauschigen Örtchen mit Bergamaschi ein Stelldichein gibt?«

Orler schnaufte.

»Jetzt machen Sie die ganze Chose bloß nicht noch komplizierter, als sie ohnehin schon ist. Ich setze auf Totti, jede Wette.«

»Von mir aus sei Ihnen der Hauptgewinn gegönnt«, versicherte Matteo, woraufhin Orler ihm freundschaftlich, aber nicht gerade sanft in die Seite pufft.

Sie gingen über das Gelände und blieben vor der Hauptfassade des Museo Casa Anatta stehen, einem Holzhaus aus den Gründertagen der Kolonie, in dem eine Dauerausstellung über die Geschichte des Ortes untergebracht war. Es öffnete erst um dreizehn Uhr und kam deshalb für die Übergabe nicht infrage. Auch die anderen Gebäude, die sogenannte Licht-Luft-Hütte und das Casa dei Russi, waren vormittags geschlossen. Sie gingen zum Hotel zurück und seitlich an ihm vorbei zu dem kleinen Parkplatz, von dem die Via Monte Verità abging.

»Ich glaube, hier wird die Übergabe stattfinden«, befand Matteo. »Hier lässt sich alles leicht überschauen und man muss keinen Hinterhalt fürchten. Ich jedenfalls würde so einen Ort dem Park vorziehen.«

»Sie haben recht, ich würde auch so entscheiden. Aber wir werden das später auf der Lagebesprechung noch einmal eingehend mit den Kolleginnen und Kollegen diskutieren und die Fragen klären: Wer steht wo, wie wird kommuniziert, ob und wann soll der Zugriff stattfinden – das ganze Theater eben. Aber nun lassen Sie uns reingehen. Mein Magen knurrt und so allmählich sollte es doch Frühstück geben.«

Nach der Lagebesprechung gingen alle Beamten in Position. Es war etwa 08:30 Uhr, als Fabio durchgab, dass Bergamaschi in einem BMW X5 die Grenze in Richtung Brissago überquert hatte. Fünfzehn Minuten später traf der Leiter des Altenheims auf dem Parkplatz ein, den Orler und Matteo drei Stunden zuvor in Augenschein genommen hatten.

Einen Moment lang blieb Bergamaschi stehen, dann wendete er den BMW und parkte ihn rückwärts ein. Offenbar, schloss Matteo, wollte er nach der Übergabe direkt wieder auf die Via Monte Verità fahren.

Er blieb im Wagen sitzen, ohne sich zu rühren. Er wirkte äußerst angespannt, noch immer hielt er das Lenkrad fest umklammert.

Orler berührte Matteo leicht an der Schulter und wies ihn auf einen VW-Bus hin, der die Straße entlangfuhr und ein paar Augenblicke später rechts von Bergamaschis BMW einparkte. Trotz seiner Nervosität musste er grinsen, als dem Bus vier asiatische Touristen entstiegen, die unmittelbar ihre Kameras zückten und Bilder von dem Parkplatz knipsten, bevor sie ihn in Richtung Park verließen. Orler grummelte vor sich hin, ohne dass klar wurde, ob er belustigt oder verstimmt war.

Die Minuten verstrichen. Matteo blickte skeptisch auf seine Courage. Orler zupfte an seinem Ohrläppchen. Nur Nina gab kein Zeichen der Unruhe von sich.

Es war bereits 09:08 Uhr, als sich ein roter Fiat Panda näherte.

»Das ist er«, raunte die Kommissarin.

Der Wagen hielt. Und tatsächlich: Es war Gianluca Totti, der ausstieg. Er verharrte an der Fahrertür. Nun stieß auch Bergamaschi die Wagentür auf. Mit versteinerter Miene ging er auf den Regisseur zu.

»Totti, du Versager! So sieht man sich also wieder. Wie lange ist das her?«

Bergamaschi gab sich alle Mühe, kühl, geradezu lässig aufzutreten. Doch die steifen Bewegungen verrieten seine Nervosität. Matteo schob ein paar Zweige des Busches, hinter dem er sich versteckt hatte, zur Seite, um besser sehen zu können.

Gianluca Totti wirkte vollkommen ruhig.

»Fast auf den Tag genau vierzig Jahre. Hast du das Geld?«

»Ja, das habe ich. Und du, hast du auch den Film dabei?«

»Entspann dich. Es ist alles da. Aber erst will ich das Geld sehen.« Totti wandte den Kopf und drängte nun plötzlich zur Eile. »Mach schnell, da kommen Fahrradfahrer!«

Aus etwa sechshundert bis siebenhundert Metern Entfernung näherten sich zwei Mountainbikefahrer dem Parkplatz. Bergamaschi öffnete die beigefarbene Leinenumhängetasche, die er bei sich hatte.

»Diese Trottel sollen sich mal davonmachen«, schimpfte Orler leise mit Blick auf die Fahrradfahrer. Dann gab er, was eigentlich ohnehin selbstverständlich sein sollte, die Devise aus, auf den Einsatz der Schusswaffen zu verzichten, um nicht Unschuldige zu verletzen.

Totti hielt eine Festplatte in die Höhe. In dem Augenblick, als Bergamaschi die Tasche vor Totti auf dem Asphalt abstellen wollte, gab Orler das Zeichen zum Zugriff.

Beide Männer waren so perplex, dass sie im ersten Moment kaum reagieren konnten. So behände, wie man es ihm gar nicht zugetraut hätte, hatte Orler selbst Bergamaschi gepackt, umgedreht und ihn gezwungen, sich mit beiden Händen auf dem BMW abzustützen.

Zwei Polizisten stürzten sich auf Totti. Ein Handgemenge entspann sich. Die Festplatte, die Totti bei sich trug, fiel zu Boden und zersprang auf dem Pflaster des Parkplatzes. Diesen Moment der Irritation nutzte einer der Beamten und überwältigte den Regisseur. Totti schnaufte. Er erkannte offenbar, dass es zwecklos war, Widerstand zu leisten. Nun fanden sich auch die übrigen Einsatzkräfte ein, die über den Park verteilt gewesen waren, und die Szenerie beruhigte sich allmählich.

Matteo sah, wie die Radfahrer abgestiegen waren und das Geschehen aus sicherer Entfernung beobachteten, dann aber wohl entschieden, dass sie genug gesehen hatten, und davonradelten.

»So, das hätten wir also«, sagte Orler an Nina gerichtet, die sich gemeinsam mit Matteo während des Zugriffs im Hintergrund gehalten hatte. »Wollen Sie zuerst mit Bergamaschi reden und ich spreche mit Totti, oder machen wir es gemeinsam und der Reihe nach?«

»Ich denke, wir sollten die beiden gemeinsam verhören. Hier oder im Präsidium?«

»Wir lassen die beiden ins Präsidium bringen. Und wenn Basso und Sie dann in etwa einer Stunde dort sein könnten, wäre das gut.«

»Hm.« Nina bückte sich und sammelte die Teile der zerstörten Festplatte auf. »Ich würde nicht darauf wetten, dass man die wieder flicken kann.«

Als sie sah, wie die Andeutung eines Lächelns Bergamaschis Mund umspielte, ging sie einen Schritt auf den Altenheimdirektor zu und maß ihn mit einem Blick, der nicht zu deuten war.

Als Nina und Matteo alleine waren, setzten sie sich auf die Dachterrasse und bestellten zwei Caffè. Matteo rauchte und Nina lehnte die ihr angebotene Futura ab, denn es waren nur noch drei in der Packung.

»Wird Zeit, dass wir nach Italien zurückkehren. Sonst bekommst du noch schlechte Laune. Aber vielleicht geht jetzt alles ganz schnell. Was meinst du, Matteo?«

»Bergamaschi wird schweigen und sich auf sein Aussageverweigerungsrecht berufen oder uns irgendwelche Lügengeschichten auftischen, aber Totti wird reden. Das habe ich im Gefühl. Und dann wissen wir zumindest, woher Totti und Bergamaschi sich kennen und was sich vor vierzig Jahren ereignet hat. Aber damit ist noch niemand des Mordes überführt, fürchte ich.«

»Ja, ohne die Festplatte, auf der sich irgendetwas befindet, das Bergamaschi 100 000 Euro wert ist, wird es vermutlich sogar schwer, Bergamaschi festzuhalten. Im Moment steht er als Opfer da, er wurde erpresst.«

Giuanluca Totti saß auf der einen Seite von Orlers Besprechungstisch, Nina und Matteo hatten auf der gegenüberliegenden Platz genommen. Orler lehnte am Fenster.

»Wollen Sie anfangen, Totti, oder sollen wir Ihnen Fragen stellen? Was ist Ihnen lieber?«, fragte der Commissario.

»Vor allem möchte ich wissen, wie lange ich hier festgehalten werde. In ein paar Stunden wird im PalaCinema mein Film gezeigt.«

Matteo stutzte.

»Ich dachte, der ist gerade auf dem Parkplatz zerschellt.«

»Glauben Sie ernsthaft, ich hätte Bergamaschi etwas anderes als eine Kopie gegeben? Ich habe mich auch ganz schön gewundert, dass er so naiv ist. So kenne ich ihn gar nicht. Aber er hat so ausdrücklich darauf bestanden, dass ich ihn nicht enttäuschen wollte.«

Tottis Grinsen war voller Verachtung, dann wurde er ernst.

»Aber noch mal zur Premiere: Werde ich dabei sein können?«

»Das hängt davon ab, was Sie uns erzählen werden, Signor Totti«, antwortete Nina. »Wo befindet sich der Film denn überhaupt? Laut Festivalleitung wollten Sie ihn zur Aufführung mitbringen. Und, um eine zweite Frage anzuschließen: Was zeigt der Film? Was macht ihn so brisant? Welche Lebenstragödie wird in *La tragedia della sua vita* denn verhandelt? Ihre, die von Bergamaschi, die von Karlotta Tramboni?«

Totti inspizierte für einige Sekunden seine akkurat manikürten Hände. Dann richtete er seinen Blick auf Nina.

»Das sind mehr als zwei Fragen, Signora. Und wie bei fast jeder großen Tragödie ist nicht nur ein einzelnes Leben davon betroffen. Von daher, ja, es ist Karlotta Trambonis Tragödie, es ist die Tragödie ihrer Freundin Monica Morelli und es ist die Tragödie von Maria Sagnelli. Und vor allem die eines Menschen, der seit vierzig Jahren nicht mehr lebt. Auch ich war betroffen, am Rande, und habe meine Konsequenzen daraus gezogen. Ich weiß, was Sie gestern von Karlotta erfahren haben. Sie hat mich angerufen. Deshalb sage ich Ihnen, was sich damals ereignet hat, auch wenn ich damit meinem Film vorgreife. Und eigentlich ist die Geschichte schnell erzählt. Sie ist nicht einmal etwas Besonderes.«

Gespannt beugte sich Matteo ein Stück vor.

»Als wir 1979 *Quasi un sogno* in Florenz drehten, wohnten Maria Sagnelli, Monica Morelli und eine junge, noch minderjährige Schauspielerin, ihr Name war Silvana Abate, in der Wohnung, die uns die Produktionsfirma zur Verfügung gestellt hatte. Ich hatte an dem Abend Karlotta Tramboni zum Essen ausgeführt, ein Rendezvous, wie ich hoffte. Das sollte es allerdings nicht werden.«

Er seufzte. An Ninas Stirnrunzeln erkannte Matteo die Ungeduld der Kommissarin. Aber noch war es zu früh, um Totti zu ermahnen, rascher zum Wesentlichen zu kommen und sich nicht in der Erinnerung an alte Verliebtheiten zu verstricken. Aber auch ohne Aufforderung kam der Regisseur nun umgehend zum Punkt.

»In der Wohnung hielten sich an diesem Abend auch der Produktionsleiter, sein Assistent und der Beleuchter auf. Ich möchte Ihnen die Details nicht zumuten, aber am Ende des Abends wurden Maria Sagnelli und Silvana Abate vergewaltigt. Monica Morelli gelang es, sich im Bad einzuschließen. Der Produktionsleiter hieß Arturo Bergamaschi.«

»Bergamaschi war beim Film?«, fragte Matteo überrascht.

Totti nickte.

»Aber warum wurden die Männer damals nicht verurteilt?«

»Aus mehreren Gründen. Aber vor allem, weil Silvana Abate sich vor dem Hauptprozess das Leben nahm und Maria Sagnelli sich in psychiatrischer Behandlung befand und nicht fähig war, auszusagen. Und Monica Morelli hatte nichts gesehen. Sie hatte sich ja im Bad eingesperrt.«

»Warum haben Sie Ihren Film, ich meine den, der heute laufen soll, dann nicht schon damals gedreht?«, fragte Nina.

»Damals hätte der Film wohl auch nicht mehr bewirkt, als es der Gerichtsprozess getan hat. Außerdem baten mich die Familien von Silvana Abate und Maria Sagnelli, mich nicht öffentlich zu den Ereignissen zu äußern. Das habe ich respektiert, auch wenn es mir aus heutiger Sicht falsch vorkommt. Einerseits trauerten sie, andererseits schämten sie sich auch dafür, dass ihren Töchtern so etwas widerfahren ist.«

»Aber mussten Sie deshalb gleich Ihren Beruf als Regisseur aufgeben?« Nina warf Matteo einen skeptischen Blick zu.

Totti vergrub das Gesicht in den Händen. Nur für ein paar Sekunden, dann schaute er auf. Er schien gewillt zu sprechen. Und er war vorbereitet auf das, was er aussagen wollte. Als hätte er damit gerechnet, dass die Übergabe platzen und er von der Polizei vernommen werden würde, ging es Matteo durch den Kopf. Nein, korrigierte er sich umgehend, natürlich hatte Totti seine große Offenbarung für die Filmvorführung geplant.

»Ich war für Silvana Abate und Maria Sagnelli verantwortlich und habe sie im entscheidenden Moment alleingelassen und nicht geschützt. Und mir wurde bewusst, dass ich es in dieser Branche immer wieder mit

Typen wie Bergamaschi zu tun bekommen würde. Plötzlich erschien es mir unmöglich, weiterzumachen.«

Matteo vernahm in seinem Rücken Orlers empörtes Schnaufen. Er blickte zu Nina, die neben ihm saß, und erkannte in ihren Augen Wut. Matteo selbst ging es ähnlich wie den beiden.

»Mir kam die Idee zu dem Film erst«, fuhr Gianluca Totti fort, »als ich hörte, dass Arturo Bergamaschi eine Seniorenresidenz betrieb und zu Geld gekommen war. Und dann las man plötzlich überall von der MeToo-Debatte, von all den Fällen sexuellen Missbrauchs, nicht nur in der Filmbranche. Und da wurde mir mit einem Mal klar – und das denke ich eigentlich immer noch –, dass ich jetzt noch die Chance habe, den Opfern ihre Würde zurückzugeben. Und dass ich die Täter anklagen kann, auch wenn die Taten juristisch nicht mehr geahndet werden können.«

»Oder haben Sie nicht doch auch die Chance gesehen, selbst noch einmal ins Rampenlicht zu treten?«, hakte Nina nach.

Totti schüttelte entschieden den Kopf.

»Ich wollte mich mit dem Film hinter die zahlreichen Schauspielerinnen stellen, die endlich ihre Stimme erheben, und die hundertdreißig italienischen Journalistinnen, die das MeToo-Manifest unterschrieben haben, um auf sexuelle Belästigung und Übergriffe am Arbeitsplatz aufmerksam zu machen. Sie kritisieren, wenn ich den Wortlaut richtig erinnere, ein Kultursystem, das Frauen diskriminiert, beleidigt und benachteiligt. Genau davon erzähle ich mit filmischen Mitteln und anhand konkreter Ereignisse. Weil ich vor vierzig Jahren diese schrecklichen Dinge mitangesehen und geschwiegen habe. Dieser Film ist auch ein Akt der Selbstbefreiung, wenn Sie verstehen.«

Wieder vergrub er das Gesicht in den Händen. Matteo hörte, wie Orler ungeduldig auf die Fensterbank trommelte.

Totti murmelte etwas Unverständliches.

»Wenn Sie etwas deutlicher artikulieren könnten, wären wir Ihnen sehr verbunden«, rumpelte Orler aus dem Hintergrund.

Totti nahm die Hände vom Gesicht und straffte sich.

»Was für ein Unheil, dass ich durch diesen Film eine weitere Frau geopfert habe.«

»Sie sprechen von Simona Morelli?«, fragte Matteo.

»Ja, glauben Sie denn nicht«, Tottis Augen waren gerötet, »dass Bergamaschi sie getötet hat?«

Nina zuckte die Schultern.

»Das ist noch nicht bewiesen.«

Nun war es Totti, auf dessen Gesicht sich Empörung abzeichnete. Aber er verkniff sich einen Kommentar.

Nina erhob sich nun ebenfalls.

»Wenn das alles stimmt, was Sie uns eben erzählt haben«, wandte sie sich erneut an den Regisseur, »würden Sie dann sagen, dass Sie dadurch einen Freibrief bekommen haben, Bergamaschi zu erpressen? Oder war das einfach eine späte Rache und die Möglichkeit, sich zu bereichern? 100 000 Euro, das ist viel Geld.«

»Ich weiß, dass ich mich dafür verantworten muss«,

gab Totti, ohne zu zögern, zurück. »Allerdings war es nicht meine Idee. Bergamaschi sollte buchstäblich bezahlen, er sollte den Film finanzieren, der seine Schuld offenlegt. So hat sich Simona das gedacht. Und Karlotta wohl auch ein wenig. Ich habe das Ganze dann ausgeführt.«

»Aber woher wussten Sie denn, dass Bergamaschi sich an den Bewohnern seiner Residenz bereicherte, indem er sich deren Vermögen erschlich? War das der Grund, warum Simona dort arbeitete? Sollte sie Beweise zusammentragen?«, fragte Matteo.

»Nein, die Sache fing ganz anders an und ist dann irgendwann aus dem Ruder gelaufen. Als ich Karlotta fragte, ob sie bei dem Film eine Rolle übernehmen wolle, ging es mir zunächst nur um sie. Dass Simona in die Rolle ihrer eigenen Mutter schlüpft, war Karlottas Vorschlag. Und ich werfe mir vor, dass ich zugestimmt habe und sogar fand, dass diese Idee ausgezeichnet war. Simona erfuhr irgendwann von Bergamaschi und auch davon, dass er in Traffiume ein Altenheim leitete. Wenn es stimmt, was sie mir gesagt hat, dann ist sie dorthin gegangen, um sich für ihre Rolle vorzubereiten. Sie wollte Bergamaschi beobachten, ihm im Alltag begegnen.«

»Aber«, fragte Matteo, »warum hat Bergamaschi überhaupt zugelassen, dass Simona Morelli dort arbeitet? Er wusste doch wahrscheinlich, wessen Tochter sie war?«

»Ja, das wusste er wohl, aber er ging wohl nicht davon aus, dass sie für ihn zum Problem werden könnte. Und weil er, ich kann auch irren, zunächst sogar glaubte, dass er davon profitiert, wenn eine so bekannte Persönlichkeit wie Simona Morelli mit ihm und der Residenz in Verbindung gebracht wird. Und es war ja auch reiner Zufall, dass sie mitbekommen hat, dass Bergamaschi einzelne Bewohner um ihr Geld gebracht hat.«

»Und welche Rolle spielte Emanuele Giunti dabei?«, wollte Orler nun wissen.

»Das kann ich Ihnen nicht mit Sicherheit sagen. Ich nehme an, dass er Simona zunächst unterstützt hat und dann Angst bekam. Dass Simona und er sich getrennt haben, hatte jedenfalls mit der Sache zu tun. Nachdem Simona erschossen wurde, wollte er die Geldübergabe trotzdem unbedingt durchziehen. Ich glaube, auch er hält Bergamaschi für Simonas Mörder. Er wollte ihn überführen.«

»Verstehe«, antwortete Orler und zerknautschte, wie Matteo mit einem Blick über die Schulter sah, sein Kinn so stark, als würde er eine unreife Zitrone ausquetschen wollen. »Ich glaube Ihnen, Totti. Aber warum wurde dann bei Ihnen eingebrochen? Warum hat Bergamaschi Sie mit der Erpressung in Verbindung gebracht?«

»Das müssen Sie ihn selbst fragen. Als er die Ankündigung im Programmheft des Filmfestivals gelesen hat, hat er zwar nicht gewusst, worum es in *La tragedia della sua vita* geht, aber als er die Namen von Karlotta, Simona und mir gelesen hat, wird ihm alles klar gewesen sein. Er dachte wohl, dass ich das alles inszeniert hätte und dass das ihn belastende Material bei mir zu finden sei.«

»Und das heißt, ich frage Sie das noch einmal: Sie halten Bergamaschi für den Mörder von Simona Morelli?«

»Sie etwa nicht?«, antwortete Totti und blickte Orler durchdringend, beinahe hilfesuchend an.

»Es klingt makaber, aber das hoffe ich. Ich hoffe es für Sie, Totti. Denn wenn er es nicht ist, dann sind Sie immer noch in Gefahr. Bei Ihrer Filmpremiere gleich, da werde ich anwesend sein, so wie einige andere Polizisten, aber wir können Sie nicht immer schützen!«

»Das heißt, ich kann gehen?«, fragte Totti.

Matteo und Nina gaben Orler durch ein Nicken zu verstehen, dass sie mit seiner Entscheidung einverstanden waren.

»Fürs Erste, ja.«

Gianluca Totti stand auf. Die grauen Haare hingen ihm so wirr ins Gesicht wie an dem Abend, an dem Matteo ihn das erste Mal gesprochen hatte.

12

Arturo Bergamaschi saß im Verhörraum des Präsidiums, neben ihm sein Anwalt, der umgehend aus Verbania nach Locarno gekommen war. Er sei sowohl in Italien als auch im Tessin tätig, weil er vor allem in der Schweiz lukrative Fälle verhandeln könne, das hatte der in einen Zweireiher in Metallicblau gekleidete Mann, der unmittelbar Matteos Abscheu erregt hatte, gleich eingangs bekundet.

Nun argumentierte er, dass sein Mandant umgehend freizulassen sei, denn er sei erpresst worden und dafür, dass er in den Mord und das Attentat verwickelt sei, gebe es keinerlei Beweise.

»Muss ich Ihnen wirklich Ihre Pflichten vorbeten?« Mit einem süffisanten Lächeln musterte er die Anwesenden. »Wenn keine konkreten Verdachtsgründe bestehen, müssen Sie jede Person nach der Feststellung ihrer Identität unverzüglich freilassen. Und ich wüsste gern, was Sie meinem Mandanten konkret vorzuwerfen haben, denn genau das wäre laut Gesetz die Voraussetzung, um ihn überhaupt festhalten und einem Richter vorführen zu können«, sagte der Avvocato arrogant.

»Nun, mir fällt da schon das ein oder andere ein, um Signor Bergamaschi noch ein Weilchen hierzulassen: Fluchtgefahr, Verdunklungsgefahr und dann ist da noch ein Amtshilfegesuch der italienischen Kollegen anhängig. Kommen Sie in vierundzwanzig Stunden wieder, dann sehen wir weiter«, antwortete Orler, und hielt sich dabei Matteos Futura unter die Nase, die arg gelitten hatte, sie war in der Mitte durchgebrochen. »Oder wir melden uns vorher bei Ihnen, falls Ihr Mandant doch noch mit uns sprechen möchte.«

»Ich habe nichts zu sagen«, brauste Bergamaschi mit einem Mal auf, »und ich habe nichts zu tun mit dem, was Simona Morelli und Emanuele Giunti geschehen ist.«

»Aber Sie hatten ein Motiv, eigentlich sogar zwei«, erwiderte Nina. »Zum einen wurden Sie von Morelli und Giunti erpresst, und zum anderen gibt es da diesen Film von Gianluca Totti, in dem Ihnen indirekt eine Vergewaltigung vorgeworfen wird.«

Bergamaschi schüttelte wie wild den Kopf.

»Ich habe keine Ahnung, von was für einem Film Sie sprechen. Und, und …« Er rang um Fassung. »Was soll das heißen, Vergewaltigung? Wenn Sie von diesen haltlosen Vorwürfen sprechen, die Jahre zurückliegen – da war nie etwas dran.«

Grob schob er seinen Stuhl nach hinten, der nur durch das beherzte Eingreifen des Anwalts am Umfallen gehindert wurde.

»Rufmord«, brüllte er, »nichts anderes als Rufmord ist

das! Damals und heute. Jemand will meine Existenz zerstören, begreifen Sie das denn nicht?!«

Orler ließ sich durch Bergamaschis Ausbruch keinen Deut beeindrucken.

»Ich gehe davon aus, dass Sie das Gespräch später fortsetzen und sich nun erst einmal in Ihrer Zelle ein wenig beruhigen wollen?«, fragte er betont freundlich.

Bergamaschi sank in sich zusammen und murmelte eine Zustimmung.

Beinahe amüsiert registrierte Matteo, wie Bergamaschis Anwalt kurz zum Einspruch ansetzte, sich dann aber mit verkniffenem Mund ebenfalls erhob. Orler rief einen Beamten herbei, der die beiden hinausbrachte.

Zwei Stunden darauf saßen Matteo und Nina in einem Restaurant an der Piazza Grande, auf der die Vorbereitungen für die abendliche Filmvorführung auf Hochtouren liefen.

Nach der Premiere am Sonntag hatten einige Umbauten stattgefunden. Die Stelle, an der Simona Morelli erschossen worden war, gehörte nicht mehr zum abgesperrten Bereich, denn sie war zum Ort des öffentlichen Gedenkens geworden. Ein Meer aus Blumen, Kerzen, Fotografien, Stofftieren und anderen Dingen, die an die Tote erinnern sollten, bedeckten das Pflaster. Vor allem junge Menschen hielten eine Art Mahnwache.

Das Ganze spielte sich allerdings am anderen Ende des Platzes ab, und Matteo war froh, hier auf der Terrasse zu sitzen und mit Nina für schlappe vierundzwanzig Franken je Teller zwei Portionen Rigatoni al sugo di salsiccia zu essen. Er wollte sich gerade über den Geschmack der Salsiccia mokieren, als er glaubte, eine Erscheinung zu haben. Keine fünfzig Meter von ihnen entfernt tauchte Karlotta Tramboni in Begleitung von Flavio und Beppo im Gewimmel auf.

Nina, die seinem Blick gefolgt war, schüttelte ebenfalls ungläubig den Kopf, erhob sich dabei, um die drei zu begrüßen. Matteo blieb sitzen und erinnerte sich an den Traum, den er in der Nacht gehabt hatte.

»Flavio, Auto-Doktor. Nicht alles, was er tut, ist legal!«, sagte er zur Begrüßung, um einen Scherz zu machen.

Flavio und Karlotta Tramboni schauten ihn verdattert an, aber Beppo lachte laut auf.

»Du vertrocknete Mohrrübe, das heißt ›Fabio, Auto-Doktor. Nicht alles, was er tut, ist legal!‹, nicht ›Flavio‹.«

»Wovon redest du? Und warum klingst du dabei wie ein Pfarrer?«, fragte Matteo nun selbst verwirrt.

»Wovon wohl, Fleischermeisterchen, natürlich von *The American* von Anton Corbijn, dem Film mit George Clooney in der Hauptrolle, der in den Abruzzen spielt.

»Du hast einen Film mit George Clooney gesehen?!«, echauffierte sich Nina gespielt dramatisch.

»Habe ich gar nicht«, sagte Matteo bestimmt, »aber das glaubt mir natürlich keiner.«

»Aber ich habe ihn gesehen«, sagte Karlotta Tramboni. »Allerdings nur, weil der von mir hochgeschätzte Paolo Bonacelli den Padre Benedetto gespielt hat. Und der sieht ja in der Tat ein bisschen aus wie Signor Beppo«, lachte sie.

Beppo strahlte erfreut über das ganze Gesicht, aber Flavio konnte das so nicht stehenlassen: »Aber wenn überhaupt, dann ähnelt Beppo dem wunderbaren Paolo Bonacelli nur in der Rolle des eingebildeten Kranken von Molière. In dem Stück sieht Bonacelli auch immer so, so … so derangiert aus.«

Beppo schnaufte: »Aber als Chauffeur ist Signor Beppo gerade gut genug, nicht wahr, Signor Flavio?«

Matteo verdrehte die Augen, beide verstanden und schwiegen.

»Möchtet ihr euch nicht setzen?« Nina machte eine einladende Geste.

»Das ist sehr freundlich, gern«, bedankte sich Karlotta Tramboni.

»Sie fragen sich sicher«, fuhr die Schauspielerin fort, nachdem alle einen Platz gefunden hatten, »warum ich mich anders entschieden habe? Die beiden Herren haben mich überredet. Als ich heute Morgen erwacht bin, dachte ich, dass es schön wäre, nach meinem Treffen mit Maria Sagnelli – Sie erinnern sich? Sie haben sie am Lido von Cannero Riviera gesehen – Flavio in seiner Werkstatt aufzusuchen, und ich muss sagen, die drei Herren sind fast so berühmt wie ich. Jeder, den ich nach dem Weg fragte, wusste Bescheid und kannte die Auto-Doktoren von Cannobio. Und weil die beiden Luigi noch ein paar Zutaten für gefüllte Pilzravioli vorbeibringen mussten, habe ich auch Ihre Macelleria kennengelernt. Was für eine originelle Berufskombination, Signor Basso.«

Matteo wusste nicht, ob das jetzt ein Kompliment

oder nur Small Talk sein sollte, und es war ihm auch egal. Er schwankte in seiner Einschätzung, was Karlotta Tramboni betraf. Einerseits fand er sie sympathisch und es freute ihn, dass Flavio in ihrer Begleitung so aufblühte, andererseits war ihm nach all den Gesprächen mit ihr nicht klar, wie vertrauenswürdig sie wirklich war.

»Es ist eine schöne Arbeit«, erklärte er, um nicht unhöflich zu erscheinen. »Man hat nach acht Stunden das Ergebnis seiner Arbeit vor sich. Und das ist ehrlich und ohne doppelten Boden. Eine Salsiccia ist eine Salsiccia, sie gibt nicht vor, etwas anderes zu sein, nur hier in Locarno«, er schaute auf seinen fast leer gegessenen Teller, »ist das mitunter etwas anderes. Aber lassen Sie uns später weiterreden, nach dem Film. Nina Zanetti und ich müssen jetzt los. Wir sind mit Comissario Orler im PalaCinema verabredet. Bis nachher.«

»Eine Salsiccia ist eine Salsiccia! Ich wusste gar nicht, dass ein Wurstosoph in dir schlummert, Matteo, oder wie heißt diese Wissenschaft?« Nina schüttelte sich geradezu vor Lachen.

Matteo steckte sich eine Futura an und guckte grimmig, als er die zwei verbliebenen wieder einsteckte, musste dann aber selbst lachen. »Die Philosophie des Schinkenbrotes ist noch nicht geschrieben, wohl wahr, aber das kann ja noch werden. Und wenn ich dann deine Hilfe brauchen sollte, sag ich gerne Bescheid.«

Sie erreichten das PalaCinema und ertappten Orler, der vor der Tür stand und rauchte. Als er Matteo und

Nina sah, gab er die Zigarette an den Mann weiter, der neben ihm stand und dem sie offenbar gehörte.

»Sagen Sie jetzt nichts, Basso. Wir müssen nur noch diese Filmvorführung hinter uns bringen und schon höre ich wieder auf, denn meine Frau ahnt schon was. Gestern hat sie mich gefragt, ob ich wieder rauche, denn ihr sei aufgefallen, dass ich plötzlich so ausgeglichen sei. Was sie damit wohl meint? Aber egal. Also, wir haben im Saal vier Kollegen platziert und sechs hier draußen. Dazu kommen wir drei, das sollte wohl reichen. Der Einlass beginnt in einer halben Stunde.«

Eine der ersten Personen, die das Foyer des Kinos betraten, als dreißig Minuten darauf die Türen geöffnet wurden, war zu Matteos Überraschung Klara Morelli. Sie war ganz in Schwarz gekleidet, trug allerdings kein Kleid wie bei ihren vergangenen Begegnungen, sondern eine Lederjacke und eine weite Stoffhose.

Sie wich Matteos Blick aus und strebte der gegenüberliegenden Seite des Foyers zu, wo sich die Toiletten befanden. Es war offenkundig, dass sie keine Lust hatte, sich mit ihm zu unterhalten. Nun erinnerte sie ihn wieder an die bärbeißige Frau, die er bei seinem ersten Besuch am Comer See angetroffen hatte. Von der verbindlichen Person, die sich um die aufgelöste Mutter gekümmert hatte, schien wenig geblieben.

»Hast du gesehen, was ich gesehen habe?«, fragte Nina.

»Allerdings.«

Matteo kratzte sich nachdenklich den Nacken. Dann

setzte er Orler über das Eintreffen der Schwester Simona Morellis in Kenntnis.

Orler pfiff durch die Zähne.

»Und was, vermuten Sie, treibt die Schwester hierher? Nur ihr Interesse am letzten Film der Toten?«

»Diesem Menschen stehe ich ein wenig ratlos gegenüber«, gab Matteo zurück.

»Schwer zu durchschauen, in der Tat«, bestätigte Nina.

»Nun gut«, entschied Orler. »Falls sie sich hier als rächende Amazone aufspielen will, schicke ich mal jemanden in die Waschräume, um zu gucken, ob die Lady nicht eine Knarre im Strumpfband mit sich trägt.«

Halb zweifelnd, halb beunruhigt blickte Nina zu Matteo hinüber. In diesem Moment öffnete sich die Tür, die zu den Toiletten führte, und Klara Morelli kehrte zurück ins Foyer. Sie hatte knallroten Lippenstift aufgelegt.

»Sieht schon etwas nach Amazone aus«, brummte Orler. »Ich geselle ihr jemanden an die Seite.«

»Können Sie noch jemanden entbehren?«, fragte Matteo, der eine weitere bekannte Person am Eingang des Kinos erblickt hatte.

Orler folgte seinem Blick.

»Kontext, bitte!«

»Diese Frau dort drüben in dem türkisfarbenen Kleid …«

»Ach, das ist ein Kleid«, lästerte Orler, »ich hatte auf ein eingelaufenes T-Shirt getippt. Aber meine Frau wirft mir regelmäßig vor, dass ich nichts von Mode verstehe.«

»Es handelt sich um eine Schauspielkollegin von Simona Morelli«, fuhr Matteo fort, ohne auf Orlers Einwurf einzugehen. »Ich habe nach dem Mord kurz mit ihr gesprochen, auf dieser Schrumpfversion einer Premierenfeier.«

Orler knautschte wieder einmal mit Daumen und Zeigefinger sein Kinn zusammen. Offenbar versuchte er sich zu erinnern, ob er die Schauspielerin auch kannte. Dann schüttelte er den Kopf.

»Sie hat mir nicht besonders viel Aufschlussreiches erzählt«, erklärte Matteo. »Aber sie hat ziemlich viel Gift verspritzt gegen Simona Morelli.«

»Was unter Konkurrentinnen vorkommen soll«, sagte Orler.

»Was aber«, schaltete sich Nina ein, »kurz nach der Ermordung der Konkurrentin durchaus ein wenig ungewöhnlich ist. Und unpassend noch dazu.«

Matteo wiegte den Kopf.

»Eben, es ist so unpassend, dass ich es fast schon wieder entlastend finde. Wenn sie – mir fällt leider ihr Name nicht mehr ein – wirklich etwas mit dem Mord zu tun hatte, dann hätte ich an ihrer Stelle tunlichst geschwiegen. Ich hätte schon gar nicht schlecht gesprochen über die Tote.«

»Vielleicht hat sie nicht so weit gedacht«, entgegnete Nina.

Orler zückte sein Telefon.

»Also zweimal Begleitservice.«

In diesem Moment klingelte Ninas Telefon.

»Pronto? Fabio, was gibt es denn?«

Matteo erkannte Überraschung in Ninas Blick,

während sie ihrem Assistenten zuhörte. Konzentriert lauschte sie und winkte Matteo und Orler näher zu sich.

»Warte mal kurz, Fabio, ich stelle dich auf laut. Kannst du wiederholen, was du mir gerade erzählt hast, bitte?«

Orler und Matteo beugten sich ein wenig vor, um trotz der Geräuschkulisse, die sie umgab, verstehen zu können, was er herausgefunden hatte.

»Allora.« Ninas Assistent räusperte sich, wie Matteo fand, ein wenig theatralisch, als wollte er einen großen Auftritt vorbereiten. »Ich hielt es für sinnvoll, nicht nur die Todesfälle zu überprüfen, sondern auch ein paar Informationen über Bergamaschis Umfeld zusammenzutragen. Die Vergangenheit von Anna Baudo erscheint mir ganz interessant.«

Orler schüttelte fragend den Kopf, um zu bekunden, dass er den Namen spontan nicht zuordnen konnte.

»Die Sekretärin von Bergamaschi«, raunte Matteo ihm zu.

»Anna Baudo hat eine bemerkenswerte Karriere hinter sich.« Wieder machte Fabio eine bedeutungsschwangere Pause, was Matteo nicht nur ungeduldig, sondern zornig werden ließ. Was meinte dieser Bürohocker, wo sie sich gerade befanden? Am Lido beim Apéro? Als Fabio weitersprach, verflog Matteos Unwillen unmittelbar. Gebannt lauschte er.

»Sie ist Zeitsoldatin bei der Armee gewesen. Vor drei Jahren wurde sie unehrenhaft entlassen. Laut Medienberichten sind in ihrer damaligen Einheit zur gleichen Zeit Waffen und Munition verschwunden. Ich habe mich erkundigt, darunter war auch ein Scharfschützengewehr Kaliber 7,62 mal 51 Millimeter. Gut möglich, dass es sich um die Waffe handelt, mit der auf Morelli und Giunti geschossen worden ist. Wenn Commissario Orler mir die Telefonnummer des Ballistikers gibt, kann ich das gerne mit ihm abklären. Ich habe alle Angaben zu der Waffe, die verfügbar waren, gesammelt. Außerdem war Anna Baudo Mitglied in einem Sportschützenverein in Verbania.«

Nina, Matteo und Orler wechselten einen Blick. Damit schien die Sache klar.

»Großartige Arbeit, Fabio. Ich muss sofort auflegen. Bis später.« Nina drückte den Anruf weg.

»Was hat die Sekretärin damit zu tun?« Orler zerwühlte sich das ohnehin ungekämmte Haar.

»Klären wir später«, entschied Nina. »Wir müssen jetzt hier vor Ort Maßnahmen ergreifen.«

»Sie haben recht, wir müssen die Sache hier sofort abblasen.« Orler zückte sein Telefon. Matteo fasste den Commissario am Arm.

»Einen Moment, Orler, vielleicht ist das keine so gute Idee. Wir müssen Totti und Karlotta Tramboni von hier fernhalten. Anna Baudo hat es auf sie abgesehen. Wir können die Gäste und Zuschauer reinlassen. Ihnen wird nichts geschehen, solange die beiden nicht hier auftauchen. Und in der Zeit haben wir vielleicht die Möglichkeit, Anna Baudo ausfindig zu machen. Haben Sie einen Hubschrauber?«

»Spricht da jetzt der Polizeipsychologe, oder ist da der Wunsch der Vater des Gedankens?«, fragte Orler.

»Der Polizeipsychologe. Ich bin sicher, es kommt niemand zu Schaden. Und mit etwas Glück bekommen wir Baudo zu fassen.«

»Lasst uns reingehen«, sagte Nina. »Falls wir tatsächlich schon von ihr beobachtet werden.«

Sie gingen ins Foyer des PalaCinema.

»Wenn Matteo recht mit seiner Annahme hat«, Nina sprach leise, aber bestimmt, »dann müssen wir als Allererstes Totti warnen und hoffen, dass er nicht jeden Augenblick hier auftaucht. Vielleicht haben wir Glück und es ist noch nicht zu spät.«

»Ja«, sagte Orler gequält, »ja, machen Sie das so schnell wie möglich. Ich kümmere mich um den Rest. Ein Hubschrauber ist viel zu auffällig, aber wir haben eine Drohne. Wenn sich Anna Baudo hier irgendwo auf einem Dach aufhält, werden wir sie finden. Und Basso, können Sie Karlotta Tramboni abfangen?«

Karlotta Tramboni ging unmittelbar, nachdem Matteo ihre Nummer gewählt hatte, ans Telefon und lauschte seinen Ausführungen, ohne ihn zu unterbrechen. Erst als Matteo zum Ende gekommen war, wiederholte sie:

»Flavio, Beppo und ich werden hier auf Sie warten. Wir haben den Tisch, an dem wir eben gemeinsam gesessen haben, noch nicht verlassen.«

»Können Sie mir den Namen des Restaurants bitte noch einmal sagen?«

»Valentino.«

»Danke.« Matteo legte Nachdruck in seine Stimme. »Ich möchte Sie dringend bitten, nicht auf der Terrasse zu warten, sondern sich ins Innere des Restaurants zu begeben. Bitte halten Sie sich nicht in Fensternähe auf.«

Karlotta Trambonis Stimme zitterte leicht, als sie antwortete.

»Gut, Signor Basso, wir machen natürlich, was Sie sagen. Wir gehen jetzt hinein.«

»Es wird gleich jemand kommen und sich um sie kümmern.«

Am Kratzen der Stühle und an den murmelnden Nachfragen der Alten hörte Matteo, dass Karlotta Tramboni sie bereits nach drinnen lotste. Er beendete das Gespräch.

Den Regisseur erreichte er, als dieser gerade die Via Antonio Ciseri in Höhe des Kurparks entlanggging, keine fünfhundert Meter vom PalaCinema entfernt. Nur mit Mühe war er davon zu überzeugen, seinen Weg nicht fortzusetzen und stattdessen im Kursaal des Teatro di Locarno auf die Einsatzkräfte zu warten.

Nachdem Matteo aufgelegt hatte, blickte er sich suchend nach Orler und Nina um. Sie standen am Ende des Foyers an einem Tisch und sprachen miteinander. Während er sein Telefon in die Hosentasche schob, beeilte er sich, zu ihnen zu kommen.

»Ich habe beide erreicht. Sie halten sich in Innenräumen auf und warten dort. Können Sie Beamte schicken, um Totti, Karlotta Tramboni und die beiden Alten aufzulesen und in Sicherheit zu bringen?«

»Die Kollegen sind schon informiert, sie brauchen nur noch die genauen Aufenthaltsorte«, antwortete Orler.

»Tramboni ist im Valentino auf der Piazza Grande und Totti im Kursaal des Teatro di Locarno.«

Orler gab die Informationen weiter.

»Ich schlage vor«, wandte er sich dann an Nina und Matteo, »dass wir den kleinen Raum dort drüben zu unserer Einsatzzentrale machen.«

Während er das sagte, schob er die beiden bereits durch eine Tür neben dem Kinosaal.

»Wir müssen improvisieren, aber wir werden das schon hinbekommen. Nina, ich bitte Sie, den Eingangsbereich und den Kinosaal im Auge zu behalten. Damit Anna Baudo keinen Verdacht schöpft, sollten wir so tun, als ob die Vorführung pünktlich beginnen würde. Wir werden die Besucher ganz normal ins Foyer und den Saal lassen. Die Einlasskontrolle wird von Kollegen in Zivil vorgenommen. Sie werden eingreifen, falls sich Anna Baudo wider Erwarten Zugang zum Saal verschaffen will. Ich werde mich hier verschanzen und auf die Kollegen aus dem Präsidium warten, die hier gleich mit dem Equipment aufschlagen werden, mit dem wir die Aufnahmen der Drohne sehen können. Eine Einsatztruppe hält sich bereit, die Baudo unschädlich machen soll, falls sie tatsächlich in der Nähe ist.«

»Was haltet ihr davon, wenn wir uns aufteilen und ich mich zu Totti und Tramboni geselle? Falls dort irgendetwas Unvorhergesehenes geschieht?« Es war mehr eine bereits getroffene Entscheidung als eine Frage, die Nina formulierte.

Orler nickte kurz, und Matteo sah seiner Freundin mit leichtem Unbehagen nach. Ganz wohl war ihm nicht bei der Vorstellung, dass sich in einem der Häuser, an denen sie vorbeilief, eine Scharfschützin versteckt hielt. Andererseits war Nina in Zivil und Anna Baudo hatte sie noch nie gesehen. Matteo atmete tief durch.

Der Einlass begann. Zahlreiche Menschen strömten ins Innere des PalaCinema. Die vielen Zuschauer trugen nicht dazu bei, Matteos mulmige Stimmung zu vertreiben. Hoffentlich hatte er Anna Baudo richtig eingeschätzt. Hoffentlich hatte sie es wirklich nur auf Karlotta Tramboni oder Gianluca Totti abgesehen. Oder würde sie sich zu einer Kurzschlusshandlung hinreißen lassen, wenn ihre auserwählten Opfer nicht auftauchten? Oder lag er womöglich falsch mit der Annahme, dass es Baudo ausschließlich um Totti und Karlotta Tramboni ging? Hatte sie vielleicht noch einen Komplizen?

Matteo biss sich auf die Lippen und ließ nervös den Blick durch den Raum schweifen. Sein Mobiltelefon vibrierte in der Hosentasche und signalisierte ihm den Eingang einer SMS. Er schaute aufs Display und las rasch Ninas Nachricht. Die Beamten hatten Karlotta Tramboni, Flavio und Beppo eingesammelt und waren unbehelligt im Kursaal eingetroffen. Dort waren alle in Sicherheit.

Matteo ging zu Orler in die improvisierte Einsatzzentrale. Der Commissario blickte konzentriert auf zwei Monitore, die vor ihm auf einem Tisch standen. Knapp nickte er Matteo zu.

Auf den Monitoren waren die Bilder der zwei Kameras zu sehen, mit der die Drohne ausgestattet war. Ferngesteuert wurde sie von einem bärtigen Beamten, der an einem anderen Tisch vor einem Laptop saß. Der eine Bildschirm zeigte ein herkömmliches Videobild, der andere das einer Wärmebildkamera.

Plötzlich blieb die Drohne in der Luft stehen, der Beamte schien gefunden zu haben, wonach er gesucht hatte. Eine Person wurde auf dem Monitor sichtbar, die auf einem Flachdach hinter einem Schornstein kauerte. Keine Frage. Es handelte sich um Anna Baudo.

Orler nahm den Kopfhörer ab.

»Ist sie das?«

»Das ist sie«, bestätigte Matteo.

»Silvio, gute Arbeit.« Er klopfte seinem Kollegen auf die Schulter, dann wandte er sich wieder an Matteo. »Basso, gehen Sie raus und sorgen Sie dafür, dass niemand mehr draußen ist. Die Kollegen an der Eingangskontrolle sollen alle Personen, die sich noch vor dem Eingang aufhalten, unauffällig und zügig ins Innere geleiten.«

Orler mochte sich gern ein bisschen grobschlächtig gerieren, aber wie klar und unaufgeregt er jetzt, wo es ernst wurde, den Einsatz leitete, überzeugte Matteo vollkommen.

»Lass das Hauptportal geöffnet«, fügte Orler hinzu, »sodass es aussieht, als hätte der Film noch nicht angefangen. Wir dürfen jetzt kein weiteres Risiko eingehen. Und Silvio, gib umgehend die Koordinaten und Objektbilder an Riechsteiner von der Spezialeinheit Enzian weiter. Er soll mir, so schnell wie möglich, seine Einschätzung mitteilen, ob ein Zugriff durch ihn möglich erscheint oder ob ein anderer Plan hermuss. Und veranlasse, dass die Straße vor dem PalaCinema gesperrt wird, sobald er mit seinen Leuten vorgefahren ist. Wir dürfen keine Zeit verlieren.«

Nur wenige Leute befanden sich noch vor dem Eingang und es kostete Orlers Kollegen wenig Mühe, sie rasch ins Innere des PalaCinema zu befördern. Matteo eilte zurück zu Orler, der gerade mit Riechsteiner diskutierte. Ohne es zu kommentieren, schaltete der Kommissar den Lautsprecher ein, sodass er mithören konnte. Nicht nur fähig, konstatierte Matteo, sondern auch kollegial. Seltene Mischung.

»Also, Orler«, erklärte der Leiter der Spezialeinheit gerade, »wenn wir die Lage richtig einschätzen, dann kommen wir unauffällig nah an das Zielobjekt. Es gibt ein Treppenhaus, das bis zum Dach führt. Je zwei Männer schützen die beiden Wohnungen, die auf jedem Stockwerk liegen, die anderen stürmen aufs Dach und überwältigen die Zielperson. Das Gebäude hat drei Stockwerke. Wenn alles gut geht, sollten wir die Sache innerhalb von neunzig Sekunden erledigt haben.«

»Gut, Riechsteiner. Dann also Zugriff und viel Glück.«

Beide Monitore zeigten nun Anna Baudo in Nahaufnahme. Sie lag reglos auf dem Dach und sah immer noch durch das Zielfernrohr ihres Präzisionsgewehrs in Richtung des Kinos. Matteo konnte nicht glauben, dass es sich um dieselbe zierliche Person handelte, mit der er freundlich plaudernd im Vorzimmer von Bergamaschis Büro gesessen hatte und die ihm Caffè serviert hatte. Was um alles in der Welt hatte sie zu einem Mord getrieben? Und trieb sie nun zu einem Mordversuch? Ihm fiel Emanuel Giunti ein. Drei Mordversuche. Eine Frau, die Tabula rasa machen wollte.

Die Sekunden verstrichen, und das Bild sah aus wie eingefroren. Dann entdeckten Matteo und Orler die ersten beiden mit Maschinengewehren bewaffneten und mit Helmen und Schutzwesten ausgestatteten Polizisten der Spezialeinheit, gefolgt von drei weiteren. Noch ehe sich Anna Baudo umdrehen konnte, war sie überwältigt.

Der Zugriff war schnell gegangen. Geradezu gespenstisch schnell. Matteo hatte noch gar nicht ganz realisiert, dass die Gefahr nun vorbei war.

Orler klatschte begeistert in die Hände und ließ ein tiefes Seufzen vernehmen.

»Mensch, Basso. Das war ja besser als jeder James-Bond-Film. Geben Sie Nina Bescheid? Totti und Karlotta Tramboni können kommen. Wir wollen die Leute ja nicht um ihre Filmvorführung bringen. So was sind die Schweizer ja nicht gewohnt. Da läuft alles immer ordentlich nach Plan. Aber vorher rauchen wir beide noch eine, oder etwa nicht?«

Matteo zog die Futura-Packung aus der Tasche.

»Noch genau zwei, Orler. Und ich übertreibe nicht, wenn ich sage: Ich teile sie sehr gerne mit Ihnen.«

13

Kaum zwanzig Minuten vergingen, bis die Filmvorführung gestartet und Anna Baudo von zwei Beamten in die improvisierte Einsatzzentrale gebracht wurde. Die junge Frau hatte den Blick nicht nach unten, sondern starr nach vorn gerichtet. Es machte dennoch den Eindruck, als würde sie kein Detail ihrer Umgebung wahrnehmen, geschweige denn Gesichter erkennen. An Matteo war sie, ohne eine Regung zu zeigen, vorbeigegangen und hatte auf dem ihr angewiesenen Stuhl Platz genommen.

Comissario Orler und Nina hatten sich kurz zuvor darauf verständigt, dass vornehmlich die Kommissarin die Befragung übernehmen würde, auch wenn die Verbrechen auf Schweizer Seite passiert waren. Die Tatsache, dass Anna Baudo Italienerin war, und die Vermutung, dass sie einer Frau gegenüber ein wenig aufgeschlossener sein würde, hatten den Ausschlag gegeben.

Matteo hatte angeboten, den Raum zu verlassen. Aber nachdem Anna Baudo nicht den Anschein erweckt hatte, dass sie sich an ihn erinnerte, hatte Nina ihm mit einem Handzeichen bedeutet, dass er sich zwar im Hintergrund halten solle, aber bleiben könne.

Matteo lehnte sich an die mit schwarzem Samt bespannte Wand und versuchte, aus dem Gesicht von Anna Baudo etwas abzulesen, das ihm Aufschluss darüber gab, warum eine sanftmütig erscheinende Frau wie sie solch kaltblütige Verbrechen verübte.

Nina wählte, wovon er durchaus überrascht war, eine andere Variante. Sie näherte sich Anna Baudo nicht einfühlsam, sondern konfrontativ. Aber vielleicht, dachte Matteo sogleich, war das absolut richtig angesichts der Professionalität, mit der Baudo den Mord und die Mordanschläge begangen hatte.

»Ein Mord, drei Mordversuche«, begann Nina Zanetti die Vernehmung, »auf viel weniger als lebenslänglich können Sie da kaum hoffen.«

Als Anna Baudo den Versuch machte, Einspruch zu erheben, fuhr die Kommissarin ihr harsch über den Mund.

»Sparen Sie es sich, mit mir zu diskutieren. Wir haben Ihre Waffe sichergestellt. Der Ballistiker hat seine Arbeit schon erledigt. Insofern«, sie verzog ihr Gesicht zu einem zynischen Lächeln, »könnten wir uns eigentlich bei Ihnen bedanken. Sie haben nicht nur als Mörderin saubere Arbeit geleistet, Sie haben uns auch alle Beweise auf einem Silbertablett serviert.«

Anna Baudo hatte die Hände auf dem Schoß verkrampft. Trotz ihrer geschlossenen Augen meinte Matteo zu erkennen, dass es sie drängte, etwas zu sagen.

Aber sie schwieg, während Nina ihr Detail für Detail auflistete, was ihr vorgeworfen wurde.

»Eine Frage allerdings haben wir noch nicht beantwortet.« Unmittelbar neben Anna Baudo lehnte sich Nina an den Tisch, den Orlers Beamte bereitgestellt hatten. »Warum das alles?«

Anna Baudo schwieg. Die Augen hielt sie nach wie vor geschlossen.

»Mir ist es egal, ob Sie mir jetzt antworten oder nicht«, erklärte Nina. »Verurteilt werden Sie ohnehin. Womöglich aber könnte es sich positiv auf Ihr Strafmaß auswirken, wenn Sie ein wenig Kooperationsbereitschaft zeigen.«

Ein leichtes Beben ging durch Anna Baudos Körper, aber ihr Mund blieb verschlossen.

Nina stieß sich mit einem Ruck vom Tisch ab.

»Nun gut, hier kommen wir gerade nicht weiter. Ich schlage vor, Orler, Sie bringen die Dame erst einmal aufs Präsidium. Alle weiteren Formalitäten und Fragen, ob nun der Prozess auf Schweizer Seite stattfindet oder bei uns, klären wir dann in den nächsten Tagen, va bene?«

Die beiden Beamten, die Anna Baudo hereingebracht hatten, wollten sie gerade wieder hinausführen, da sagte Matteo aus einer Intuition heraus:

»Wollten Sie Arturo Bergamaschi helfen?«

Anna Baudo riss den Kopf herum und starrte ihn entsetzt an. Im ersten Moment war ihm nicht klar, ob ihr Entsetzen daher rührte, dass sie ihn erkannte. Oder ob er mit seiner Vermutung ins Schwarze getroffen hatte.

Die Beamten, die gerade im Begriff waren, sie abzuführen, hielten inne. Und Anna Baudo begann zu sprechen.

Was sie erzählte, klang wie das real gewordene Klischee. Arturo Bergamaschi und sie waren ein Paar gewesen. Und obgleich er viel älter war als sie, sei er, so erklärte Anna Baudo mehrfach, ihre große Liebe. Natürlich sei sie zunächst entsetzt gewesen, erklärte sie auf Nachfrage von Nina, als sie von seinen Betrügereien erfahren habe. Aber er habe ihr versichert, dass er niemandem schade, wenn er Nachlässe auf sich überschreiben ließe. Er tue das nur in Fällen, in denen ihm die Bewohner versichert hätten, dass sie ohnehin mit ihrer Familie gebrochen hätten, ja, dass ihnen sogar die Vorstellung zuwider sei, ihren treulosen Kindern ein Vermögen zu vererben.

Sie habe große Angst gehabt, sie musste sich eine Träne aus dem Augenwinkel wischen, dass alles zerstört würde durch die Erpressung. Ihre Beziehung zu Bergamaschi. Der Plan, alle Zelte abzubrechen und sich gemeinsam an der Algarve eine Zukunft aufzubauen.

»Er wollte«, Anna Baudos Stimme war kaum zu hören, »noch in diesem Monat seiner Frau alles sagen. Wir hatten das Haus schon gekauft. Es hätte alles so schön werden können. Wenn diese, wenn diese …« Sie stockte. Als sie weitersprach, klang ihre Stimme unvermittelt hart und schneidend. »Wenn diese elende Schauspielerin und ihr jämmerlicher Typ nicht gewesen wären. Die alles kaputtmachen wollten.«

In dem kleinen Raum herrschte Schweigen. Orler

zog die Nase hoch. Dann gab er den Beamten einen Wink, Anna Baudo abzuführen. Sie verließ den Raum, ihr Gesicht war wieder versteinert. Wie ein böser Geist, ging es Matteo durch den Kopf.

Nina lächelte ihm traurig zu.

»Danke. Du hast genau die richtige Frage gestellt.«

Matteo ging zu der Kommissarin hinüber und legte ihr den Arm um die Schulter.

»Ich befürchte, da sind noch viele Fragen zu stellen. Ich liebe dich ja auch. Aber ob ich so einen Irrsinn für dich veranstalten würde?«

Epilog

Die Terrasse der Macelleria war fast zu klein, um all die Gäste aufzunehmen, zumal Gustavo quer im Weg lag und nicht dazu zu bewegen war, seinen Platz zugunsten eines Stuhles zu räumen.

Orler klingelte als Erster. Unter dem Arm hatte er zwei Flaschen Tessiner Merlot, die, das verkündete er gleich beim Eintreten, den piemontesischen Barbera oder Dolcetto in den Schatten stellen sollten. In kulinarischen Dingen sei er zwar durchaus weltmännisch, erklärte er im selben Atemzug, aber vor allem glühender Lokalpatriot. Nina grinste, nahm die Flaschen in Empfang und schlug dem Kollegen herzlich auf den Rücken.

Die Auto-Doktoren kündigten sich doppelt lautstark an. Zum einen, weil sie mit einem Fiat Abarth 1000 TC aus dem Jahr 1970 vorfuhren, und der machte mächtig Spektakel. Lauter aber noch war der Streit zwischen Beppo und Luigi darüber, wer heute den Grill bedienen durfte. Sich abzuwechseln war offenkundig ausgeschlossen. Flavio hielt sich vornehm zurück, denn er wartete auf Karlotta, die mit Totti kommen wollte, weil der darum gebeten hatte. Seine Dankbarkeit, noch am Leben zu sein, war groß und er machte Matteo, Nina und Orler dafür verantwortlich.

Was nur die halbe Wahrheit war, denn wie Orlers Kollegen von der Spezialeinheit Enzian Anna Baudo unschädlich gemacht hatten, war unglaublich.

Matteo freute sich vor allem auf das Essen, denn Luigi hatte sich durchgesetzt und damit kamen zuerst die beiden Zander auf den Grill, die ein Nachbar der drei Alten im Morgengrauen gefangen hatte.

Karlotta Tramboni hatte einen Kräuterlikör aus der Abtei von Piona dabei und erinnerte sich nach dem dritten Glas Wein an ein altes Gedicht über den Lago Maggiore, das einer ihrer deutschen Freunde immer rezitiert hatte und das für die zurückliegenden Tage und den heutigen Abend irgendwie passend war, fand Matteo, obwohl er lieber den Klängen einer Oper gelauscht hätte.

»Das ist ein Morgen, wie die Märchen melden.
Kein Marktgeschrei, kein Beten und kein Fluchen.
Hier ist nicht Platz für tatendurst'ge Helden,
Für Menschen nur, die still die Schönheit suchen.
Des Lago Flut verschämt am Strande plaudert,
Auf sonn'gem Steine blinzelt die Lazerte,
Kein Lüftchen wandert, und die Barke zaudert.
Untätig ruht die schwanke Angelgerte.
Zur Thronwacht stehn die Berge dicht geschart.
Gilt's, Tempelschänder niederzugewittern?
Die Schönheit, die so keusch sich offenbart,
Sie braucht für ihre Unschuld nicht zu zittern.«

Als Karlotta Tramboni geendet hatte, erhob sie ihr Glas.

»Auf Simona«, sagte sie und blickte für einen Moment auf den Lago Maggiore, der an diesem Spätnachmittag von keinem Lüftchen in Aufruhr versetzt wurde. »Sie war eine so mutige Frau. Vielleicht«, die Schauspielerin senkte die Stimme, »vielleicht war sie ein wenig zu mutig.« Sie streckte ihr Glas noch höher gen Himmel. »Ich habe sie bewundert, vom ersten Tag an. Sie war nicht nur schön, sie war entschlossen. Ich wünschte, ich wäre ihr ähnlicher gewesen, als ich jung war.«

Sie prostete Flavio zu, der bis unter seinen pomadisierten Haaransatz errötete und kaum noch in der Lage war, sein Glas festzuhalten. Nina lächelte still vor sich hin. Dass Luigi und Beppo sich in diesem Moment einen Kommentar verkniffen und stattdessen schweigend ihren Wein tranken, rechnete Matteo ihnen hoch an.

Er griff ebenfalls nach seinem Glas und hockte sich zu Gustavo, dessen Schlummern von einem leichten Brummen begleitet wurde. Hin und wieder reckte der Hund seine Nase ein Stück in die Höhe, sog mit geschlossenen Augen den Essensduft ein, döste dann aber weiter.

»Na, mein Alter.« Sanft tätschelte Matteo dem Tier die Flanke. »Es gibt ungemütlichere Arten, den Lebensabend zu verbringen, meinst du nicht auch?«

Ein leises, äußerst zufrieden klingendes Grunzen war die Antwort.

Mord am Lago Maggiore

Leseproben und mehr unter www.kiwi-verlag.de

Weitere Fälle für Kommissar Duval

KiWi

Leseproben und mehr unter www.kiwi-verlag.de